绿 宝 石
Fall into your light

爱你，是我做过最好的事

For Love

笙离 著

北京联合出版公司

她忽然很想知道他手心的温度，是不是正好是午后阳光的温度？

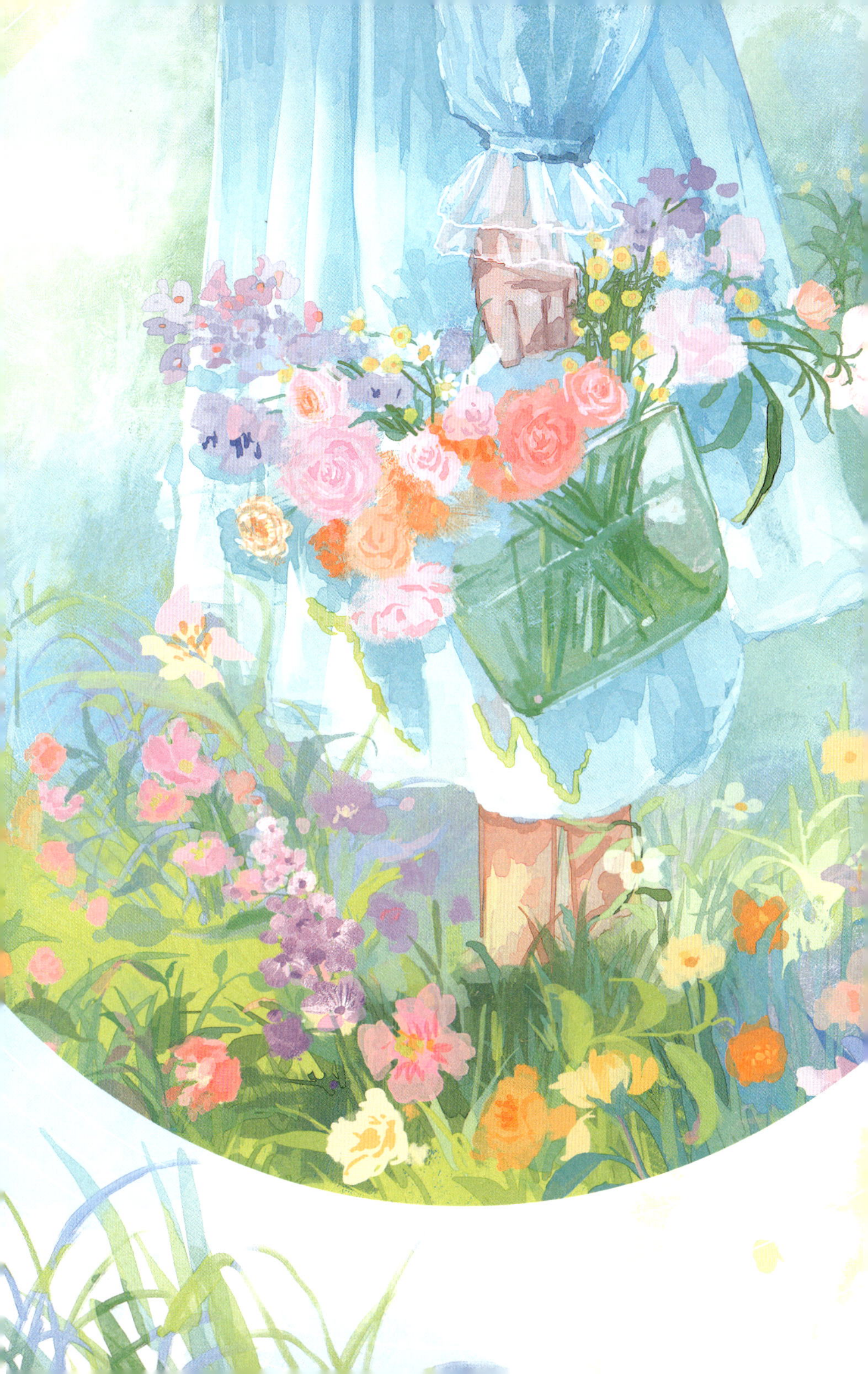

CONTENTS
Tulip 目录

第一章　苏叶　001
第二章　甘草　011
第三章　藿香　021
第四章　冰糖　032

第五章　怀香　041
第六章　龟苓膏　050
第七章　中蜜　061
第八章　沉香　071
第九章　郁金　081
第十章　红糖　090
第十一章　酸枣仁　106
第十二章　白薇　115
第十三章　薄荷　124
第十四章　苦丁　133
第十五章　山楂　141
第十六章　杏仁　148

第十七章　葛花　156
第十八章　乌梅　165
第十九章　荞麦　174
第二十章　三七　182

第二十一章　半夏　191
第二十二章　薏苡仁　199
第二十三章　龙眼　207
第二十四章　竹叶　215
第二十五章　陈皮　223

第二十六章　红豆　232
第二十七章　当归　241
第二十八章　百合　253
第二十九章　桂花　258
出版番外一　266　　出版番外二　276

苏叶：性温，味辛，解表散寒。

第一章　苏叶

沈惜凡最近开始失眠。

时间忽然变得很长，黑夜中她听着自己的心跳，时而急促时而缓慢；时间又似乎变得很短，眨眼天亮，长夜转瞬即逝。

失眠往往让人痛苦不堪，因为在安静的夜里，面对黑夜无声的世界，人们会比白天要冷静得多，看事物似乎也更理性。冷静与理性之后，悲哀地发现自己往往离事物的真相与本质会很近，这对习惯当鸵鸟的人们来说意味着惊恐与不安。至少她这样认为。

她想过去，想现在，想将来，想人际关系，想为人处世，想过去的幼稚，想现在的成长，想那些存在的、不存在的。反正横竖也睡不着，总要让时间消耗得有意义些。

很多想法往往没有结果，换句话说，是想了也白想。可她还是固执地去想，很多想法纠缠在一起，不能用蛮劲去拉，越拉只会越纠缠，并且让她感到麻烦与疼痛。所以，唯一的方法就是任其纠缠，袖手旁观。

沈惜凡睁着眼睛，听着嘀嗒的钟声，放弃了抗拒失眠的挣扎，认命地瞪着大眼睛，看着茫茫的黑夜，思绪百转千回。

她转身叹气，已经连续五天了，再这样下去就要被逼疯了，白天紧绷的弦到了晚上还是不肯放松，酒店工作本来就是高强度的职业，尤其是身为房务部经理，再这样下去不知道自己会不会因公殉职。

她想到工作就没来由地一阵烦恼：真的说不上喜欢还是不喜欢这样

的工作,只是觉得混口饭吃是足够的。虽然找工作的时候没少动用人脉关系,五年后顺利升上经理,在别人看来俨然是金领,但是压力也随即而来,现在,她却为工作失眠。

她抱住枕头,哀号一声,半跪在床上盘算,明天休息,一定要去医院弄点安眠药吃吃。

她好不容易昏昏沉沉地坠入梦乡,脑子却异常清醒,梦中有一个熟悉的人低眉浅笑,喊她"沈惜凡,你怎么还不醒来?再睡就成小猪了"。

她迷迷糊糊地"嗯"了一声,挣扎着想爬起来,身体却仿佛灌了铅似的,动弹不了。就这样吧,反正只是梦而已。

不知道过了多长时间,她妈妈的电话就打来了,她摸索到听筒,抬腕看看表,才七点多,她欲哭无泪,好容易睡着又被闹醒,真是倒霉一天的开端。

沈妈妈依然是老调调,絮絮叨叨:"凡凡,妈妈的老朋友王阿姨想介绍一个小伙子给你,人家可是海归,这个人虽然长得不咋地,但是有房有车,年薪几十万……"

她睡眠一不足就脾气超暴,于是无名业火从脚一直烧到脑袋,也不管三七二十一,怒气冲冲地吼道:"什么海龟,海龟真的很讨厌,上次我去潜水,这东西追着我啃!"

沈妈妈吓了一跳:"凡凡,你说梦话呢?还没睡醒?"

她反应过来此海龟非彼海归,气势瞬间就萎下去了,蔫蔫地说:"我压根就没睡好不好!妈,我最近失眠,快死了,让医院的杨阿姨给我弄点安眠药,再这样下去,你家女儿真要猝死了!"

沈妈妈叹气:"安眠药哪能乱吃!凡凡,要不你去看看中医?吃点中药调理一下,反正现在药房都有代煎的,又不用你自己动手,你爸爸上次拉肚子,只吃了两剂就好了。哦,对,你们小区门口新开了个中医社区诊所,口碑似乎还不错,要么你去试试?"

她抓抓头,看中医,也许会不错,反正不过就是花点钱,她贫瘠得连睡眠也没有了，现在也只剩钱了。

沈惜凡在保安的指点下绕到了北门，远远就闻到了草药和艾灸熏烤的味道。她装模作样地在门口晃悠了几分钟，去隔壁超市买了瓶酸奶，然后又装作不经意地路过。在她敏锐、严谨的观察下，短短五分钟内，三个阿姨结伴走进去，出来一个神态平和的大叔和一位满面笑容的老太太。能得到广大富有智慧和生活经验的中老年人的认可，似乎这个诊所看上去还挺靠谱的。她踏进门槛，走到前台挂号。

"挂哪位？"

"啊？"

"挂哪个医生？"

她看墙上挂着块木牌，上面写着"中医内科"，下面是三个人的名字，她一怔，忘了在网上做好攻略了，这可怎么选？就在她纠结的时候，后面的人凑过来："我挂何医生的号。"

行吧，学人精上线，她说："我……我也挂何医生的号。"

她拿了号，百无聊赖地环顾四周，诊所不大，墙上挂着一些水墨画和书法作品，走廊尽头的转角处放个玻璃展柜，里面陈列了一些泛黄的古医书和手写方子。右手边是个小连廊，她探头一看，原来是药房，两三个人拿着药单和小秤在飞快地核对、抓药、打包。

这里的陈设还挺复古的嘛，她想起自己小时候一咳嗽，便是被外婆抱去一个极有名的老中医家看病，只需吃三剂便药到病除。那时候，她记得那个老中医家的院子里晒着各色的中草药，黑乎乎的，小学徒坐在天井里翻看着各种草药，闲下来的时候去尝尝旁边砂锅里炖煮的黑乎乎的东西。哦，对，他还偷偷塞给过她一支秋梨膏棒棒糖，现在想起来都是美滋滋的味道。

可是现在西药泛滥，谁还会想到去吃中药？

她看了看时间，心不在焉地刷了会儿微博，又把手机放回去，过了一小会儿，又拿出来看看时间，心焦地摇了摇头，深深叹了一口气，起身走到虚掩着的诊室门边想要看看情况。

她先听到的是诊室里传出来的声音，其中一个声音的主人应该很年轻，听起来极有教养，说话时每个词都确信且精准，然后用丝绒般的男中音说出来，真的格外悦耳。

"医生，我这几天没什么胃口，我媳妇给我做了小炒黄牛肉、剁椒鱼头、麻辣牛蛙，结果这样吃了几天辣椒，眼睛成兔子眼了。哎，你看看，能看清吗？我眼睛不疼，也不痒，也不流眼泪，看什么也看得清楚。总的来说一句话，除了眼睛红，没有别的不好的！"

沈惜凡大为震撼，小炒黄牛肉、剁椒鱼头、麻辣牛蛙，大哥，你这叫没胃口吗？馋得她口水都要流出来了。

"我知道了，给您开点桑叶煮水喝，喝个两三天就好了。"

"要不还是给我把把脉，弄点药吃吧。我前几年也这样，喝了一周的中药才好。当时医生跟我说，肝开窍于目，目赤主肝，给我开了……呃，我也想不起来了……"

"在我看来，您不需要吃一周的中药，喝点桑叶水就好了。拿着这方子，让药房给您抓点桑叶带走，每天抓一把，用开水煮三分钟，放温了喝，一天喝三次。您也算是我们的老熟人了，这点桑叶不收您钱。"

啊，不要钱啊，沈惜凡想，这医生人怪好的嘞。

"真的吗？为什么啊？这是什么原理？"

"桑叶清肝火、明目，这是个民间偏方。您放心吧，喝两天就能好。不过这桑叶不可以多喝，您眼睛不红了，就不用再喝了。"

"真的吗？那我平时吃东西要注意什么？是不是不能吃辣的了？哎，我就喜欢吃辣的，我是湖南人，无辣不欢……"

沈惜凡抚额，大哥你是不是不知道外面排着老长的队啊，你怎么那么能唠啊！这医生也是，脾气也太好了吧。

过了好一会儿，病人红着两只兔子眼出来，很满意的样子。

沈惜凡原来以为做中医的都是头发、胡子花白的老人家，倒是没见

过这么年轻的医生,长得还这么帅——是真的很帅,阳光下他的颧骨轮廓很柔和,眼睛里泛着琥珀一般的褐色暗影,那暖烘烘的太阳洒在他身上真的温柔极了,即使她每天在酒店接待那些豪门贵胄、名流精英,这个男人也可以打到九十分以上,只是表情有点冰冷。

她有些懊悔,顶着黑眼圈,也没化妆,随便一身休闲衬衫、牛仔裤——早知道她就衣着光鲜地来见这位帅哥了。原来许向雅那个女人说的真没错,人生中出现帅哥是意外事故,所以即使是去倒垃圾也一定要穿得楚楚动人。

医生示意她坐下,然后问道:"哪里不舒服?"

沈惜凡愤愤地说:"失眠,连续五天了!"

没想到医生嘴角扬起一丝友好的微笑,右脸颊上立刻出现一个深深的小酒窝:"五天还不算失眠,不过,以前是不是睡眠都不是很好?"

原来是这样,他一笑就像大学生,还是板着脸看上去靠谱一点点,虽然只有一点点。

她想了一会儿,点点头:"应该是吧,我觉得自己一直都很难睡着,容易醒,醒了以后就睡不着了,最近就是彻夜难眠。"

他指指手垫:"把一下脉。"

他温暖的手指触上她冰凉的手腕,她有些不自然,虽然知道医生是在看病,但她还是有些紧张,尤其是面对这么帅的一张脸,她心想医生应该不会摸出她心跳有些加速吧。

过了一会儿,医生拿开了手,翻开病历本,询问似的下结论:"吃点中药吧?"

她点点头,指指自己:"那我从中医的专业角度来说是什么问题?"

医生很笃定地回答:"专业角度——失眠是因为禀赋不足,情志所伤,肝阳偏亢,火盛神动,思虑太过,损伤心脾!通俗地说嘛——你就是最近过得比较累,比较烦,还爱操心。"

她愣住了,喃喃自语:"确实,打工人过得生不如死,但是又不能不工作啊,躺也躺不平,卷也卷不动。哎,医生,我还有救吗?我是说身体上，事业上肯定没救了。啊，这稀巴烂的人生。"

她还做了个小熊摊手的表情。

医生被逗笑了："你左手的脉沉迟而细，有点郁塞，右侧沉紧，你平时性子比较急，肝胆之气郁塞化火，平时喜食冷饮，寒湿过重——"

沈惜凡嘀咕："哟，神了，全被你说中了！"

医生低头开药："给你先开三天的药，治疗失眠疗程一般比较长，要有耐心，平时生活要有规律，戒酒戒咖啡，还有——"他抬头看了眼沈惜凡手上握着的酸奶，蹙起眉头，"这是冷的吗？冷的东西，冰激凌、冷酸奶，还有咖啡、奶茶，一律不可以吃，不可以喝。"

"啊？不要啊。"她绝望地发出弱弱的挣扎声。

"这几天你不要吃任何助眠的药，褪黑素不要吃了，咖啡和奶茶不要喝了，不能喝任何冷饮，不然会影响药效。"

"真的吗？"她将信将疑，"我听别人说调理失眠起码得吃大半个月的中药，有没有让我今天晚上就睡着的药，我都困得发慌了！"

医生仍是极有耐心地问："你平时运动吗？"

"医生，我偶尔也去夜跑，但是跑完了之后又困又累，更睡不着。"

"剧烈运动也会让你神经太兴奋而睡不着，所以睡觉前不要跑步、打球或者跳操，做些瑜伽拉伸放松，保持稍微高一点的心率，感到微微出汗就可以了。"

"嗯嗯。"

没话题，天聊死了，沈惜凡只好讪讪地看着医生写处方。忽然，她看到医生的胸牌，有些模糊，她稍微凑近一点，只辨得出是主治医师，名字还是看不清楚。

医生觉察到，疑惑地问："我有什么奇怪的吗？"

沈惜凡有些尴尬，连忙摇头："没，我看你写什么药呢。"

他笑笑，指着处方解释："柴胡、白芍、佛手、茯神、首乌藤、酸枣仁、甘草、合欢皮、百合、五味子、蒲公英，这些都是宁心安神的药。你不是困吗？先让你睡个好觉。"

沈惜凡看得似懂非懂，仍然装模作样地点点头。她眼珠子转悠的时候抬头瞥到墙上的锦旗，看到其中一面锦旗上写着"感谢何医生，救我狗命"，真受不了，她好想笑。

"笑什么？"看到她笑，医生也不由得翘起嘴角，被传染了吧，果然快乐是会传染的，他略略敛起笑容，摆出严肃的态度，"你首要的需求是睡个好觉，所以我先让你能好好睡一觉。但是睡不好只是一种表现，你最主要的问题是肝火太旺了，但体内湿寒淤积，才会失眠多梦，所以吃完这三天的药，一定要来复诊。"

医生好心道："拿了处方直接去收费处交钱，你是代煎吧？"他在处方上添了"代煎"两个字，"今天下午四点钟的时候来拿吧。"

她"嗯，嗯"地应承，拿过处方，退出诊室。走出去，她才发现原来处方上已经签了他的名字——何苏叶。她有些好奇，苏叶怎么听上去像一个中药名？

中午，她回到住处，立刻接到了妈妈的电话："凡凡，看过病了……哦，吃中药呀，好好好……跟你讲件事呀，今天晚上——"

沈惜凡立刻打断："我可不要去相什么亲，老妈，你就死心吧！"

"不是，不是相亲，"沈妈妈连忙解释，"家里人一起吃个饭而已，你看你天天忙工作，都把你爸妈给遗忘了，我们两个人在家都成独居老人了！"

借口！一定是骗她去相亲的借口，但是她微微有些心软，只好满口答应："好了好了，我知道了，只是下午我要去拿中药。"

沈妈妈乘胜追击："好好，晚上六点小区门口前见！"

下午沈惜凡躺在床上想：如果我的失眠治好了，给医生送什么样的锦旗呢？"长得帅，治病快"好像不错。想着想着她就睡着了，睡得极安稳，不知道是不是因为沾了中草药的香气，竟然一直睡到五点钟。她醒来一看，大叫"不好"，匆匆忙忙奔向诊所。

小诊所已经空无一人，只有前台的灯微微亮着，她有些懊悔："哎呀，我的药！"

她推门而入，他抬起头，手里还捧着一本书，看到她，笑道："就等你了，我们诊所关门早，五点半就下班了。"

沈惜凡真想一头撞药柜子上谢罪，但是她看帅哥医生脸上并没有任何不满，微微宽心。医生递给她一包药，嘱咐："一天两次，三天之后再来复诊。"

她看着他笑了，然后挥手道别，一丝草药的微香，有一点点潮湿，在空气中飘荡着，甚至带有一点甜味。暮色中的某种东西，淡蓝的，暗红的，都收于朦朦胧胧之中。

沈惜凡理所当然地迟到了，还拎着大包的中药，素面朝天。沈妈妈看到之后一巴掌拍到她头上："让你早点来的，好意思把你老妈晾在一边干等啊。"

她虚弱无力地回道："妈，我是病人啊！您得关怀我，理解我，容忍我。"

这天到饭店，沈惜凡还想她妈终于开窍了，不再执着于经济实惠的家常菜，约她吃法国菜。谁知一会儿，她便见到一位笑容满面的阿姨！

"怎么还有别人？老爸呢？"洗手的时候，她问道。

"你爸学校有事，所以临时约了老朋友，她家在附近。对了，她儿子等一下也来。"沈妈妈人畜无害地笑道。

她能怎么办？

沈惜凡落座，此时阿姨旁边已坐下一位青年，他正一边清嗓子一边跟阿姨高谈阔论。沈惜凡皱眉，最看不惯别人到处显摆，更何况，他长得很不像王子，倒像王子身边的白马。

"久等了？"她礼貌地一问。

他抬头，表情变了变，有些惊艳。她暗地里高兴：我沈惜凡就是素面也是一枝花。

"是，我马上还要去参加一个晚宴。你……这么小年纪就相亲呀？"他若有所思，但她捕捉到他眼里一丝微弱的或叫清高或叫轻蔑的东西。

沈惜凡根本不想理他，有些人第一眼就没有让她接近的想法，所以场面上装一装高冷还是很有必要的，她拿起刀叉专心地吃起鹅肝酱和起司蛋糕。

"白马"有些惊讶，沈惜凡优雅的举止让他立刻生出好感，开始侃侃而谈，从母子关系扯到股票、基金大盘乃至整个世界的问题，最后以"你平时有什么兴趣爱好，节假日是喜欢吃饭逛街还是户外旅游"收场。

"工作呀！"她假装轻描淡写，"没办法，做酒店经理的，心系群众！"

他非但不尴尬，还来了话题："嗯，工作好，我也喜欢工作——"

沈惜凡连忙假装看表："哎，晚上还要值班。不好意思，我先走了。"说完，扬长而去。

沈妈妈气得半死，她还真看上了这匹"白马"，刚想叫住沈惜凡，结果"白马"一跃而起，追了上去。

"沈小姐！""白马"嘶鸣，"请你跟我交往吧！"

沈惜凡吓得脸都白了，摇摇手："对不起，我现在还没有谈恋爱的打算！"

"白马"自说自话："沈小姐人漂亮，工作又好，尤其是很有上进心，这点我最欣赏了。女人就应该经济独立，小鸟依人的我可最反感了——"

经济独立的女生嫁给你做保姆是吧？算盘真会打。她很想翻个白眼，但是装出楚楚可怜的样子："谢谢你，可是，我有病！"

"白马"惊讶："沈小姐得了什么病，要不要紧？"

"甲状腺结节、乳腺结节……"她举起那包中药，"大家现在工作压力那么大，我们这行更是累死累活，卷生卷死，才工作几年就累出一身毛病。唉，以后怎么办啊？！"

话还没说完，"白马"就一溜烟地跑走了。沈惜凡优雅地走了两步，躲到洗手间，见四处无人，扶着墙不可抑制地大笑出来。

药方	姜糖苏叶饮	症状
	苏叶3克，生姜10克，红糖15克。将生姜、苏叶洗净，切成细丝，放入瓷杯内，再加红糖，以沸水冲泡，盖严，温浸10分钟即成。每日2次，趁热服食。	
	出自《本草汇言》。生姜性味辛温，辛能散风，温能祛寒。紫苏叶辛温行散，叶轻入肺，能发散风寒、宣肺止咳；梗入脾胃，善于行气和中，理气安胎。故为风寒咳嗽、脾胃气滞所常用。此外，又可解鱼蟹之毒。	剂次

甘草：补气健脾，祛痰止咳，缓急止痛，清热解毒，调和药性。

第二章　甘草

沈惜凡前脚进门，后脚电话铃声就响起来了，用脚指头都能猜出是谁，她脱下高跟鞋，懒懒地躺在床上，等手机响到不耐烦的地步，她才接起来。

接起来，她立刻把手机拿得远远的。那端破口大骂："沈惜凡，你这个死东西，你说……你说你有病，我看你是脑子有病，神经病！"

她叹气，老老实实地承认："是，我是有病，神经病！"

一旁的沈爸爸在劝："好好的骂什么人？女儿不愿意去相亲就不去，你干吗整天操这份闲心？人家都多大了，你还把人家当小孩子！"

沈妈妈来火："我错了吗我？我还不是为她好，你们一老一小一起出气，我好心办坏事，我怎么做都不如你们意，我在家还有说话的权利吗？我还是人吗？"

沈爸爸立刻不出声了。沈妈妈变本加厉："沈惜凡，我告诉你，你赶快把戴恒那臭小子忘了，别整天念念不忘的，你以为你是谁呀？王宝钏挖野菜？"

说不上什么滋味，她拿起手机解释："妈，我早就跟他没有关系了，别提了好不好！"

"我不提？我不提你也念叨他，我告诉你，你快点找个男朋友，要不就老老实实地相亲。你要再干今天那事，你信不信我不认你这个没心没肺、吃里爬外的女儿！"沈妈妈又愤愤地数落了半天，才挂了电话。

戴恒——真的是好久不被提及的名字，在她差不多要遗忘的时候又被提及。

不知道他现在怎么样了，以他那样的能力早就应该飞黄腾达，也许身边有一个相爱的女朋友，也许已经结婚了。但是她只能用假设句，这一点也不奇怪，他的世界早就没有她了。可是，为什么她还是有点失落感和一丝不甘心？

沈惜凡怔了一会儿，叹一口气，翻下床，开始热中药。大大的碗盛着黑乎乎的药，然后从微波炉里散发出一股药味，浑厚甘醇，带着丝丝香甜。

她用勺子舀了一点试试，居然出乎意料地有些甜，有些酸，再试一口，哎呀，又酸又苦又甜，真是五味杂陈到让人无语凝噎，这个世界上怎么会有好喝的中药呢？她心一横，捏住鼻子咕嘟把一碗药喝了下去，连忙倒了白开水漱口。

唇齿留香，苦过之后就是甘草的香甜，慢慢地，她感觉身上微热，蒸得自己有些昏昏欲睡，多少天以来积累的困意涌上，或许是心理作用，或许就像他承诺的"让你能好好睡一觉"那样，总之，她脑袋一着枕头，便睡得深沉。

第二天，她精神百倍地去酒店上班，觉得自己才真正活了过来。快入冬了，但是空气还是有些闷和潮湿，可是她心情极好。

她先去景阁转了一圈，一切都顺利。然后她从后门进去，便看到大堂经理丁维面色憔悴，她奇怪："丁维，出什么事了？"

他摇摇头："事说大也不大，说小也不小。昨天晚上大厅里忽然闯进一个男的，他拉住一位女客人，保安立刻把他带走，但是这位女客人不依不饶。这不，折腾了大半夜，好容易安抚好。"

沈惜凡奇怪："我咋没接到你的电话，难道这事不需要上报？"

丁维眨眨眼："现在报上去也不迟呀！"

古南华庭算不上本市最豪华的酒店，但是胜在客房极有特色。客房分为景阁和新阁,景阁是中式风格的客房、套房和别墅,新阁则是西式风格。不仅业内口碑很好,很多网红也来打卡拍照,各种身份的客人慕名而来,沈惜凡压力大,也不是没有原因的。

这时候对讲机响了,她一听是程总的秘书:"程总要你去他的办公室。"

沈惜凡有些惴惴不安。丁维幸灾乐祸地看着她:"中午多吃点,发泄一下!"

她带着怨念:"丁维,说起来我还是你老大,你怎么总是拆我的台?"

程总程东浅早就在办公室等她。沈惜凡敲门进去,发现公关部、保安部、工程部的经理都在。程总示意她坐下:"这次把你们特地找过来就是因为 VIP 预订客房的事,希望大家先了解一下。"

秘书把资料下发,她拿起来粗略地翻了一下,原来是酒店要接待参加 IT 峰会的 VIP。

怪不得这么大张旗鼓的。只是可怜了她衰弱的神经,又要被折腾了。

资料上写着:"客房部与前厅部须提前做好 VIP 接待准备,前厅部提前将当日入住房卡制好,在客人入住时收集好客人的详细资料及相关喜好,并对 VIP 预订的客房特别留意,杜绝开重房、开错房的情况发生。客房部提前对所有 VIP 预订客房做无烟处理,同时须做好相关人员的工作安排。房务部须调整好房态,并且协助餐饮部做好客房送餐的相关工作,及对客房迷你吧内的食品饮料的清点补充工作。"

她顺手翻了翻资料,这次 VIP 似乎挺多,任务挺艰巨,她免不了抱怨了一下。

她还没泄愤完,便见餐饮部经理许向雅推门进来,许向雅抱着大堆资料,派发资料就似路边卖一元一件饰品的小贩:"来来来,回去好好研究一下,合作愉快。"

她匆匆扫了一下,居然还有临时安排的值班表,第一个赫然便是

"沈惜凡"三个字,她立刻翻起白眼。

阳光透过办公室的玻璃倾斜着照进来,不强烈,却有一点刺目,让人眩晕。沈惜凡心不在焉地看着预算报告,寻思晚饭时间回家去取中药。

她刚从程总办公室回来,就看见公关部经理林亿深找她,说是参加IT峰会的段真段先生快到了,比预计足足提前了一个星期。

真是计划赶不上变化,她回到办公室手忙脚乱地找资料,幸好林亿深颇为帮忙,餐饮部值班的人又正好是许向雅,她便把餐饮一项推给了许向雅,自己只负责客房。

她嘱咐过前厅经理和保安处,预订了景阁的临水别墅。她不放心,又亲自去看了一下,检查卫生和设施,连同去的领班都紧张兮兮的,生怕出一点差错。

九点多一点,段先生由程总陪同走进古南华庭。沈惜凡站在一边,打起精神应对。

段真对餐食相当满意,连说了几个"好",还拉着程总聊家常,说是很多年都没吃到家乡的小吃,这次总算如愿。沈惜凡羡慕不已,许向雅这关算过了。

之后程总领他去别墅区,段先生有些惊讶:"程总真是让我意外,很了解我的品位呀!"

程总叫来沈惜凡:"都是我们房务部经理安排的,我可没功劳!"

段真称赞她,中文蹩脚:"沈经理很细心,我很满意,非常满意!"

忙了一天,回到办公室,沈惜凡取出中药,小心地把中药包剪开,倒在杯子里面加热。餐饮部送来晚餐,她饿得前胸贴后背,狼吞虎咽,结果噎了好几次。忙中又出错,她不小心把中药当水喝,让她一口饭含在嘴里,吐也不是,咽也不是。苦中带酸,酸中带甜,让她眼泪在眼眶里打转。

想起晚上还要整理资料,她习惯性地拿起一包速溶咖啡,却想起戒掉咖啡的医嘱,随即又丢下。

她不禁想起那个笑起来有深深酒窝的中医，他对她极其耐心，也很可靠，这样好的药也有他一半的功劳，她有些振奋，又有些宽心，于是打起十二分精神去看资料。

连续几日有数个集团总裁和高层入住，所幸都不甚挑剔，随遇而安。沈惜凡安排也甚为合理，赢得了不少口碑。

她习惯性地从柜子里取中药去加热，却发现已经没有了。她看了一下日程，确定今天不会再有 VIP 来，便嘱咐了一下事项，跑去诊所拿药。

今天社区诊所来看病的人不多，她去前台要挂何苏叶的号，护士狐疑地看了她一眼，说："今天何医生不坐诊啊。"

"啊？"她呆若木鸡。

护士指指墙上挂的木牌上出诊医生的名字，解释道："何医生平时都在附属医院上班，在我们这里也就是一周来一两次，是为了方便社区里的中老年人，还有那些很难挂到医院号的老病人。这里是我们诊所的二维码，可以扫码关注一下公众号，里面有医生的坐诊排班表，线上挂号也很方便啊。"

沈惜凡还没从"今天看不到医生"的巨大打击中恢复过来，傻傻地站着，脑子里一度全是灾难性的事件——看不到医生，开不上药，没有药吃，继续失眠，工作压力巨大，彻夜无眠，工作出错。这些东西一截一截地涌现，让她脑子里不时出现空白。

要么换个医生看看吧，她长长地叹了一口气，总之遇到问题就要解决不是吗！但也不知道为何，看着木牌上三个医生的名字，她实在是没办法做选择，她似乎有点依赖那个叫何苏叶的医生了。

就在这时候诊所的门开了，那个帅哥医生直直地撞进她的眼睛里。

他看到她时微微惊讶："你怎么现在才来？我今天不坐诊。"

"何医生，你怎么来了？"护士惊讶地问道。

"上次我家老爷子坐诊把一本书落在这里了，这几天一直打电话催我取书给他送回去呢。"他转过头，看着沈惜凡，语气似乎有点责怪的意味,"你怎么今天才来?我上次嘱咐过你,三天之后一定要来复诊换药方。"

"啊?可是我今天药才吃完啊。"

医生微微皱眉:"你不会一天吃一服吧?我记得写给你的剂量是一天两服。"

"啊——我忘了!"

医生有些不愉快,毕竟遇到不听话、自以为是的患者他们都很头疼的。他仔细打量沈惜凡,问道:"你最近是不是很忙?"

沈惜凡点点头:"没日没夜地忙,睡觉的时候都提心吊胆,怕出现什么突发事件。"

医生不依不饶:"忙得忘了吃药?那是不是服药时间也不固定?"

天哪,这个医生也太负责了吧。沈惜凡暗暗惊叹,只得支支吾吾地"嗯"了一声。

"那现在睡眠怎么样?"

"好多了!"说到这里,沈惜凡有些兴奋,"虽然还是比较难入睡,但是不再整夜失眠了。"

医生笑笑:"那就好,既然你现在睡眠有点改善了,那咱们就继续下一个流程——治标更要治本,好好调理一下身体。我下周一下午来这里坐诊,你可以先约上号。"

"不要啊!"沈惜凡脱口而出,"这几天不吃中药,我肯定百分百会睡不着的!拜托了,医生,救救我吧。"

护士扑哧一声笑了,说:"怎么你还上赶着喝中药呢?我现在闻到那个味都有些受不了,你是治失眠的吧?肯定有酸枣仁,对吧?那味又酸又甜又苦,特别让人受不了。"

医生指指木牌上的名字:"那你就挂这个医生的号,他挺擅长治疗失眠的。"

"不要!"沈惜凡想都不想直接拒绝了,"我吃医生你开的药有用,就不能随便换医生,我知道这叫医缘,看病求医就讲究一个缘分,

我不能再抱着试探的心态去挂别人的号,这样看不好病的。"

他的心悸动了一下,有种异样的情绪生出,可他一时又不知做何表情,这姑娘真的是目光灼灼,很有气势。

"要么让药房再煎三天的量,可以吗?我现在没办法开处方,下周一你一定记得来复诊。"

沈惜凡点头如捣蒜。

他掩了一下笑容:"但是下次药就没那么容易喝了。"

"啊?是会很苦吗?"

"不光有树上的,也有海里的,还有古董化石,总之奇珍百味,不知道你能坚持几天。"他笑了一下,转身欲走,"那下周一见。"

沈惜凡迟疑了一下,还是忍不住开口:"哎,等等,何医生,苏叶是一味中药吗?"

医生停下脚步,转身,他笑起来很好看,年纪很小的样子,温文尔雅中有一丝顽皮:"苏叶,确切地说是紫苏叶,性温,味辛,解表散寒,行气和胃。对了,如果有点感冒伤风,随便切点葱白、生姜,放一勺红糖,加点苏叶,主打一个随性。这民间方子叫姜葱苏叶饮,可以祛风散寒,温肺止咳,效果应该比可乐煮生姜好得多。"

对面护士喊他,他礼貌地笑笑:"我先走了,如果有什么问题,来复诊的时候都可以问我。"

沈惜凡点点头,目送他离开,心想:专业性的问题是没有,我倒是想知道你为什么起了一个中药名。

她回到酒店,许向雅跑来办公室向她抱怨:"稀饭,有个女人太麻烦了!说我们牛排做得不好,还有血丝,明明是她自己要五分熟的!"

沈惜凡怒视她:"别叫我稀饭!"

许向雅叹气:"倒也不是为这个跟你抱怨,只是我今天看到 VIP 里面似乎有一个嘴巴极其挑剔的人,一时间没有主意,才来问你的。"

沈惜凡笑起来:"还有你搞不定的人——"她接过资料看了一下,恍然大悟,"严恒,中宇的 CEO。嗯——我也没他的资料。"

许向雅做昏厥状:"我就抱怨一下而已,工作难,拿薪水更难,伺候人是难上加难!"

沈惜凡挥挥资料:"好好看吧,出了错可是要掉脑袋的!"

许向雅哈哈大笑:"喳!"

最后一天,便是中宇总裁严恒入住。程总事先叮嘱,严恒是自己多年好友的儿子,有意向在这里设立分部,并且打算在古南华庭为新产品开发布会,是酒店的大主顾,也是万不可怠慢的。

这个客人由程总亲自接待,沈惜凡也乐见其成。

工程部打电话来让她去检查一下景阁别墅区的定期检修情况。从行政楼走出来,和煦而不火热的阳光一下子就流泻了一地,她摊开手掌,感觉光线在手上变幻莫测,有些虚无缥缈。忽然迎面一个女孩子跑过来,喊道:"沈经理,不好了!"

她认得是高级套房的小李,心下一惊,忙问道:"怎么回事?"

"有一位法国籍VIP客人忽然昏倒在客房里,值班的丁经理已经去了,程总现在准备接待客人,抽不出空,说是让您过去看看。"

万幸的是这位法国人只是血糖过低,暂时性昏厥,在场的人都松了一口气。处理完这件事之后,沈惜凡只好从前厅再折回别墅区。

但是就在前厅的时候,她看见一辆奔驰停了下来,相继出来两个人,一个是程总,另一个应该就是严恒。她本是带着好奇去看看传说中的青年才俊,结果她愣住了,定定地站在前厅,脚都挪不动半步。

谁能告诉她严恒是谁,一刻的犹豫后得到自己坚定的回答——他是戴恒!

现在的她心中好像空空的,什么都记不起来,却又觉得满满的,有很多东西拼命想要涌出来,而她无力阻止它们的肆意泛滥。

五年不见,他变得成熟多了,青涩褪去,面容还是那样俊逸潇洒、棱角分明,合身的黑色西装衬得他气度不凡,和以前的他不可同日而语。

五年时间,流光飞舞,不过是一场梦。五年太长,她能记住的东西太多；五年太短，她能留住的东西太少。

往事硬生生被剥离出来，她的思绪如潮汐骤涨，汹涌凛冽。

一个人在最纯真的年华真切用力地去谈一场虚幻的恋爱，最后一个人心酸，一个人在意，一个人难过，一个人流泪，却没有被安慰，没有被拥抱，也没有真正被爱过。

她心疼那时候的沈惜凡。

严恒是她的初恋，五年前分手，从此各奔前程，毫无联系。她原本以为他们会老死不相往来，不想在工作的时候碰见了他。她的人生是不是有些讽刺和可笑？

似乎他也留意到沈惜凡，目光微微向一旁偏去，四目相接，她脑袋倏地就一片空白，那样的眸光仿佛透出一丝飘忽的情绪，又复杂无边。一旁的程总似乎也觉察到什么，看看沈惜凡，再看看严恒，解释道："那是我们房务部经理，沈经理。"

严恒语气拿捏妥帖，也不刻意掩饰："只是觉得沈经理有些眼熟。程叔叔，我们先走吧。"

程总点点头："先去看看客房，有什么不满意的，可以直接联系房务部。"

严恒离开的时候还不忘看沈惜凡一眼，然后上了电梯，直到无缝闭合的电梯门将凝结的视线切断。

爱与恨，五年后都不过是一场破碎归零的幻觉。

沈惜凡心里五味杂陈，她轻轻地叹了一口气，转身去了别墅区，却没有发现林亿深站在离她不远的楼梯上，勾起唇角，无奈地笑。

原来该来的总是要面对的，我们总是躲不过。

药方	大枣甘草汤	症状
		剂次

大枣8枚，甘草6克，将大枣、甘草加清水2碗煎至1碗，去渣。

每日2次，饮服。

出自《神农本草经》，养心宁神。甘草补中益气，清热解毒，祛痰止咳，缓急止痛，用于心气不足的心悸，倦怠乏力，食物中毒，常与绿豆、大豆煎汤服用；大枣养血安神，缓和药性，调补脾胃。

藿香：芳香化浊，开胃止呕，发表解暑，用于发热恶寒、湿温初起、胸脘满闷。

第三章　藿香

吃完饭，沈惜凡原本打算早点睡觉，把那些该死的回忆通通给睡没了，结果领班一个电话打来："沈经理，有一个VIP客人投诉room service（客房服务）！"

她立刻跳起来，提起十二分警惕："谁？"

"景阁7号别墅的客人！"

她的太阳穴无故开始疼起来："去看看。"

快入冬，沈惜凡只穿着普通的套装，薄薄的布料根本御不了寒，7号别墅又临水，风大，又冷，她冻得瑟瑟发抖，一连打了好几个喷嚏。

原来是投诉客房卫生问题，客人态度强硬，不依不饶，room service的服务员咬着嘴唇站在一旁，按捺着委屈和脾气，结果越解释越混乱，于是情况变得不可收拾。

最后她为客人换了房间，亲自检查卫生情况，才把挑剔的客人安抚好。

走出客房，她这才松了一口气。领班小声问道："沈经理，这件事要不要上报？"

她揉揉太阳穴："算了吧，又不是什么大事，而且客房哪有什么卫生问题，不过是别墅临水，湿气太重而已。"

服务员嘀咕："我还以为是什么大事呢，原来就这点问题，早说不就好了？"

沈惜凡笑笑，说得漫不经心，却暗藏深意："有时候客人不需要说，你就可以明白，这样你也可以做我这份工作了。"

服务员尴尬地笑笑，眼见前面开来一辆车，连忙转移话题："这个车在大陆不多见呀！"

她不由得侧头，却发现车牌号很眼熟，还没反应过来，车便倏地从她身边经过，然后那个俊逸的脸庞一闪而过，车灯消失在夜色中，只剩下微弱的残光。

碎头发被风卷起，打进眼睛里，让她猝不及防，眼泪唰唰地就掉了下来。一如刚才的擦肩而过，没有预兆，可是她的心还是隐隐作痛。

她漫无目的地在华灯闪耀的潮湿天空下游走，不知不觉又转回别墅区，不经意间，她瞥到那辆车，屋里橘色的光华洒在银白色的车身上。她不由得轻笑，这样的车型真的很符合他的气质，不张扬，也不低调，恰如其分。

别墅里灯火通明，却异常安静，她怔怔地望着，似乎是想要看清屋内的景致，却其实对什么景物都没有上心，只是感觉到那晕黄的灯光在室内流泻。

很熟悉的情景，很多年没有改变的习惯——上大学的时候，她每次去他宿舍，即使是只有一个人的时候，他也总是习惯把所有的灯都打开，白色、橘色的光线交织在一起，柔和、温暖。戴恒告诉她，因为小时候一个人在家，所以他喜欢把所有的灯都打开，即使夜再黑，也不会害怕。

沈惜凡后来才知道，原来他是单亲家庭，这样的孩子天生缺少安全感。

那时候，她幻想，如果将来有了属于他们自己的家，她会亲手设计这些灯，有吊灯、壁灯、台灯。当打开所有的灯，屋里就会如白昼一般明亮。

她期望每天比他早回来一点，为他打开一室的灯，让他知道世界上总是有一个人在守候,不求回报,默默付出。可是最终还是没能实现。

第二天起来,沈惜凡就觉得不太舒服,浑身软绵绵的,提不起劲。开晨会的时候,林亿深坐在她旁边,时不时瞅她。散会的时候,他问:"小师妹,你的脸怎么通红通红的?是不是发烧了?"

许向雅闻言,也凑上来看,摸摸她的额头,叫起来:"哎呀,稀饭,你发烧了!"

她昏昏沉沉,急忙道:"没关系,可能是着凉了。"她撑着桌子想站起来回办公室,没想到头一阵眩晕,一个趔趄差点摔地上去。

吓到了一干人。林亿深连忙扶起她:"别逞强了,快去休息!"

最后把程总也惊动了:"沈经理,先去医院看看吧,今天不用值班了。"

她暗叹时运不济,便回家量了一下体温——不是太高,37.6摄氏度,喉咙也不痛,更不可能是扁桃体发炎。俗话说,久病成医,她从小便是病号,医院里的护士、医生全认得她,长大后体质好多了,但也时不时地感冒。

她还是乖乖地去医院看病,挂了呼吸内科,所幸人不多,一会儿就轮到她。

她主诉完她的症状,副主任医师跟规培生都奇怪地看着她。那规培生大大咧咧地说:"你只是发烧,着凉了吧,不用这样恐慌,要么抽个血?"

"没那个必要。查体了吗?上来就开一套检查,抽血、做 CT 检测呼吸道病原体,这样病人迟早会投诉你,教你的都忘光了?"副主任医师瞪了规培生一眼,然后态度很好地说,"你现在还是低烧,发烧时间也不长,验血也确实不太准,更没必要做一些过度治疗,好好休息,过两天就好了。"

她犹犹豫豫地问:"可是就这样会不会太慢了?我最近工作挺忙的!"

医师很和气地建议:"你这个感冒中药治起来比较快,要不你去挂个中医内科的号?"

她晕乎乎地走到中医楼,在挂号机旁边踌躇半天,五花八门的科室,可比诊所麻烦多了,她点进去中医内科,一长串医生的名字跳出来,她选择困难症再次发作,只好把位置让给身后的人。中医楼人真的多,好不容易在候诊区找了空位子坐下来,她准备在网上挂个号,又觉得太麻烦了,不如回家吃片退烧药,好好睡一觉再说。

对面的中药房传来阵阵苦涩的味道,夹着些许热气,熏得原本就困意十足的她头脑更加昏沉,身上不知不觉更重了,她恍惚中想起大学的时候自己生病的那些经历。

那时候她还是戴恒的女朋友,他极宠她,顺着她,紧张她,她一被风吹、流鼻涕、咳嗽,他都要紧张半天,宿舍里堆的都是常备药。戴恒曾经开玩笑地说:"小凡,早知道会遇上你,我就去医学院了,可以直接照顾你。"

她佯怒,心里却是甜滋滋的:"没关系,你以后多赚点钱,咱不怕去医院。"

尽管她很小心地提防生病,结果大三冬天的时候,还是得了重感冒。

她记得那几天,戴恒陪她去医院打点滴,从挂号到取药到输液,寸步不离。

当冰凉的药水缓缓地流入静脉,她手臂发凉,肿胀得难受,他就用温暖的手焐她的手臂,帮她把速度调到最慢,安慰她"不要急,慢慢滴",她就昏昏沉沉地靠在他肩膀上,似睡非睡,静静地享受他的体温。她没有胃口,他便给她煮蔬菜粥,然后用棉衣裹了给她送来,一口一口地喂她。他会在离开的时候轻轻吻她,一点都不介意感冒病毒会传染给他。

那时候,她竟然暗暗祈祷自己的感冒迟一点痊愈。

只是后来他们分手了,因为他和别的女孩子在一起了。她不知道那几天是怎么度过的，行尸走肉的噩梦一般，当她清醒过来的时候，高烧来势汹汹，而这次没有人陪她，她只好一个人交费、输液。她一个人坐在人声鼎沸的输液室，对面一个打点滴的女孩子依偎在男朋友怀里，一如一年前的他们。

她惶惶然，眼睛蓦地有些湿润，摸索了半天，发信息给戴恒："我病了，在医院里，你能不能来看看我？"那时候她以为用病痛就能挽回他的心，即使不行，起码他也会觉得有一点歉疚。结果她望穿秋水，他只回道："沈惜凡，我们现在一点关系都没有了，为什么你还对我纠缠不清？"她眼泪一滴滴滴在输液的手上，心里默念：是呀，我现在只剩一个人了，一个人也得好好地活下去，只是我为什么还那么怀念生病的时候在你身边的温暖？

她拎着点滴去叫护士拔针，一旁的小护士好心地帮她拎着包，嘱咐她要按住三分钟才不会留下瘀青，突如其来的温暖让她无法承受，几乎是狼狈地逃离医院。

她至今仍然记得很清楚，从医院走出来，一切都朦胧起来，天空中是迷迷蒙蒙的轻烟湿雨，过往像稍纵即逝的昙花，凄美而短暂。然后她倔强地甩掉溢出来的眼泪，挺直脊背，一步一步向学校走去。

回忆沉沉地压在心头，挥之不去。只听见耳边有人唤她名字，她猛然睁开眼睛，发现眼角已经微微潮湿，她扭头看，却吓了一跳："啊——何医生——"

第一次看到她这么失态的样子，何苏叶有些惊讶，似乎也有些紧张："你怎么了，生病了？"

她夸张地吸了一下鼻子，努力挤出一丝勉强的笑容："我发烧了！"然后她看着他的胸牌，疑惑地问，"何医生，你是肿瘤科的医生？"

"中医其实是全科的，我们都能看，都能治，只不过每个中医都有自己擅长的领域。"

"啊？那你擅长什么？肿瘤？"

"我——"他倒是一下子就被问住了,他擅长医治肿瘤吗?这问题问得他都有些心虚了。他家老爷子说他性情温和,对世界的美好深信不疑,病人似乎对他充满天然的信任。肿瘤科时时刻刻上演着人间的悲欢离合,这么多年了,他初心依旧,只是不再敏感易碎,不再忧形于色。可他擅长治疗肿瘤吗?肿瘤患者的结局大多数都不那么圆满,他自己也觉得不胜唏嘘。

"很厉害啊,何医生。肿瘤科,那不是随便开开药就可以把病人打发走的科室啊,因为肿瘤科病人结果都不是很好,家属又很容易有情绪,会说一些很严苛的话,你还不好直接辩解,很难啊。"她虚弱地笑了一下,"又要有医术,又要心态好,你好厉害啊。"

他此刻有种被击中的感觉,这话真是让人心跳加快,想回的话似乎也不合适,他不好意思地笑笑:"发烧?没关系,进来,我帮你看一下。"

沈惜凡怔怔地望着他,跟在他后面,从背后看,他肩膀宽阔,让人觉得很可靠。

"只是单纯的发烧而已。"何苏叶安慰她,"我觉得你没必要吃药,但还是要问一下你,想吃中药吗?想的话,给你开两服药就好了。"

"要啊。"她飞快地点头,然后似乎自言自语道,"我好像不吃中药就没有安全感了。"

"别人都是哭着求着不想吃中药的,你倒好……"他无奈地笑笑,"不过你这段时间熬夜比较多吧,工作压力也不小,气有点不足,稍微给你补点气也可以。"

原来网友并不是在玩梗啊,真是中医一把脉,患者就如同裸奔,一点隐私都没有。她小心翼翼地把手抽回来,生怕他再看出什么不可告人的秘密。

结果偏偏他看破也点破:"还有,中医说'悲伤肺',你前几天各种悲伤、委屈,能不生病吗?你还觉得自己病得突然,其实是难过完第二天就发烧了吧？"

她尿尿地把头一低，嘀咕："医生，少说两句吧，我已经没有隐私了，给我留点面子吧，你这样我以后真的不来了……"

还学会威胁他了。何苏叶看着她，轻轻笑了一声，开始在电脑上敲处方，然后打印出来，递给她。

沈惜凡装模作样地看了看处方，寥寥几味药，她也看不懂什么君臣佐使，但是她认识"藿香"两个字啊，曾经藿香正气水那口味让她震惊到怀疑人生。她皱着眉头问："医生，这药难吃吗？"

"很冲，很辣，很苦。"

是故意的吧，她默默地想。他好像看穿了她的想法，解释道："之前给你开过的治疗失眠的药大多是补的药，这种药一般口感温和，但是现在你外感风寒，就得用一些攻邪的药，这种药劲就很大，味道也很强烈。举个不是很恰当的例子，用兵打仗，先要广积粮，高筑墙，最后用兵，那些攻邪的药就如这些勇猛的士兵，自带一股肃杀猛烈的气势，所以……我不是故意的。"

这……这脸上写的完全被看透了，她连忙起身道谢："谢谢医生——"

她话还没说完，就听到诊室外面有人喊他："师兄，你们门诊结束了吗？我都等你半小时了！"

"我走了，谢谢医生！"

就在她踏出门的时候，那师弟也走进来了，她悄悄瞥了他一眼，高高的个子，学生脸，白大褂不好好穿，呵呵，被院长逮着又要写检查。然后她听到他说："哦，对，师兄，我们中午吃什么啊？我上午被主任骂了半个多小时，我现在只想化身无情的干饭人，狠狠地点上一堆外卖！哦，对，你喝不喝奶茶啊？我知道，茉莉乌龙不加糖，麻薯另外装，我点了啊。"

医生也喝奶茶这种饮料吗？还劝我忌口，哇，双标。她拼命地憋住自己疯狂上扬的嘴角，下次可得找个机会撑他一下。

她回到家里,立刻把药拿出来,发现还是温热的,就倒在碗里,闻上去有一股辛辣刺鼻的味道。她喝了一口,又冲又辣,从舌头到喉咙都像是被燎了道火,那后劲苦得她喉头直犯恶心,心想,医生诚不欺我。

她只好强忍着恶心一口气喝下去,用白开水漱了几次口,才缓过来。这一次唇齿间是隐隐的辣味,一定是藿香和生姜的味道,但是辣得又很醇厚,让人回味无穷。

俗话说,良药苦口利于病,发烧出不了的汗被这服中药一下子催了出来,不一会儿,额头便开始冒汗——退烧的前兆。她有些欣喜,便爬上床,捂着厚厚的被子倒头就睡。

半夜她出了一身汗,再一摸额头,温度如常。她心里高兴,嘀咕了一句"中药真管用,谢谢医生",然后翻个身,接着睡。

第二天早上起来的时候,她拉开那层厚重的窗帘,温暖、柔和的阳光一下子就流泻一室,窗外的小区景色尽收眼底,绿意盎然,深秋的萧索之气全无。

她神清气爽,只是睡衣上都是汗,她便去洗澡。洗到一半的时候,手机铃声大作,她看了一眼来电显示,赶紧结束战斗。

沈惜凡给许向雅回拨过去,搞什么幺蛾子,她又不接了。沈惜凡想了想,从冰箱里拿出果汁和鸡蛋,烤了几片吐司,端到桌上,就着暖暖的阳光开始享用早餐。

手机又响了,她接起来,然后那边就传来许向雅带着怨念的声音:"稀饭,你说严恒到底要吃什么呀?问遍了所有人,都没有主意,我只好找你来了。"

"找我做什么?找我吐槽吗?"

"对啊,不然呢?哎哟,我真不明白,要吃什么也不说,送过去又不吃,难道他要吃唐僧肉吗?"许向雅还在那头愤愤不平,"要不我就买点狗粮去算了,今天早上送餐的时候,服务员说他看到早餐就皱眉,只吃了几口就没动了。"

戴恒极其挑食,沈惜凡是知道的。她问:"你早上都准备了什么?"

"他要了西式，那我们餐厅提供的就是煎蛋、牛奶吐司、咖啡、牛奶、火腿和果酱。"

她了然于心："煎蛋要保留糖心，牛奶吐司换成全麦吐司或者全麦欧包，果酱直接撤走，别让他看到，口蘑、牛油果可以有，也可以煎一小块三文鱼。"

许向雅气得拍桌子："他有需求他提啊，他为什么不张嘴？皱眉，就光知道皱眉，怎么我还能读懂眉头吗？真是气死人了，从小说到现实，霸总是不是嘴都被摘了啊？我都不好意思骂了！"随即她又好奇地问道，"稀饭，你怎么知道这么多呀？资料上明明没有呀。"

"他以前在佘山的私人会所常住过，那个主厨后来跳槽到凯德，有一次会议我见过这位主厨，跟他聊了很多，拜他所赐，我认识了斑马绿番茄、克里米亚黑番茄、维苏威亚红番茄。"

"果然还是你见多识广，谢谢你啊，上班请你喝奶茶。"

她一想到奶茶就忍俊不禁，何医生竟然要茉莉乌龙不加糖，麻薯另外装，真可爱。

"好呀，那我要茉莉乌龙不加糖，麻薯另外装，谢谢啦。"

一早上忙得不可开交，但是她心情不错，效率也很高。

下午许向雅来找她，唉声叹气："这年头工作累，我们都是伺候人的命，要是活在古代，咱就是奴才命，主子叫往东，不敢往西——"

"那还是现代比较有人权不是吗？今天早上霸总皱了皱眉头，要是搁在古代你就掉脑袋了。"

许向雅啐她一口："说正事，工作的时候态度要严肃、端正。"她双手奉上奶茶，讨好道，"我是来学习的，快，你还听过他有什么偏好？八卦也行。"

"八卦是真的没有，偏好倒是有点。"沈惜凡抱着奶茶，清清嗓子，"他瘦，但看起来身材很好，给他安排别墅的时候，他的助理特别强调了一定要有健身设施，说明他的身材是长期健身的结果，这种人在饮食上会偏于高蛋白低脂的健身餐。昨晚程总宴请他的时候，你注意到他对哪几道菜有偏好吗?"

"光顾着看他了,但是他好像吃得并不多。"

"你准备的是中规中矩的中餐,他吃得不多,说明他更偏好较少的糖、较少的油、动物性蛋白,那些脂肪丰富的红肉最好从菜单上消失。如果这个人长期在国外,难免会受到那种尊重季节和环保意识的影响——"

许向雅恍然大悟:"懂了,好品质的牛肉、新鲜的鱼虾、时令蔬菜和水果。"

"他应该会很需要黑咖啡,美股的开市时间是晚上九点到第二天凌晨四点半,当然这种人也少不了苏打水。如果一定要供应中餐,那位主厨师傅跟我说过瘦肉他只吃牛肉,喜欢喝粥,尤其是正宗的广东粥……他口味偏淡,吃得简单,他对食物的欲望不是很大,牛排、番茄,少许的橄榄油、盐、胡椒就可以满足他,他不喜欢浪费时间在食物上。他这种类型的工作狂就是如果你不给他送吃的,他根本就想不起来吃,他也没有需求,因为他自己也不知道自己爱吃什么,你给他提供他不爱的食物,他除了皱眉头,就是象征性地吃几口,维持最简单的需求就好了。嗯,你领会一下精神。"

"原来是这样。"许向雅翻了个白眼,"怎么会有人对食物没有欲望呢?我天天最开心的就是想吃什么。"

"所以他有胃病。"

"啊?"

"奇怪吗?"沈惜凡笑道,"这不是挺符合霸总的刻板印象吗?他还抱怨过,去医院一点用都没有,该吃的药也都吃了,钱也花了,这回报率比他买基金还低。"

许向雅发出一阵爆笑。

沈惜凡嘴里有苦味和辣味,也许是藿香的味道。她喝了好多水,仍觉得辛辣、苦涩。

中午餐饮部送餐,送了一份安格斯牛排,配菜是番茄和白山葵,切开后嫩滑的肉眼牛排在滚烫的盘子里被逼出香甜的油脂,滋滋作响,番茄和白山葵清爽迷人。吃完这份午餐,他的胃和味蕾都感觉非常满足,既不局促,又不腻味,他想了想,拨了个电话反馈过去。

过了一会儿,餐饮部经理给他打来电话,客气了一会儿,最后说:"严先生,多亏房务部的沈经理,您应该感谢她!"

他微微一怔,放下了电话。她还记得吗?一定是记得的吧。要说自己曾经毫无保留地面对的人,不就是她吗?他是真的不爱在吃的上面浪费时间,但还是陪她逛遍了网红馆子,吃遍了那几条闻名遐迩的美食街。曾经两个人在大雪纷飞的夜晚排队就为了吃上一口她心心念念的火锅,现在他都怀疑自己那时候是不是被夺舍了,想起来竟然觉得不可思议,还有无可取代的甜蜜。

如时光倒流,还能否补救?如重新邂逅,谁人可得救?这一秒,只差一秒,他想抓住最后一秒去赌一下。

药方	藿香茶	症状
方一:藿香5克,冰糖10克,绿茶3克,用200毫升开水冲泡后饮用,冲饮至味淡。 方二:藿香、佩兰各10克,洗净切碎,开水冲泡10分钟。 出自《别录》,藿香,化湿解暑,解表止吐。内伤生冷而恶寒发热,呕恶吐泻,配紫苏、厚朴、半夏等,如藿香正气散。鲜藿香解暑能力较强,夏季泡汤代茶,可做清暑饮料。 出自《神农本草经》,佩兰,化湿解暑,亦能治脾经湿热,口中甜腻、多涎、口臭等。		剂次

第四章　冰糖

冰糖：补中益气，润肺止咳，清痰化痰。

工作原因，沈惜凡成日待在酒店里，她桌子上放着一个杯子，里面是她今日份的中药。有时候药刚热完，一个电话她就被叫走了，回来之后又不得不重新热，她办公室里终日弥漫着一股中药味。林亿深每每经过都要喊："沈大仙，你又炼丹了？"

沈惜凡总是很配合地招呼他："我看你对中药很感兴趣的样子，要不要我分你一点试试？"

许向雅倒是好奇："稀饭，你每天吃中药做什么？不会是提前到更年期了吧？"

"我治失眠呢，最近一年经常熬夜加班，生活作息都乱了，即使睡着了，有一丁点声音也就醒了，每天睡不好就头晕头疼，这儿不舒服那儿不对劲的。"

"我也觉得我最近睡眠不太好。哎，你觉得中药怎么样？有效果吗？"许向雅打量着她，"我看你精气神确实比以前好了不少，脸都透亮很多。"

"是吧，我现在到了十一点就很困，放下手机就秒睡。而且我感觉我脾气都好了不少，以前每天都是烦烦烦，一点就爆炸，现在遇到点烦心的事情，想着算了，过了就过了。"

"啊，推给我推给我，我也要去看看。"

"喏，这个公众号可以挂号，挂这个医生的号，何苏叶医生。"

"哇，这名字太好听了吧，看上去就是帅哥的标配。"

她脑海中浮现出那个笑起来右边脸有酒窝的医生，不自觉地笑起来："确实是帅哥。"

"真的吗？"许向雅又犹豫了，"是帅哥，又这么年轻，能看好病吗？那些医术好的不都是老头老太吗？"

沈惜凡白她一眼："爱信不信。"

"好好好，信你。"许向雅撇嘴，"不过我真的很讨厌喝中药，太苦了，但是我可以假装有病，然后看完就走人，反正病人之意不在药，在乎帅哥医生也！"

忽然，许向雅凑近她，压低声音："稀饭，你觉得那个严恒怎么样？"

她不禁皱眉："问这个做什么呀？注意职业素养。"

"哪有，我都练就金刚不坏之身了，是我的那些小服务员，每次看到他，激动得都快上天了，争先恐后地要帮他上菜，他一笑，那些姑娘都快晕了！"

"有那么夸张吗？我看他长得不过尔尔！"

许向雅撇嘴："我看挺不错的，青年才俊，海归，名利双收。不过这样的男人估计都有女朋友了，没准早谈婚论嫁了。"

沈惜凡淡淡地笑："是呀，这种男人看看就够了，嫁给他你受得了那种日子吗？他永远是事业第一，你都不知道能排到第几位，你还得给他当保姆，当秘书，当情绪垃圾桶。而且你确定能斗得过这种人精？人家如果要跟你分手、离婚，你都不知道能分几个钱，咱们做酒店这行的，吃到的瓜还少吗？"

沉默半晌，岂料许向雅拍案而起："那也行，就冲他长得帅，我也认了。"

"颜狗都是没有好下场的。"沈惜凡微微有点不爽，拿起杯子大口喝药。许向雅看得目瞪口呆，赞叹："中药的苦你都可以吃，那嫁入豪门的苦又算什么呢？强还是你强，我，看好你！"

下午沈惜凡正在休息，忽然接到沈爸爸的电话，她大感意外，刚接起来，那边就传来沈爸爸可怜兮兮的声音："凡凡，你妈是不是到什么期了？脾气又臭又硬。"

她揣测："更年期综合征？"

那厢沈爸爸狂点头："对对对，就是这个什么东西。你不回家，我现在简直成了出气筒，天天被她欺压，说她两句，她就抱怨'我说一句你就顶我十句，还让不让我说话了？'，其实都是她一个人说得最多！"

沈惜凡只好安慰她爸爸："爸，您又不是不知道她的脾气，原来就不好，现在到了更年期，激素分泌紊乱，就更暴躁了。您就跟她冷战，软抵抗，抗战十四年的经验告诉我们——坚持就是胜利！"

"有用吗？"沈爸爸犹犹豫豫。

她信誓旦旦地保证："没用的话，我来顶着，这个家不就我跟她的嗓门有的一拼，改天我回家劝劝她。现在工作特别忙，我都一直住在酒店，您就先忍着。"

沈爸爸忽然想起什么，急急忙忙地问道："对了，凡凡，你表哥要把你的准嫂子带来见见面、吃个饭，你有时间吗？能去不？"

沈惜凡笑起来："阿阳什么时候拐了一个老婆？去！一定得去！"

她下了班就直奔饭店，刚下出租车，便接到电话："凡凡，大家都在等你呢，快点！"

她拎着包直奔二楼，一推门进去就看见一张张熟悉的脸。长辈小辈各一桌，看见她都起哄："迟到了！""罚酒！""阿阳，给她满上，满上！"

沈惜凡苦笑，他们家的人就是爱热闹，感情好得实在没话说。她很喜欢这样的感觉，一大家人在一起吵吵闹闹的，很开心。

心情不错，又逢表哥喜事，她喝了不少，略微觉得有些上头，便找了借口去天台上吹风。她看到华灯初上的繁华商业区就在自己脚下，不由得微微一笑。

忽然听见后面有响声,她转身一看,笑着打招呼:"阿阳,怎么有机会溜出来了?"

"来看看你呀!"乔阳摸出一根烟,熟练地点燃,"看什么那么出神,想小男朋友了?"

沈惜凡扑哧一笑:"哪有什么小男朋友呀?我都空档好几年了!"

乔阳弹掉烟灰,仔细询问:"怎么初恋结束了还没再开始新的一段,我听姨妈说给你介绍了那么多青年才俊,没一个能让你再次心动?"

她扯扯嘴角:"虽则如云,匪我思存!"

乔阳叹气:"我知道他回来了。小妹,过去的就过去了,别想不开。"

"我哪有想不开!"沈惜凡眯起眼睛望着天空,"只是暂时没有合适的而已。"

乔阳眼珠一转:"我倒是认识几个人,挺不错的,下回给你介绍一下。"

"再说吧。"

家宴散得很晚,走出饭店,沈惜凡不住地打寒战,刚想折回去跟表姐借件大衣,只见一群人从楼梯上下来,她一眼就看见那个医生何苏叶。

她第一次在医院以外的地方遇见他,他身上穿着很随意的质地柔软的白衣黑裤这种休闲装,却很有玉树临风的味道。

沈惜凡心里暗暗感叹,即使不穿白大褂,这个医生也一样帅气。她正在犹豫要不要跟他打招呼,便见医生对着她微微一笑,那个深深的小酒窝透出一丝俏皮。

可是就在她准备露出一丝完美的笑容回应的时候,一阵穿堂风吹来,她鼻子一酸,非常应景地打了一个响亮的喷嚏。

此时帅哥径自走向她,大厅里灯火辉煌,她想隐身都困难。她作为一个病人,是一点隐私都没了,作为一个人,老天爷实在是太不给她面子，此时她只能欲哭无泪地石化掉。

　　帅哥医生站在她面前，递上一包纸巾："夜凉，小心别再感冒了。"

　　她接过来，讪讪地笑："谢谢，我没事的。"

　　气氛有些尴尬，僵持了一会儿，听闻门口有人叫何苏叶的名字，他微微颔首道别："不好意思，先走了。"

　　沈惜凡点点头，目送他出大厅，然后他坐上一辆黑色的车离开，车牌上赫然是"WJ"的字样。她疑惑，怎么这个医生还跟武警有些关联？

　　那包纸巾是淡淡的绿茶香味的，她不由得感叹这个医生实在是心细，阅病无数，她现在确实很需要纸巾去阻止即将流下的鼻涕。

　　第二天，沈惜凡又早早打来电话，把她从梦中吵醒。沈妈妈不知道又从哪儿拉了一匹"白马"，喊她晚上去评估、鉴定。

　　换作以前，她肯定又跟她老妈叫板了，现在她内心很平静。有些事情你没办法阻止，就换一种办法去破坏，想到这里，她闻着杯子里的中药，更平静了，内耗的事情她不想了，生的闷气也消散了，还沉下心来把工作上的一个问题解决了。

　　这次这个人太假正经了，老妈在一旁嘀咕："人家的优势是注册会计师，很会算账！"

　　她在酒店工作的时候可没少吃这种金融类合伙人的瓜，真的精明得诡计多端，和他们离婚就得脱一层皮，跟他们打交道也是，搞金融的一跟钱挂钩脑子都转得飞快。

　　长相上，沈惜凡一点都不歧视他，可这位成功男士有着非凡的自信，反复强调自己有各种关系，在金融圈危急的浪潮中绝地求生。她也不时配合道："哇，你太厉害了！"

　　"会计男"更加膨胀起来，最后，他终于掏出一句发自肺腑的真心话："其实，我就是想找一个对我妈好的，我太忙，都没时间照顾她。"

　　这一回，沈惜凡做出一个更为崇拜和惊叹的表情："哇！你太聪明了，你是缺老婆还是缺保姆？你这样有前途的职业，还有这么清晰的职业规划,以后肯定是大会计事务所的合伙人吧,据我所知,总监级别就年薪百万了,我对结婚后做全职太太没有意见,但是你会将收入上交,并且由我支配吗?"

果然,相亲又糊了!

她心里痛快极了,表面还要装作一副沉痛、惋惜的样子。沈妈妈从饭店骂到她回酒店,等她上了楼拿出手机接着骂,一直骂到手机没电。沈惜凡现在才深知老爸的处境是多么艰难,于是第二天上午,她怀着一股拯救更年期女性的热忱来到了医院。

但是她的动机绝对不单纯,她想念他笑起来时脸上的酒窝、温柔的声音、专业敬业的精神,还有写得一手好字,她觉得自己很傻,但是原因也不都在自己,起码那个帅医生占到五成。若那医生长得丑一点,她也不会有如此多的想法。

面对沈惜凡,何苏叶已经见怪不怪了,从失眠到发热,这个女孩子如果折腾出来胃痛腹胀、水肿虚劳,他都可以坦然接受了。他礼貌地笑笑,毫不掩饰深深的酒窝。

但是沈惜凡支吾半天说不出个所以然来,何苏叶疑惑,什么病这么难以启齿?

最后她心一横,脱口而出:"更年期综合征怎么治?"

何苏叶微微睁大眼睛,看着她:"你?超前步入更年期?"

她连忙摆手:"不是我,是我妈妈。"

何苏叶"哦"了一声:"怎么不让你妈妈亲自来看?"

"我哪敢!医生,你也知道,世界上有种人是不会承认他们有病的。"沈惜凡提到这个就头大,絮絮叨叨,完全忘了对方是医生,"我爸爸现在被欺压得吱不了声,我被骚扰得天天受到噪声污染,跟她说更年期,她就当场疯给你看,你说我家还有谁敢跟她提这事,完全就是奴隶制社会。你说亲娘每天不管你是在休息还是在上班,都要喋喋不休地在你耳边唠叨半天,打电话打到手机没电,三天两头给你微信上发一些奇怪的推文,给你上眼药……嗯……何医生,我是不是话太多了?"

何苏叶笑起来，眼睛里都荡漾着满满的笑意："没有，没有，只是很同情你，你本来肝火就很旺，这……只怕我开的药也爱莫能助了。"

她讪讪地问："你说怎么办呢？现在能开药吗？"

何苏叶摇摇头："这个不太有把握，但是我可以给你几个食疗的方子，你回去试试。莲子、桂圆肉适量，在沸水中煮成粥，再加入冰糖，即可食用，或是黑木耳与大米共同熬成粥，调入枣丁，加入冰糖，这两个方子有补血降压、滋阴养胃、和脾补气的功效。"然后他拿出一张白纸，"我给你写下来吧。"

写好之后，何苏叶递给她。她仔细看了一下，指着后面的方子问："何医生，这个是什么方子？"

他解释道："防止感冒的。"

"嗯？"沈惜凡有些疑惑，眨眨眼睛，一脸茫然。

何苏叶笑笑："最近天气变化很大，容易感冒，按这些方子泡点茶喝可以预防。"

原来是那天打喷嚏的一个插曲。

"待会儿你拿去药房给他们看，你是熟人了，这一小把苏叶和干姜送你了，不要钱。"

真的要命，他人还怪好的，但苏叶……他是不是故意的？这很容易让人误会啊。她抿了抿嘴唇，故意找话："会不会很苦呀？我不要喝苦的，苦的真的不可以，酸的也不行，五味杂陈的更是不可以！"

她这讨价还价的样子还挺有趣的，何苏叶很想笑出来，但是硬生生地把笑意逼了下去，思索了一会儿，道："好吧，我改一下。"

她目光越过他头顶，窗外是暖洋洋的太阳，满眼都是银杏树绚烂的金黄色，好美啊。微微的风吹过来，空气像玻璃那样透明，甚至带有一点甜味，真好啊。

从诊室里出来，她边走边念："苏叶、干姜各10克，煮水，加入红糖30克……"她傻笑，"还是送我的……"嗯哼，何苏叶医生把苏叶送我了。

从医院回来后，她去了趟超市，然后拎着大包的东西回家治疗更年期中的老妈。

沈爸爸看到女儿回家甚是意外。沈惜凡解释："爸，我是来救你于水火之中的！"

沈爸爸做了一个"嘘"的动作："你妈还在房间里面睡觉呢，昨晚她说心烦盗汗，一夜没睡好，早上醒得又早，直到我下午从学校回来她才睡。"

她点头："爸，你先去书房忙你的，我给妈熬点粥，今天我去问医生，医生给开了几个食疗的方子，说兴许能管用。"

莲子养心益肾，补脾润肺，清热安神，固心降压；桂圆性温味甘，益心脾，补气血，用于心脾虚损和气血不足所致的失眠、健忘、惊悸、眩晕；冰糖补中益气，和胃润肺。

厨房里面是大米粥的香味，伴着莲子、桂圆的淡淡气味，最后加入冰糖，一下子，甜蜜的香气蹿起来，微热的水汽带着甜香味弥散在家里。

饭桌上，沈爸爸把碗递过去："凡凡，再给我盛一碗粥，挺好吃的。"

沈惜凡难以置信地看着他："老爸，这个是给我妈吃的，治妇女更年期综合征的！"

沈爸爸打哈哈："没事，你老爸也快了，未雨绸缪！"

沈妈妈瞪他。沈爸爸立刻改口："盛饭，盛饭，吃粥吃不饱！"

沈惜凡晚上还要回酒店，她保证这段时间工作一结束就回家住，沈爸爸才放她离开。

初冬夜里确实很冷，阵阵寒风吹得骨头里生寒，她不由得打了好几个寒战，计划从明天开始喝一点苏叶茶，预防流行性感冒。

她觉得衣服上有一股甜腻的香味，不似甘草的清凉，而是冰糖的绵长悠远，暖入心肺的滋味，就如自己的心情，甜甜的，无忧无虑。

她忽然想到何苏叶脸颊右边深深的小酒窝，笑起来就像冰糖，夏天清凉，冬天温暖。

药方	冰糖雪梨	症状
	雪梨2个，冰糖适量。雪梨去心切片，与冰糖一同放入瓦盅内，加少量清水，炖30分钟，便可食用。

出自《中医大辞典》，冰糖有生津润肺、清热解毒、止咳化痰、利咽降浊之功效。可用于治疗食欲不振、肺燥咳嗽、痢疾、口干烦渴、咽喉肿痛、高血压等症。此方有除疾、润肺、补肺的功效，主要治疗燥热伤肺型急性支气管炎。 | 剂次 |

怀香：又名小茴香，散寒止痛，理气和中。

第五章　怀香

沈惜凡的视线被一只蜘蛛吸引了过去，她本来有些近视，不过很不幸的是，她巡查的时候忘了摘眼镜。

领班们都有些紧张，这样的画面本来就很诡异：一身深蓝色职业套装的沈经理摆出一副思想者的姿态，目不转睛地盯着某一个角落，目光辽远，似乎在期待什么。直到主管张姐恍然大悟："啊！有一只大蜘蛛！"

沈惜凡满意地点点头："难道是我们酒店的生态环境太好了？连蜘蛛都爬到这里来了？"

景阁客房领班态度诚恳："沈经理，是我的疏忽。"

她点点头："下午五点我再来查一遍，记住，是所有的，我不会嫌麻烦的。"

回到办公室，她打开电脑准备检查部门的账目，刚看了两行，忽然，电脑啪的一声断了电。她仔细闻闻，电脑没烧煳呀，再看看饮水机上的指示灯，哦，停电了！

工程部人员立刻打电话过来："沈经理，本市部分地区临时停电，所以启用了酒店的发电机，但是由于用电范围太大，所以行政楼暂时不供电，请您谅解。"

沈惜凡"嗯"了一声："辛苦你们了。"

她披上衣服走出去，打电话给爸爸。

沈爸爸说似乎是城东那边停电,而他们家在城西,供电正常。她舒一口气:"我晚上晚一点回家。"

大堂有些混乱,可能是刚才停电的时候电梯一下子停止运行造成的,虽然只是一瞬间,但是也有些客人受到了惊吓。一个小女孩有些惊慌,不停地喊"妈妈"。

大堂经理丁维说明了情况,所幸客人都能理解,场面很快就被控制住了。

沈惜凡蹲在小女孩面前,问:"小朋友,你妈妈呢?"

小女孩奶声奶气,说话断断续续的:"刚才……她还在这里……停电……很乱……我被挤到这里……然后就没有妈妈了……"

她只好把小女孩带到保安处,调出大堂的监控录像,让小女孩认。小女孩很机灵,指着一个身量不高的女子说:"这个就是!"

沈惜凡示意把录像倒回去,那个女子一转身,脸正对着她,她顿时就愣住了,古宁苑?

她指着屏幕问:"小朋友,你确定这是你妈妈吗?"

小女孩点点头:"妈妈突然说要出去,我不想一个人待在家里,所以就跟了过来,但是到这里,一眨眼妈妈就不见了。"

"你叫什么名字?"

"周思齐。"

沈惜凡松了口气,还好不是姓"严"或是"戴"。

"阿姨现在帮你去找妈妈,你就乖乖地跟保安叔叔待在这里,不要乱跑,好不好?"

小女孩点点头。

古宁苑,她有多少年没有想起这个名字了,那段记忆一直被她刻意忽视,五年后硬生生地被挖出来,还是很痛,就像刚凝结的血块,轻轻一碰,还会血流不止。

她还记得五年前在教学楼走廊,古宁苑叫住她,众目睽睽之下,她心虚地对上古宁苑挑衅的目光。"我和他在一起已经是众所周知的事了,沈惜凡,你别再找他了行不?"

她沉默不语,指甲已经深深扎入手心,可她竟然感觉不到疼痛。

"你别自欺欺人了,沈惜凡。他的变化,他的犹豫,我相信你不可能没有察觉吧。"古宁苑笑笑,"别再缠着他了,这样严恒会很困扰,我也不喜欢他跟你再来往。沈惜凡,严恒告诉我,你太孩子气、太娇气,又喜欢黏人,他早就觉得有些厌倦了,分手是必然的结果,你为什么不能甘心接受事实?"

烈日炎炎,竟让她觉得寒冷无比。她不敢看古宁苑那副胜利者的表情,她恨古宁苑,可是,她什么也不能做,说出口的也只是那单薄的一句:"我知道了。"

那时候她真是蠢得可以,甘愿去扮演这样一个角色——"前女友",即使知道他另有新欢,还厚着脸皮去追问,那一次古宁苑的诘难也是她自找的。

明明不用她亲自去找古宁苑,而且她一直也刻意回避景阁,但是,不知道为什么现在有一股勇气推动着她去面对,也许是不甘,也许是余情未了,也许还有更多的理由。她不是当年那个看到严恒和别的女生在一起就躲起来哭的小女孩了,但是,她现在究竟要什么,她也不知道。

刻骨铭心的初恋结束,五年后,男方女方重逢,到底该用什么样的表情,说什么样的话,她不知道,但是很多时候,所有的一切不需要解释,也没有办法解释。

虽然入了冬,但是她手心不住地冒汗,她一遍遍地问自己是否准备好了面对。

两个人就站在树下交谈,严恒对面站的果然是古宁苑,原来化学系的系花如今风光不再,精致的妆容掩饰不了面容的憔悴。也许她的婚姻不幸福,沈惜凡猜想。

她没出声,只是远远地站着,听不见他们说话,只是见到古宁苑抓住严恒的手臂,被他狠狠地甩开,然后古宁苑踉跄地跑开,眼里满是泪水。

沈惜凡深吸一口气,喊道:"等等,古小姐!"

古宁苑和严恒同时转头,一个是诧异,另一个是恼怒。沈惜凡只是轻描淡写地说:"古小姐,您的女儿在保安室,请您把她带走吧。"

古宁苑笑起来,但是极其勉强。她看见沈惜凡的胸牌,微微一愣:"没想到你在这家酒店工作,幸会,今天实在很忙,改天我约你单独聊聊。"

沈惜凡装出微微诧异的样子:"啊?古小姐,我们有什么好聊的呢?我们多年不见,不适合聊过去,也不适合聊现在。我们以前就不熟,也几乎没有共同认识的人,现在我们也不熟,不管聊什么都不能刨根问底和给对方出主意,所以为什么要浪费彼此的时间呢?"

古宁苑抱着双臂看着她,暗自感叹,她真的变了很多,职场中的女孩子有着容光焕发的美貌,举手投足间仪态得体,说话也这么伶牙俐齿、干脆利落。

她眼神出现了短暂的迷茫,很快那一丝迷茫便消失殆尽,她还是那个高高在上的富太,施施然扫了沈惜凡一眼就走了。

现在只剩下沈惜凡和严恒了。

她和严恒面对面站着,离得不远,但是气氛极其尴尬。她缓缓地开口,礼貌却疏离:"严先生,刚刚停电,您没有受什么影响吧?"

严恒摇摇头,语气有些软:"惜凡,我们非得这么生分吗?"

她一下子语塞,忽然很后悔来这里没事找事做。她转身想走,严恒的声音在她背后响起,飘浮在空中,硬生生地砸到心里:"小凡——"

她呼吸一滞,再也迈不动半分。过往翻天覆地地向她涌来,一种似渴望又似恐惧的感觉在瞬间占据了她的心神,模糊而沉重,压在记忆深处。

"沈惜凡,你的名字念起来很像稀饭啊,哎,你们这里稀饭和粥有什么区别吗?我很喜欢喝粥。"

"沈惜凡,你看你都是我女朋友了,直呼你名字多没有亲昵感,还是叫你小凡好了!"

"小凡，小凡，喜不喜欢这个名字？什么？像唤狗？怎么可能？你要是狗，也是天下最可爱的狗！"

"小凡，我要看书、学习、考试，没那么多时间陪你逛街，哎，你也好好看书，你不想出国留学吗？那我出国你怎么办呢？当然是陪我一起努力了。"

"沈惜凡，我们分手吧，你变了！我没错，是你变了。"

她的思绪被严恒的话语打断："我知道我从来不是一个合格的男朋友，也不算是对感情负责任的男人，但是我曾经真的爱过你，直到现在我也不能忘了你，而五年来，对我你什么都没忘，是不是？"

眼角立刻不争气地潮湿起来，沈惜凡不敢抬头，咬住嘴唇。只是一个熟悉的名字就让她如此心动、感伤，若继续下去，她不知道怎么面对伤痕累累的过去，以及渺茫的未来。

她曾经很沉迷与初恋重逢的网络小说，也无数次幻想过初恋要是站在自己面前，她应该也会心软，但是此刻她才明白，已经无所谓了，那些在感情中伤害自己的人和事，就让它们过去吧。她从来不期望拿回主动权，感情上的伤痛不是用话语来抚平，不是用后悔、表白来重新开始，也不是用无穷的时间去遗忘，而是用下一段幸福去治愈。

忽然，对讲机响了，她手忙脚乱地接起来。那边传来主管的声音："沈经理，五点钟要不要去检查卫生？"

她立刻答应："我马上就去。好，就在一号楼前等我。"

沈惜凡不敢回头道别，就如她从来没有跟他说过"再见"一样，即使是他们最后一次见面，她也没有说出"再见"。这次她只是轻轻地说："严先生，我有事先走了。"

她总是说"再见"有两个意思，一个是会再见，一个是不再见。两个意思她都不喜欢，因为她既不想和他分别，更不想与他无见面的机会，却总是事与愿违。

绕过景阁人工湖，她忽然觉得浑身无力，借着冬天的风，努力让自己清醒一点。她告诫自己在工作中是不能带个人情绪的，更不能与客人有牵扯不清的关系,她一向是心思缜密的人,极其自律。

她深呼吸调整状态,整理制服,然后给自己一个微笑,不断地默念:客房房门锁灵活、没有手印,房牌号光洁,墙面和天花板无蜘蛛网、污点。

查完所有的楼层,沈惜凡满意地点头:"卫生情况很好,我很满意,也谢谢大家,今天下午辛苦了!"

她准备回办公室收拾东西,无意间路过中餐厅,又倒退回来,鼻子夸张地嗅嗅,然后嗖嗖地跑去后台操作间找许向雅:"象牙,今天晚上有茴香饺子?"

许向雅跳脚:"你是狗鼻子呀!那么远都闻得到?喂,你想干什么?冬天这么嫩的茴香没处找,好容易找到,不是给你吃的!死心吧!"

她不爽:"给严恒是不是?不行,都给我好了,他其实更喜欢吃芹菜饺子!"

许向雅眼睛一亮:"真的假的?你别骗我!"

"没骗你,没骗你!"她看着那份盛在青花瓷碗里面的精致的饺子,菱花边煞是好看,给VIP喂的食就是不一样。

大厨李叔笑起来:"不打紧,沈经理喜欢就打包带走,这儿还有一大半,赶得上做。啊,许经理,现在是做芹菜的还是茴香的?"

许向雅也被搞晕了:"那就都做吧,不是还有鲅鱼和海胆吗?正好摆两层素的、两层海鲜。"

"李叔,能多包点吗?今天我自掏腰包给我们部门加餐,这些茴香的我都包了,麻烦您再弄点韭菜虾仁的、白菜猪肉的,晚餐的时候我们就不叫餐了,我们想吃就煮点饺子。"

许向雅吐槽:"你倒是会做这个人情,显得我又小气又不体恤员工。"

旁边自有送餐的服务员把饺子打包好,添了一碗面汤,放在沈惜凡手边。

她捧着饭盒，小心翼翼地闻了一下："哎哟，就是这个味，好正好靓！以前我们学校的食堂只要做茴香馅的饺子，爱的人爱死，恨的人恨死，最后这口味被'茴香去死党'投诉没了，真的是把我气死了。"

晚上餐饮部送餐，严恒打开蒸笼，发现每一层是六个饺子，再打开一盏小盅，是热乎乎的龙虾泡饭，金黄的汤底浓郁，还撒了一层脆脆的炒米。

他怀着好奇的心情尝了一个饺子，眼睛一亮，是茴香馅的饺子，拌了一点点猪油在里面，简直就是他记忆中最好吃的茴香味道。

他第一次见沈惜凡是在大二的法律选修课上。冬天周六的早晨是最折磨人意志的，哪所奇葩的学校会在周六八点让人上选修课，所以一般大家都会睡到临上课的时候才匆匆赶到，带着牛奶和面包之类的，然后光明正大地在课堂上吃。因为是选修课，所以老师遇到这样的情况也只是笑笑，教学楼一楼的小超市还放着一个大的电饭锅，里面卤着鸡蛋和兰花干，很多人买了就带回教室去吃，总之这种自由也只有周六早上才有。

沈惜凡是在上课十分钟之后才从后门溜进来的，拎着一个饭盒，大大咧咧地坐在倒数第二排的窗口，他的后面。然后她打开饭盒，立刻有一股水汽和米面味冲出来，他讶然回头看了她一眼，她便以迅雷不及掩耳之势把饭盒盖上了，揣进书包里，然后双手合十，小声道："抱歉！抱歉！"

下课铃一响，她迅速跳起来，掀开饭盒，掰开一次性筷子，夹起一个饺子就塞到嘴里，然后长长地感叹一声："啊，好好吃！"

彼时他正在痛苦地煎熬，空空的肚子一下子因为饺子的香味开始叛变，脑子也因为供血不足思绪开始乱飞。他真的很想问她，这是哪个食堂哪个窗口卖的？这是什么馅的？真的好香好馋人。

这短短的五分钟，他已然经历了天人交战。最后他听到饭盒咔嗒一声合上，终于忍不住了，转过头用笔轻轻地敲了敲她的桌子，然后很小声地问:"同学,饺子是从哪里买的——"

他低估了这句话对一个女大学生的杀伤力,这种潜规则就经常发生在吃货女大学生们的宿舍,只要有人问某某食物是从哪里买的,很快就从咨询问题变成了加入队伍一起吃。只见她微微一愣,然后伸手端起那个饭盒给他看,脸上很是愧疚地说:"没有了,对不起,我吃完了。"

他有点尴尬地愣着,就见她从书包里掏出一根能量棒,递给他:"同学,这个也很好吃,一般能量棒不好吃,但这个牌子的好吃。"

他哭笑不得,只得接过来,半晌没敢动,准备等到放学的时候还给她。结果铃一响,她腾地跳起来,自言自语地喊道:"吃饭了,快去抢饭,不然没饭吃了!"

然后她拍拍他的肩膀,笑着道:"同学,你要不要跟我去买水饺?前方传来消息,三食堂风味窗口今天做饺子,有茴香馅,有韭菜馅,还有虾仁馅的。"

他被她明亮、坦荡的笑容晃了神,一时间不知道说什么才好。这女孩子脸太瘦,眼睛便显得特别大,忽闪忽闪的,有种不谙世事的可爱。她耳朵边遗漏了一小绺头发……他真的很想帮她捋上去。

他清楚地听到了自己的心脏怦怦怦地跳个不停。

再后来,他们开始恋爱,去约会,跟所有校园情侣一样,哪怕不同专业,也要一起去食堂吃饭。沈惜凡说哪里有最香的茴香饺子,他们点两份,沈惜凡吃完后总是眼巴巴地望着他那一份。

那时候,他只觉得她可爱,孩子气十足,是个馋嘴的家伙。直到有一天,他一个人再去点茴香饺子,一样的馅,一样的碗筷,一样的醋,却再也吃不出原来的味道。

原来那种感觉是幸福的滋味,无论吃什么,都觉得香甜。

严恒想,她没变,喜欢吃饺子,要添许多醋,然后吃到嘴唇发白,再大口大口地灌水。

他忽然意识到,五年过往的时间就像过了几秒钟,从未修改过自己的记忆，年少轻狂的日子一去不返，但是自己永远回不到那段日子去弥补过错。

她，应该很恨他吧？

药方	怀香	症状
	怀香又名茴香，可以用茴香菜包包子、饺子、春卷等，北方的很多地方在过春节的时候都喜欢包茴香肉馅的饺子，因为"茴香"和"回乡"同音。	
	出自《新修本草》，用于寒疝腹痛，常与乌药、青皮、高良姜等同用，如天台乌药散。治疗胃寒气滞的脘腹冷痛、呕吐少食，可与白术、陈皮、生姜等同用。	剂次

第六章　龟苓膏

龟苓膏：清热降火，润肺止咳，美容养颜，滋阴补肾。

　　下午在淅淅沥沥的雨声中，办公室里的人都恹恹的，医生们对着电脑慢慢地敲着病历，无所事事的规培生时不时打着哈欠，这种懒懒的情绪传染开。李介感到自己深陷在一片泥淖里，孤单和隐隐的忧戚向他袭来。

　　忽然李介的手机响起来，他接起电话，眉头紧锁："啊？我早上查房的时候看他还好好的，怎么说不行就不行了啊？打电话给家属了吗？家属是怎么说的？要出院吗？好好好，知道了，我现在就去。"

　　他推了推快要睡着的规培生："走走走，办出院了。"

　　规培生伸了个懒腰，说："李医生，是早上查完房何医生说的十五床那个病人吗？他不行了？"

　　"是啊，又被我们何医生料中了。"

　　规培生悄悄凑到他耳边问："何医生是乌鸦嘴吗？"

　　李介啐了一口："胡说八道，你懂什么？我师兄三岁就学中医了，他那时候学的可是现在学校和书本里教不来的东西。我们小时候医疗条件哪有现在这么好，重症绝症的病人上了呼吸机打上肾上腺素还能撑一会儿，那时候说不行就不行了。所以那时候中医都得'能掐会算'，要告诉家属估计病人什么时候死亡，让家属做好准备，有的地方有落叶归根的传统，不能让病人死在外乡。"

　　"何医生好厉害啊，他能帮我算算我什么时候可以发财吗？呜呜，我真的很穷。"

"滚吧,我也很穷。"

不一会儿,消化内科打电话来要求会诊,何苏叶跟护士站打了个招呼,径自去了内科楼。

廖主任早就在办公室等他,招呼他:"小何,你跟我去病房看看,最近忽然降温,有些病人咳嗽,用苯丙哌林治效果不明显,我又没敢试可待因之类的。你看看能不能开点中药?这个你们学中西医结合的最擅长!"

何苏叶不好意思:"我尽力而为。"

他细心地把脉、开药,这些病人都是消化科的,所以一般都是肠胃之类的毛病,他没敢用太猛的药,又酌情加了一些疏肝理气、温胃和中的药。

一个病人问他:"医生,我每天灌中药都会吐出黄绿色的胃液,是怎么回事?"

他看看病历,解释道:"可能田七粉有些刺激,不过没有大碍,如果您觉得不舒服,可以问您的主治医师,看能不能把一天三次减到两次。"

忽然,病房里面的灯灭了,冬日天黑得早,病人都一惊。立刻有护士跑过来:"可能停电了,马上来电!"

电是来了,是医院内部的发电机供的,但只供给急诊部和住院部。廖主任好心道:"小何,明天我再让护士去拿药吧,你们中医楼不供电,哪看得清?"

何苏叶点点头:"我先去把药方拿过去,如果来电,我让他们立刻就煎了送来。"

廖主任拍拍他的肩:"也好,帮我跟你父亲问好!"

何苏叶点头,只是他想,自己有多长时间没跟自己爸爸见面了。

大街上暮色渐浓,白天的雨到了晚上就蒸腾起一片迷蒙的水汽,平常的下班高峰,每每华灯初上,他在站牌下等待公交车徐徐过来,塞进密密匝匝的人群，规律的拥堵让他觉得有一丝期待，又有一丝压抑。

他在朦胧的灯光中眨了下眼，夜晚人最脆弱，十五床的那个身影又一次浮上他的心头，在这种生离死别之际，他的心绪也跟着惆怅、孤独起来。

所幸家里没有停电，何苏叶正准备开门，后面便响起一阵脚步声，然后熟悉的声音传来，有气无力："大师兄，你好心赏我们一顿饭吧！"

他回头，有些惊讶："李介，方可歆，呵，好久不见了。"

李介撇撇嘴："不是吧？什么记性？我今天上班了啊，我还帮十五床办了出院，天地良心啊！我没有翘班。"

方可歆挤着他，示意他让开："那是师兄跟我说的，跟你有什么关系？"

何苏叶笑笑："你们这么晚来我家有事吗？"

李介郁闷："学校停电了，大师兄，你知道咱们学校穷死了，老校区都没有发电机，食堂又不开伙，周围小饭馆也不开。"

"外卖呢？"何苏叶问。

李介大言不惭地说："吃腻了，不想吃了，月底了，也没钱了。"

"所以就过来蹭个饭吃？"何苏叶笑笑，"进来吧，家里没什么菜，你们将就一下。"

晚饭虽然简单，但是何苏叶手艺不错，他们吃得连连叫好。

李介是何苏叶师弟，两家也是世交，他一直把何苏叶当哥哥看，在何苏叶家就如在自己家一样随意，吃完饭就丢了碗筷玩手机打游戏。倒是方可歆站起来帮忙收拾碗筷，不好意思道："大师兄，真是麻烦你了。"

何苏叶忙接过碗筷："没事，你放着吧，我去洗碗。"

拗不过何苏叶，她只好在屋里转悠，他的新家一如他自己那样，简单、清爽，书房的书桌上堆着各种药典、杂志期刊。她忽然想起上次是什么时候来他家的——四年前，大师兄和张宜凌师姐分手的时候。

没人知道六年前她暗恋何苏叶，当时她和李介是高中同学，很巧又考上了同一所大学，自然成了好朋友。她总是从李介口中听说这个大师兄学业顶级地棒，人又好，从小为他背黑锅，也是他崇拜的对象。

她记得那个元旦，他们一群临床的同学去吃饭。李介走到一张桌子旁边忽然停住了，兴奋地叫起来："哎呀，好巧呀，大师兄，你也在这里呀。师姐，你好！"

所有人的目光都集中到那一桌。男子抬起头，浅浅地笑，眉眼温和："是呀，你呢，跟同学一起来的？"

立刻就有女生低声叫起来："这是我们学校的吗，怎么我从来没见过这么帅的男生？！"

等李介回来，才跟他们解释："我师兄，他一直在老校区，中西医结合七年的。"

有人开玩笑："李介，快给我们介绍一下！"

李介故作神秘道："介绍什么？人家早就有女朋友了，你们别打主意了，喏，对面就是！"

有一个女生恍然大悟："那不是张宜凌师姐吗？她可有名了，是校学生会的副主席、校报的主编，怪不得不常见到她，原来是在老校区。"

其他人纷纷附和："真是般配，让人眼红嫉妒。"

不知道那天是气氛太热烈了，还是别的原因，原本滴酒不沾的她也喝了不少啤酒。

从洗手间出来的时候，她觉得有些恍惚，眼前的楼梯莫名地变成重影，身体不受控制地向前倒，脚下踩空，在她几乎要惊叫起来的时候被一双手稳稳地托住了。

她酒醒了大半，面对着何苏叶英俊的脸，几乎尴尬得说不出话，只得嗫嚅道："谢谢你，师兄！"

何苏叶礼貌地笑笑："是李介的同学吧？很高兴认识你。"

她不知道怎么回答，点点头，急急忙忙逃回座位，还没坐定，只见何苏叶和张宜凌走过来和他们道别，末了还嘱咐他们——"你们照顾一下女生，别让她们喝太多。"

那天，她真的喝多了，仿佛跟谁赌气似的。

她知道自己的心理悄悄发生了变化，自己几乎是第一眼就喜欢上了何苏叶，那样一个俊逸、温情的男子，一瞬间，她相信了一见钟情。

但是她有什么资格去打扰？后来她从别人口中得知何苏叶和张宜凌是尽人皆知的模范情侣，认识他们的人都会感叹天作之合也不过如此。

她从来没有幻想过自己能够取代张宜凌，只是默默地暗恋着他，乖乖地在他面前做一个小师妹，默默地关注他的一举一动，开开无伤大雅的玩笑，有意无意地模仿张宜凌的穿着打扮，有时候会找一些病例去问他，尽管他不是学影像的，她只为待在他身边片刻。她原以为他们会结婚，然后会有可爱的孩子，相伴到老，可是一切随着张宜凌出国画上了句号。

她真的不懂，相爱的两个人怎么说分就分？天涯海角，再没有一丝瓜葛。

她仍然记得在那个雨夜何苏叶当着她和李介的面，对张宜凌说："你要走就走吧，走了就请你不要后悔，你的选择我尊重，也请你尊重我的感受。"

那夜，何苏叶第一次喝醉了，张宜凌只是沉默再沉默，她就隐隐觉得张宜凌出国这件事一定不简单，但是究竟怎样，她也许永远无法得知。她从始至终都是一个旁观者、一个暗恋者，他们的一切都与她无关。

张宜凌走后，何苏叶就跟着学校的义诊队去了偏远的山区，她完全联系不上他。见不到他的日日夜夜，她无数次回头解读那种最初的心动，如果说那是把一个遥远的人物神化的开端，又未必不是她慕强心理的最初萌动。

有一天她看到何苏叶出现在实验室里，看上去憔悴了许多，问他，他说自己去山区里面做了三个月的义诊，现在回来了，一切都好，无须挂念。

他告诉她，他去乡村里义诊，老人有胆结石病史，没有钱做手术，就一直拖着，他就让老人用虎杖根切片，配上几片鸡内金煎水喝。过了几天，老人情况好转，在他们离开村子的时候给了他祖传的治疗毒疮的外用方，这份礼物太沉重，他很愧疚，又很感动。

他说传统的中医因简单、便利、廉价，并且在无数人身上验证过，在广大的农村具有很强的生命力，但是目前扎根基层的老中医越来越少，而年轻的中医又不愿意下基层。

话语里好像有一份歉意，有一份沉重，有一份逃避，又有一份迎接。

她忍不住问："那张宜凌师姐呢？你是因为她才去义诊的吗？"

他坦荡道："这跟她有什么关系？我早早就报名了义诊团队，尊道贵德，做苍生大医是我毕生努力的目标，是长在我生命中的事业。"

她看着他，心里的绞痛竟然一下子散了，但泪水也唰地涌上眼眶。

果然，他令人仰慕的不仅是那份白衣胜雪的俊逸，更是信念如虹的坚韧。医德为魂，医术为器，她的感情只可托付于仁爱之士，聪明理达之人，托付给悲心似水的苍生大医。

直到有一天，何苏叶对她说："小师妹，感情最好的状态是两情相悦，在这样的关系里，你可以做最好的自己，也会拥有最大的安全感。"

她才明白，她原以为心思隐藏得很好，可是何苏叶什么都知道，他一直以最委婉的方式拒绝自己，加班、有事，而她竟然以为他真的那么忙。

"你在彼而我在此，这样有什么不好，既然有人不想要我梦寐以求的东西，那我想要拥有有什么错呢？"她说完，立刻就吓一大跳，太直白了，她这表白得一点思想准备都没有，然后她瞪了他一眼就摔门出去了。

后来，他们心照不宣，谁都没有再提，他依然待她礼貌、疏离。她也终于想通，他是最有原则的人，爱便是爱，只要那一个人的爱就足够；不爱便是不爱，也不会贪恋一时的温暖。只是，自己永远做不了那个人。

何苏叶家有很多药材，都是学校里的标本，被收藏得很好。她不是学中医药的，所以鲜少能叫出名字，但是很喜欢看这些药材，各种形状，各种颜色，装在透明的小胶袋里，很独特，有时候他们会戏谑地称为"中药香囊"。

她只认识龟板、土茯苓、苍术、女贞子、生地、鸡骨草这些药材，用它们做出来的甜品就是龟苓膏，如果遵循古法炼制而成，从药材的处理到精火熬炼，过程需十余个钟头。

原来她不喜欢龟苓膏，总是觉得苦，可是自从偶然一次在小食店看到何苏叶点这道甜品，她便尝试着吃，尝试去喜欢，直到最后发现已经离不开了。她每吃一口，苦苦的味道就像她暗恋的滋味，只有在这个时候才会感觉离他近一点。

她正看得出神，何苏叶走过来问："看什么呢？我这里可没有什么有趣的东西。"

方可歆掂掂手上的小袋子："土茯苓，是不是？"

何苏叶点点头："中医基础学得不错，是土茯苓。"

她笑起来，眸子里闪过一丝窃喜和骄傲："我只懂一点皮毛，在大师兄面前就是班门弄斧。对了，怎么闻到一股中药的味道，你在熬中药？"

何苏叶指指客厅："是刚做的龟苓膏绿豆沙。快去吧，别被李介那馋鬼给抢光了！"

龟苓膏切成块状，配上绿豆、蜂蜜，吃起来可口清爽，很适合吃多了荤腥油腻后食用。

方可歆说："我觉得当奶茶底肯定很好喝，又续命又养生。"

李介眼珠一转："要么，咱们别当医生了，就去医院门口开家奶茶店怎么样?就叫中医养生奶茶店,古法熬制龟苓膏,特制的小料——滋阴补肾,调理脏腑,清热解毒。不论你是被论文折磨得上火的医生,还是被笨学生气得上火的带教,都能在这里找到你的良药。"

方可歆点头:"我觉得可以,但是我们俩会做吗?"

李介眼巴巴地抬起头看着何苏叶:"大师兄……你考虑一下呗!"

"你每天净在这里出鬼主意,还试图拉我下水,就你去卖奶茶,我看你要么自己喝了,要么全送了,一个月下来赔得血本无归。"

三个人哈哈大笑。李介有些忘形,脱口而出:"对了,师兄,你有没有张宜凌师姐的消息?上次我们同学聚会的时候还提到她了,现在她在美国怎么样?对了,还有邱天师兄!"

气氛一下子冷了下来。方可歆皱眉,用胳膊肘撞他:"好好吃你的,别没话找话说。"

倒是何苏叶先笑起来:"张宜凌的情况我不是很清楚,很久没有跟她联系了,和邱天倒是有一些联系,上个月他告诉我在准备毕业论文,可能快要毕业了。"

李介满脸羡慕:"邱天师兄看上去不咋地,但其实是大隐于市的人才。"

方可歆摇摇头:"你跟他是臭味相投吧。"

李介看她一眼:"哇,看来你对他评价不高啊,邱天师兄要伤心了。还有'臭味相投'这个成语不能这么用,我跟他充其量叫一丘之貉。"

方可歆心潮涌动,怔怔地盯着何苏叶。四年来,这是她第一次听何苏叶提起张宜凌,她一直认为这是他的禁忌,埋在心底最深处的伤痕,不会轻易示人,没想到他现在如此随意,好像在讨论今天的天气一样自然。半晌,她才反应过来:"大师兄,你现在对师姐她——"

"一切都过去了。"何苏叶坦率直言,"过去就过去了,她有她的选择,我也有我的坚持。"

何苏叶眼里是纯粹的坦然,没有伤感,和四年前那个雨夜完全不一样。他舍得了，放下了，而她和世界上其他被困在过往却不能自拔的人不知道何时才能放下。若是放不下，这一生如何幸福？

吃完后，两人起身告辞，何苏叶便独自一人看着书房里的标本出神。

这些都是张宜凌从学校搞回来的，说什么非得耳濡目染才能学好中医药。在他的记忆中，她一向是一个太要强的女子，总是不允许自己失败，最好的成绩、最独特的衣着、学生会的副主席、校报的主编，这样一个女孩子，天生就是被上帝眷顾的。她连男朋友也要找最好的，但是自己是最好的一个吗？

因为她考试成绩总是没有他高吧，尤其是中医。

他印象中每天她都很忙，校报由她一手策划，经常代表学校去参加省学联各种会议，组织学生会各种活动，成绩却不见落下。直到有一天，她靠在他肩膀上，幽幽地说："何苏叶，我真的活得好累呀！"

他觉得心疼，但是也想不出什么理由让她放弃，便好意劝她："女孩子嘛，干吗那么要强，只要尽力就行了，何苦逼自己那么紧？"

张宜凌摇摇头："何苏叶，你永远不会了解我有多要强，有时候我都觉得自己可怕。"

一语成谶。

他仍然记得那个初秋有些凉，繁花开得却意兴阑珊，他隐隐嗅出了不安和躁动。

院长把他们俩叫到办公室，很认真地说："我们学院有一个公派出国的名额，根据平时绩点、实习表现、导师推荐、院系表决，最后你们两个人最符合条件。但是为难的就在此，我们都知道你们之间的事，所以接下来还是你们自己商量吧。"

他知道学中西医结合最难出国，尤其是偏向中医，心下一振，有些跃跃欲试，但是当他看见张宜凌渴求和向往的目光，仿佛是无声的恳求，他立刻就心软了，心里马上做了决定。

他想错了，他以为张宜凌会来和他商量，以为她会说服自己放弃，可是，三天她都没有回学校，也没有去科室，他一遍遍地打电话，只有冷冷的提示音"对不起，您拨打的电话已关机"。第四天，他看见她站在内科楼值班室的门口，她拦住他，冷冷地说："何苏叶，我要走了，系里下了通知，派我去美国留学。"

他笑得勉强，但还是诚心地恭喜她。只是忽然他看见张宜凌脖子上的瘀青，确认了几遍才问出来，只是当时他如此冷静，连他自己都不敢相信："张宜凌，你的名额究竟是怎么来的，能不能告诉我？"

张宜凌垂下眼帘，语气坚定："用我自己换来的，可以了吧！何苏叶，我知道只要你家人发话，院长就一定会把名额给你，所以我只好先下手为强。"

他苦笑，摇摇头："如果你说你想要名额，我一定会给你的，你何苦作践自己？"

这句话却触动了张宜凌，她抬起头坦然地望着他，一字一顿道："我不想欠你人情，因为我要走便走得了无牵挂！"

好一个"了无牵挂"，事到如今，他还能说什么？这个要强的女孩子终究是选择了自己的道路。可是他有一个疑惑怎么也解不开："张宜凌，你究竟有没有在乎过我，而我，对你来说究竟是什么样的一个存在？"

他没能立刻等到这个答案，但是终于等到了。

张宜凌在走前的那个雨夜告诉他："我从小要的就是最好的，最好的成绩、最好的衣服，那时候我就告诉自己，我要最优秀的男朋友。何苏叶，我爱过你，但是我知道我不甘于此，我会出国，然后会遇到更好的，所以，我一定会不爱你的。"

真相大白，原来这个好强的女子要的只是一个配得上她标准的人，而不是何苏叶。

他只得沉默，他也不断地告诉自己，没什么大不了的，怪不了张宜凌，因为这个社会不是也变得越来越功利了吗。可是他有种信仰破灭的绝望，他原以为他们会平平淡淡地过一辈子，简单而幸福。

后来医院高强度的工作让他淡忘了过去的一些事，他喜欢忙碌、充实的生活，喜欢自己这份工作，很珍惜这份平静。

可是即使不断有女生对他表现出直白或是含蓄的好感，他也总是笑笑，婉拒。

好朋友邱天不解，苦口婆心地劝他不要在一棵树上吊死。他不说，心里却清楚，可以陪伴自己一生的女孩子还没有出现。

想起那句"革命尚未成功，同志仍须努力"，他自嘲地笑笑，整理一下思绪，开始收拾厨房，然后打开冰箱，看看明天早餐的食材。结果发现鸡蛋、面包都没有了，他穿好衣服，准备去小区的超市买点东西。

他无意中把目光投向窗外，小区此时正值万家灯火的时候，橘色的灯光，交织着白炽灯皎洁的光与电视变幻莫测的彩光，映在家家户户的窗户上。

他知道，虽然这些灯火不是为他而亮，但是心存希冀，总会有那样一盏灯。

药方	龟苓膏	症状
	做法：普通调羹舀龟苓膏粉3～4匙，先用温开水调匀，再用沸水冲开，放置一段时间，待凝成膏状备用。将膏体切成小块，随意搭配鲜牛奶、酸奶、红豆羹、椰汁等，即可做成鲜奶龟苓膏、酸奶龟苓膏、红豆相思龟苓膏、蜜糖椰汁龟苓膏等饮料。	剂次
	食用禁忌：因为龟苓膏可促进血液循环，并属于清凉解毒的食品，因此妇女于月经期间及孕妇不宜食用，体质虚弱者也不宜常食。	

中蜜：补中缓急，润肺止咳，润肠通便。

第七章　中蜜

吃完饭，沈惜凡躺在沙发上，无聊地刷着短视频。沈妈妈喊道："凡凡，明天你早上在家吃饭吗？"

她随口"嗯"一声："我要吃紫菜蛋花汤和煎饺。"

沈妈妈拎着一包垃圾过来："没紫菜和醋了，你去超市买一点，顺便把垃圾扔了。"

沈惜凡瞅瞅自己脚上干净的棉拖鞋："我不要去超市，出去还要换鞋，多麻烦。"

沈妈妈立刻变脸，扮猪吃老虎，可怜兮兮地说："人老了，连让女儿做件事都难，我以后还是去养老院算了，唉！"

她立刻跳起来："我去，我去！"她从阳台的鞋柜里翻出自己大学时穿的虎头棉鞋，接过垃圾，愤愤然——老妈真是越来越有经验了，知道我吃软不吃硬。

冬天晚上真的很冷，阵阵风刮在脸上，连她的脑子都被冻僵了。她边走边低头看自己的棉鞋，小老虎头，还有长长短短的胡须。她不禁寻思，这双鞋穿在她这样一个年轻的白领脚上是怎么样一个光景，只是可惜出门的时候没有照一下镜子。

她在小超市货架上疯狂扫货，正好有一个人从她身边经过，她有意避让了一下，无意中抬头看了一下来人，她愣了一下，往后退了两步，怀疑地看着四周，嘀咕道："这是超市吧？我没有踏错次元吧？何医生,are you real(你是真实的吗)?"

何苏叶听得真切,扑哧一下笑出来。

她立刻回神,直直地看向何苏叶,暗自感慨,他笑起来真的很可爱。她心跳有些加速,说话也开始前言不搭后语:"不好意思,何医生,你也会来超市,好巧呀!"

何苏叶听着这话怪怪的,但是也没多想:"来买点东西,你家住在这里?"

她点点头,反问:"难道你家也住这里?可是我住了很多年都没见过你一次。"

何苏叶笑笑,解释:"我前几个月刚搬过来的,不常出来走动,不过这个小区挺不错的,交通很方便,购物也方便。"

话题进入一个死胡同,沈惜凡一下子语塞,不知道怎么接话,只得"嗯""是"地点头。何苏叶看了觉得好笑,她个子不高,站在他面前才到他的肩膀,就这样俯视很像一个小孩子挨家长骂的样子。他低下头问道:"你有按时吃中药吧?这篮子里的冰激凌、酸奶、速溶咖啡液、巧克力——"

被逮个正着,沈惜凡很不争气地脸就有些发热。她深吸一口气,装出一副拼命解释的样子:"冰激凌和酸奶不是我吃的。速溶咖啡液,呃,我只是偶尔喝一喝。巧克力嘛,不是我不想忌口,是那些药太难喝了。"

听到她这么一说,何苏叶笑起来,翻翻袋子,掏出一大碗果肉果冻和棒棒糖递给她,嘱咐她:"药要好好吃,要是觉得苦,喝完药就吃这个,听话!"

轮到她不知所措了,她刚想笑就被何苏叶下一句话生生地止住了:"我们科室的小孩子不肯吃药,我们都拿这个哄。"

沈惜凡哭笑不得,指指自己的脸:"何医生,我是小孩子吗?"

何苏叶眨眨眼睛,忍住笑意:"你不是小孩子,是比较像小孩子。我先走了呀,吃完记得去拿药!"然后,他又意味深长地看了她圆圆的虎头棉鞋一眼,走远了。

沈惜凡抓着果冻,呆呆地看着何苏叶远去的背影,她觉得有些恼怒,但是掩饰不住的笑意浮现在嘴角,对他来说,自己这个患者是不是有些特别?

回到家,她把塑料袋放下来,笑眯眯地捧着果冻就要回房间,结果表哥乔阳打来电话:"小妹,经过我对相亲对象的信息进行严格过滤和层层筛选——"

沈惜凡好奇,连忙打断:"有话直说,说人话,OK?"

乔阳的声音立刻高了八度:"你哥亲自上阵,层层把关,坚决不能让滥竽充数的祸害人民群众,这次你哥给你挑的可是一个医生,怎么样?人民医院的住院医生,工作稳定,人品不错,无不良嗜好,你有没有兴趣呀?"

沈惜凡连忙问道:"他叫什么名字?"

"你去了不就知道了吗?"乔阳故意卖关子,"我怕你上网去搜这个人,话说,相亲男女见面前还是保留一点神秘感比较好。小妹呀,咱家遗憾就遗憾在没有一个人学医,看病多不方便,你为了我们家可要好好把握住这个机会。"

沈惜凡无语:"太精致利己主义了吧哥,实话跟你说,找个医生当男朋友,他不是在值班会诊的路上,就是在查房的途中,不是在随时待命,就是要开会,接电话,疯狂补病历,这些能忍?"

"呃——"乔阳陷入沉思。

"但我还挺喜欢医生的,所以,几点,哪个地方?"

"文泉路上的桑梓茶座,六点,你看时间行不?"

她一口应承下来:"没问题!"

第二天晨会上,程总说今年平安夜本市某个软件公司要借酒店场地开一个大型会议,于是便分配各部门工作,接着大家提了一些建议。

会后,许向雅一脸兴奋,差点就往沈惜凡身上扑去:"啊——稀饭,又可以看见好多帅哥,太幸福了!"

沈惜凡郁闷:"比起看帅哥,还是洗个澡躺在床上玩手机更幸福,不是恋爱谈不起,而是网络帅哥更有性价比。"

许向雅撇撇嘴："网络帅哥也叫帅哥？有点追求吧，又不能摸又不能亲。不过，你再怎么不情愿，工作也还是要做的。"

IT峰会几天前刚结束，有几个公司高层已经离开酒店。

早晨的阳光穿透冬天的薄雾，空气微微潮湿，沈惜凡送完客人抄小路走回去，不可避免地路过景阁的别墅。她看见严恒站在窗户边，只是看着屋外的草坪，俊逸的脸庞有些朦胧。

这一幕似曾相识。

曾经，在音乐系的琴房，严恒坐在窗口，头上是夏日骄阳，仍然气定神闲，只是目光辽远、忧郁。只一眼，她便不可自拔地开始关注这个传说中的风流才子，觉得他并非那么快乐。

而他现在是不是也不快乐？

与自己无关吧——她又多管闲事了。

好容易熬到下班，她匆匆赶回家，准备晚上的相亲。

沈惜凡换下职业套装，扎起马尾辫，换上简单的红格子棉袄，卸下妆容，只涂了一层淡淡的唇彩。看惯了自己平常白领丽人的打扮，她觉得清新的学生妆比较适合自己。

她带着忐忑、好奇的心情去茶座，没想到这次男主角十分大牌，过了十分钟才姗姗来迟。她第一眼就认出来了，长得极有个性的医生，上次在医院撞到的那个。

他一手给沈惜凡倒茶，一手叉着腰气喘吁吁地做自我介绍："我叫李介。沈小姐，不好意思，刚才钥匙忘在宿舍了，只好去取，耽误了一会儿，实在不好意思。"

果然，他小指上挂着一串钥匙。沈惜凡好奇："你的钥匙坠很特别呀！"不规则的块状，表面是灰白色，有纵纹裂隙和棕色条纹，看上去光滑、可爱。

李介一愣，随即笑起来："生龙骨，以前从学校标本室摸来的。"然后他递给沈惜凡，指着解释，"这是古代哺乳动物如三趾马、象类的骨骼化石，你看，这块有蜂窝状小孔，正好可以用来穿钥匙扣。"

"我知道,生龙骨是一种药对吧?我前段时间吃的中药里面有这一味药。"

李介顿时来了兴趣:"沈小姐信中医啊?"

"我之前失眠,睡不好,都准备挂精神卫生科的号去开点安眠药了,我妈说让我去小区门口的诊所看看,我有点病急乱投医的感觉,医生给我配了中药,我回家吃了两次,就睡着了。"

"哈哈,中医是我们老祖宗的伟大遗产和智慧,体验过的人都说好,说不好的只能说自己倒霉,遇上了骗子和庸医。我小时候在农村长大,那时候看病不收钱,都是乡里乡亲的,药材是自己在山上采的,也不花什么本钱,碰上病人家里条件好的,病好了,病人就送上两斤酒、两斤好茶。不过也不能否认现代医学的作用,我小时候急性阑尾炎发作,服用大黄牡丹汤加红藤,拉了几次,烧退了,缓过来几个小时后又开始发烧,结果还不是送到医院,手术把阑尾切了。"

沈惜凡被逗笑了。她不由得好奇地问:"那吃了辣眼睛红红的,为什么喝桑叶茶就好了?"

"吃辣椒吃得眼睛出血,那是急性结膜下出血,但你要是跟病人这么讲,他得吓死,去做眼睛检查就得一两百块钱,要是没医保的人啊,挺肉疼的。但是这在我们中医里面不算什么事,就是普普通通的上火,桑叶一大罐才十块钱,抓两把桑叶泡茶喝,嘴巴别那么馋,两天就好了。"

沈惜凡觉得他特别随和,浓黑的眉毛随着他说话的语调上扬下降。她有些奇怪,为什么医生在说到自己专业的东西的时候总是那么投入、自信?何苏叶也是。

他俩越聊越高兴。

李介饶有兴味地看着她:"聊这么多,感觉你对我们中医好像很好奇啊?"

"我对中医很有兴趣嘛,所以就想趁着这个机会稍微多了解一些,我是不是问的问题有点多啊?"

"那倒没有,你就是问问我们中医的日常,这没什么不能说的。我知道很多人跟医生相亲十有八九的开场都是,既然你是医生,那我想请教一下我的病什么什么的,还好你没这样说。从前我在外面应酬,亲朋好友有什么疑难杂症,我都很乐意提供意见,但是后来我师兄告诉我,有句古话道:医不叩门,道不轻传,卦不妄送,易不空出。"

"这话是什么意思?"

李介清了清嗓子,郑重其事道:"他说,医不叩门,就是只要离开医院或者诊所,我们就要尽量避免提到任何与医疗相关的话题,也不做咨询,并不是我们有意摆架子,相反,这样的做法完完全全是基于对患者的尊重,对疾病的尊重。所以如果你要谈病情,要开处方,可以到医院或者诊所挂号再说。医不叩门也是对医术的尊重,我们医生每天走进医院,坐在椅子上之后,一定要先闭目沉思,整理好自己的心境才开始看诊,唯有这样的态度,才能做好自己的工作。"

沈惜凡感叹:"你师兄是个很厉害的医生啊。"

"那是!"李介很得意,"他三岁就学中医了,我还在隔壁玩泥巴的时候,他每天放学都要跟着爷爷出诊,拿着小本子在旁边记笔记,学着识别各种草药,学习脉法……当时为了学习诊脉,他每天都要抓泥鳅——"

"啊?为什么要抓泥鳅?"

"抓泥鳅是为了练习手感,给病人切脉需要感觉,为了练习,他抓了一个月泥鳅呢,后来他说这辈子都不想看到泥鳅了。"

李介看着她,越看越觉得脸熟:"沈小姐怎么看上去这么面熟,在哪里见过吗?"

沈惜凡精神一振:"医院里吧,上次是不是我们俩在何医生的诊室外面见过?"

瞬间,李介眼睛一亮:"何苏叶是我师兄,呵呵,我们还真有缘分!"

"所以你之前说的师兄就是何医生?"

"对啊!"

口袋里手机在振动,她小心地摸出来一看,是乔阳的信息:"小妹,还满意不?我知道我的眼光肯定没错。"

她不禁笑起来,把手机放回口袋,心想,李介是挺不错的,她满意是满意,不过和他在一起欠缺做恋人的感觉,还是做朋友比较合适。这话还是留给中介人传达吧,做不成恋人,做朋友也不错。

最后,沈惜凡奇怪:"李医生怎么会来相亲呢?"

李介摆摆手:"叫我李介就好了,其实我们做医生的,圈子就那么大,交往人群不是医生就是病人。我哥哥跟乔阳大哥是好朋友,上次无意中谈起结婚的时候聊起来了,我对这种事没什么经验,乔大哥说就当是去见一个朋友,我就来了。我个人感觉挺好的,跟你说话倒是很轻松、自然,不过,沈小姐怎么也会来相亲?"

沈惜凡没料到他会反过来问自己,连忙解释:"我的情况其实跟你差不多,像我这么大的女孩子如果没有男朋友,家里就会催得厉害,自己一招架不住,就被套住了!"

李介哈哈大笑:"沈小姐真是幽默,这么说,沈小姐一直没有男朋友了,忙于工作?"

她点点头:"工作忙,朋友圈也只有这么大。"

李介眨眨眼睛:"没关系,我们可以互通有无,你在酒店,我在医院,凑起来也可以开一家婚介所了——对了,沈小姐觉得我师兄怎么样?他现在还没有女朋友,你要是有兴趣,我可以帮你的!"

"啊——"沈惜凡一时没反应过来。

李介又说:"刚才沈小姐不是一直跟我聊我师兄吗?我以为你对他有意思。"

沈惜凡心想,虽然何医生长得很帅,很温柔,让人特别有安全感,那专注的眼神也够让人上头,但是她也知道医患关系很难逾越,要是抱着这样的目的去接近他,未免显得自己有点轻佻、随便。

她只好解释:"李介,我只是觉得何医生人很好,就像我也觉得你很随和,为人也很好,就很想和你做朋友一样。"

李介抓抓脑袋,不好意思道:"我的错!沈小姐不要介意,那我请你吃饭作为赔礼？"

反倒是沈惜凡暗暗骂自己以小人之心度君子之腹，她笑起来："叫我沈惜凡就好了，如果做朋友还是叫沈小姐，那就真不知道怎么做朋友了。我饿了，去吃饭吧！"

他们去吃东北菜，店里生意特别好，没有包间，只能坐在靠门的窗户边。李介怕沈惜凡介意，谁知道一坐下来，她便指着门外来来往往的人群，眯起眼睛笑道："我很少有跟朋友在外面吃饭的机会，别人休闲的假日是我们最忙的时候，你们也是吧。大家忙忙碌碌都是为了别人，这样凑一块儿吃顿饭，感觉真不错。"

他觉得她很随和，让人舒心。

他们点了三个菜，都是招牌菜，虽然不多，但是分量极大，口味又好，两人吃得不亦乐乎。吃到一半的时候，沈惜凡觉得似乎有人在看着她，一抬头，脱口而出："何医生？"

"师兄师兄！"李介屁颠颠地跑出去，连拉带拽地把他拉进来，按在座位上，让服务员加了两道菜，强势地把一双筷子塞他手里，"别客气，吃！请吃！"

"何医生，一起吃吧。"

"我……你们……"他跟沈惜凡默默对视了一会儿，在那打趣玩味的目光下，他没了势头，夹起一块肉，送到嘴里。

沈惜凡问："好吃吗？"

他点点头。

"这道菜也很好吃呢，他家这个拌菜做得特别爽口，料汁调得酸甜可口。何医生，你尝尝。"

"师兄，地三鲜里的土豆、茄子可下饭了，吊打咱们那破食堂。"

他莫名其妙被拉入一场饭局，莫名其妙跟两个八竿子打不到一起去的人大快朵颐，这两人吃东西还吃得很香的样子，他看着都有点开心。

几个人吃完饭，服务员送来账单，李介抢先把钱付了。沈惜凡语气爽快、落落大方："谢谢你请客，改天请你吃饭！"

她起身去洗手间。何苏叶的疑惑终于问出口："你们俩怎么会在一起？"

李介拿着筷子敲碗，跟说书似的："我跟这位沈小姐相亲来着，不过到现在我都不知道她具体是做什么的，年薪多少，有没有房和车，只知道她对中医很感兴趣，对我一点兴趣都没有。"顿了顿，他又嘀咕了一句，"我倒觉得她对你可比对我有兴趣多了。"

"你说什么？我没听清楚。"

李介把手机一收，脑袋倚在椅子上逃避问题似的闭目养神："吃饱喝足，我得想想我的论文怎么写了，真要命，啊啊啊，好想死啊。"

因为沈惜凡和何苏叶住在一个小区里面，于是三人在时代广场分手后，他们两个人一路。沈惜凡今天心情说不出地好，何苏叶看到她不停地四处张望，嘴角挂着笑容，自己也被感染了，心里涌出说不出的快乐。

大街上人来人往，再有五天就是圣诞节，然后就是新年，商店里面摆着圣诞树，挂着彩灯，窗户上喷着"Merry Christmas！Happy New Year！"的字样，广场上的音乐喷泉五光十色。小孩子在广场上奔跑、欢呼，情侣们手挽手，亲密无间。

可是，这么多年了，他第一次感到这么热闹，空气被欢声笑语填满。

忽然，他觉得有人拉他的衣角，低头一看，一个卖花的女孩子微笑着望着他："大哥哥，给你女朋友买一束花吧！"

何苏叶有些无措，倒是沈惜凡扑哧一下笑起来："小朋友，他是我爸，你搞错了！"

小女孩难以置信地看着他们俩，狐疑地走开了。何苏叶看着沈惜凡捂着嘴窃笑，实在是无奈。她穿着驼色大衣，扎着马尾辫，大大的眼睛神采飞扬，灵气十足，一点都不像一个二十几岁的职业女性，说她是高中生，恐怕都有人信。他叹气："果然是我老了。"

"才没有呢，何医生多笑笑，笑一下立马年轻十岁。"

走到小区的超市，她钻了进去，何苏叶在门口等她。没一会儿她出来，提着大包东西，然后一脸期待地问他："何苏叶，你喜不喜欢吃甜食？"

　　这是他第一次听她喊他名字，说不出来是什么感觉，只觉得她带着软侬的口音发出"苏叶"两个字的时候特别有味道，有点像小时候爷爷做蜜丸时用的中蜜，香甜、黏稠。

　　他点点头："喜欢呀，怎么了？"

　　她掏出一块德芙巧克力："果冻的回礼，何苏叶要好好看病，作为病患给医生的谢礼！"

　　他笑着接过来，说了声"谢谢！"，然后他发现沈惜凡脸有些红，在路灯的照射下，淡淡的一抹绯色仿佛夏夜的最后一抹晚霞。她估计是有些后悔自己的大胆，一直到家门口都没敢抬头看他，明眼如他，一下子就看出沈惜凡打的主意。

　　但是，这是第一次，他竟然不排斥有人对他这么直白的好感。

药方	蜜酥粥	症状
	蜂蜜适量，酥油30克，粳米50克。先将粳米加水煮，后加入酥油及蜂蜜。适宜于阴虚劳热、肺痨咳嗽、渴、肌肤枯槁、口疮等。	
	鲜百合蜂蜜	剂次
	鲜百合50克，蜂蜜1~2匙。百合放碗中，加蜂蜜拌和，蒸熟。适宜失眠患者常食。	
	出自《神农本草经》，蜂蜜，补中缓急，润燥解毒。用于肺虚燥咳及肠燥便秘，单用30~60克冲服，或与当归、黑芝麻、何首乌等配伍；用于乌头类毒药之解毒。凡湿阻中满、湿热痰滞、便溏或泄泻者慎用。	

沉香：行气止痛，温中止呕，纳气平喘。

第八章　沉香

沈惜凡回到家，打电话给乔阳，除了表明立场，两个人絮絮叨叨又说了好些题外话。

她刚放下电话，沈妈妈就凑了过来："凡凡，今晚你瞒着你娘亲去做什么好事了？"

沈惜凡想找一个值班的理由忽悠过去，沈妈妈却"嘿嘿"笑了两声："我可是你亲娘呀，你是我从小养到大的，我怎么能不知道你的本性呢？"

她立刻就有不祥的预感："妈，您看到了？看到什么了？"

沈妈妈故作玄虚："看到了吃饭，东北菜！"

沈惜凡立刻哀号，灰溜溜地承认："一个朋友而已，就吃吃饭。"

沈妈妈竖起两根手指，在她面前晃晃："这个数吧——不愧是我亲闺女，一次相俩，效率真高，就是不知道会不会聊天聊岔了发错人。"

她妈这种更年期的阴阳怪气真是没救了，她顶了一句嘴："这才两个，完全不会弄岔，我老板要我货比三家填采购表，我一次能跟五个男人聊天，剩下四个陪跑。"

沈妈妈狠狠地瞪她一眼。

沈惜凡趴在桌上，面前摊着一本单词书，然后脑袋就开始不受控制地神游，苏叶，苏叶……真好听。她以前追《仙剑奇侠传三》，雪见、龙葵、紫萱，还有徐长卿，当时她觉得这些名字都好好听啊，后来才知道都是中药名，我们祖先真的好厉害啊，起的名字不仅美得如诗如画，而且还很有意境。

一会儿，手边的稿纸上全是何苏叶的名字，她有些懊恼，又有些羞怯，然后一个字一个字把他的名字给涂掉，她舒一口气，走到窗前。

床边的音箱里传出一阵悠扬的吉他声，一个温和、朴实的男生声音悠悠地唱起："熟地若将离，白了相思发，木落时应将谁牵挂，蒲公英仍在风中飘啊飘啊，你回头却隐在晨曦的薄纱。车前一红花，半幅山水画，使君来饮半口凉茶。莫忘刻下当归的情话，和那枝种在回忆里的蘘荷……"

沈惜凡忍不住跟着轻轻地哼唱起来，据说这个唱作者也是中医药大学毕业的。她不禁想象了下，何苏叶穿着学士服，天空中飘着悠远的音乐，七月的阳光下都是年轻的毕业学子的身影，拍照的、拥抱的、含着眼泪道别的。

她倚着墙，看着飘窗外漆黑的天空、通明的长街，灯光中车声喧哗，风声呼啸，让她又欢喜又惆怅极了，总觉得人生许多故事都是那样的开始，由一个美好的想象开始。

第二天，沈惜凡刚进办公室，就看见桌上有一捧郁金香，她微微惊讶，拾起卡片，看见极其熟悉的字迹"戴恒"。没来由地，她觉得恼恨，把大捧的花推到一边，怔怔地发呆。

没想到被许向雅看见了，她两眼发光，拿着那捧花上看下闻，自我陶醉："这捧郁金香看起来就很贵的样子，荷兰进口空运来的吧，出手真阔绰！"

沈惜凡起身去泡茶，头也不回："你要是喜欢就给你好了。"

"你不要就给我。"许向雅美滋滋地抱在怀里，"有人给你送花你还板着脸，花又没惹你，你以为你这样就是高冷女神吗？酸气都可以拧出汁，下锅溜土豆丝了。"

沈惜凡伸手抽出一个紫色的花骨朵："都给你吧，你知道我不喜欢花的。"

许向雅摇头:"胡说八道,我知道你喜欢郁金香。我估计这个送花的人跟你有什么纠葛,让你连最喜欢的花都看着不爽,真是的,花有什么错。"

沈惜凡哑然,她不是讨厌严恒这个人,只是有点反感他的行为,他要做什么,表达什么,是歉意还是余情未了?

她想起许向雅的吐槽,霸总果然都是不张嘴的,她突然又气又觉得好笑,凭什么纠结的是她?说到底是他送她花,花有什么错,又不是什么烫手的奢侈品,大不了以后折成现金,甩他一脸。

想到这里,她把那捧郁金香从许向雅手里夺回来:"不给了,我留着了。"

严恒一连送了五天花,每天都是不一样颜色的郁金香。沈惜凡知道冬天这些花便是空运而来,一般花市并没有,严恒这样大手笔,她实在不知道他在打什么主意,但是她并不在意。

圣诞酒会顺利举行,东科软件出手阔绰,不仅包下了古南华庭最大的会场,并预订了三套别墅和高尔夫球场,作为现场嘉宾的抽奖礼品。

在这个甜蜜的节日里,古南华庭的员工只能眼睁睁地看着别人娱乐。

巨大的水晶灯让会场的每一个角落都通透、明亮,在场的男士基本都携女伴参加,光鲜、豪华的场合,身边穿梭的女人多半香衣云鬓、妆容考究。作为现场工作人员,沈惜凡只是化了淡妆,一身简单的服饰。

东科邀请了好些电子软件界的要人,她认得出的就是几个参加IT峰会的老总,古南华庭的高层也应邀参加。

相较其他人,她实在是太安静了,调度指挥像个尽忠尽责的NPC(非玩家角色),等一切安排妥当之后,就挑了个角落站着,不打眼,也没有要出风头的强势。

节日嘛,就是应该和家人一起过,不过干这一行,别人的假日就是她的工作日。虽然她很想回家,喝一罐冰镇可乐,然后和爸爸妈妈聊天,或是出去转转,融入街头感受欢乐的氛围,但是她此刻也很开心,只为了有人握着她的手微笑着说"Thank you for your service（感谢你的服务）"，这种成就感真让人幸福。

水晶吊灯把光都打散了，金粉似的洒下来，落在她乌黑的头发上，如同墨黑织锦上的金色提花。这个白衣白裙的女子脚跟并拢，安静地站在一个角落，嘴角一直挂着职业的微笑，仿佛刚从微黄薄脆的旧藏书中走出来，温柔、复古。

门口一阵骚动，沈惜凡看见程总和其他高层，立刻迎上去。一群人中，严恒站在中间，客气地和他们握手、打招呼、说笑。

有人告诉她严恒要来吗？如果有的话，她情愿病一场。

程总向她挥手，她只得硬着头皮上前："严先生，您好！"

严恒穿着西装，没有打领带，戴着眼镜，文质彬彬中又透出一丝不羁。他伸出手："沈经理辛苦了，这些天谢谢你的照顾，之后还要麻烦你一段时间。"

他的手指有些冰凉，一如记忆中的修长有力，曾经这只手带着她走过了似水年华、繁花似锦，只是，她没有想过他们会以这样一种方式握住彼此的手。

她手心不禁渗出一丝汗，脸上仍是淡定："严先生客气了，我很乐意为您服务。"她想把手抽出来，可是严恒握得紧，笃定不会放的姿态。

沈惜凡落落大方地看他，目光有些严厉。严恒狡黠地笑笑，猝然松开。她表面镇定，安然退开，但是内心有些东西开始慢慢地瓦解，再多一会儿，就会溃不成军。

以前，她就不是他的对手。

这怪她吗？最怕前任突然出现，像诈尸一样令人不安，不过她已经暗暗下定决心，这种人不值得她给他一个眼神。

繁华的都市在圣诞夜五光十色，每个人脸上都洋溢着笑容，女孩子挽着男朋友撒娇，父母抱着孩子，小孩子吵着要圣诞老人手上的糖果，卖花的小姑娘穿梭在人群中。

她从酒会上溜出来,准备直接回家,走在路上却觉得有些孤单,周围的一切热闹仿佛离她很遥远,虽然她一直喜欢独处,但在这样欢乐的节日还是会有些许寂寞。

不知不觉,我的朋友都去哪里了?她仔细想了想,大家要么工作太忙,很久没聚了,要么就是正在谈着甜蜜的恋爱,或者早就结婚生子。嗯,她打趣着自己,是时候换一拨朋友了。

忽然,手机响了,是一个陌生的号码,声音却不陌生:"沈惜凡,猜猜我是谁?"

她有些好奇:"李介,你怎么知道我的号码?"

那头"哎呀"了一声:"不好玩,这么快就被你猜到了。对了,你现在在做什么?"

"在回家的路上。"

李介叹一口气:"这么无聊,今晚没活动?那你要不要过来呢?我和我师兄他们正在酒吧里面玩,就在广元路上的那家'尔雅'。"

何苏叶也在?沈惜凡转念一想,是不是还有其他的人?没想到李介先来了一句:"还有其他的人,不过没事,待会儿介绍给你认识,大家都挺好相处的,别犹豫,过来吧,我们等你!"

她立刻答应下来:"好的,我马上就过去。"

"尔雅"是那种清新的酒吧,是白领、小资喜欢去的地方。

她一进门,便看见一群人坐在最里面的雕花木桌旁兴致勃勃地说着什么。她一眼就认出何苏叶,他儒雅、帅气,笑起来眼睛像新月,深深的酒窝,在人群中实在是太瞩目了。

李介看见她,向她招手:"这里这里!"

她走过去。李介一个个介绍:"都是大师兄的师弟,还有一个小师妹。"

沈惜凡看见那么多男生中只有一个女生,很漂亮,是那种张扬的美。美女站起来:"我叫方可歆,就是这里唯一的小师妹,学的是影像,现在在读硕士。"

沈惜凡坐在李介身边，她性格外向，又是做酒店这种服务型行业，自然说话风趣又有礼貌，不一会儿，大家便都混熟了。

何苏叶看着她，浅浅地笑，不刻意和她搭讪，但是他的目光一直没有离开她。

一个小个子男生提议："我们玩点什么东西吧，要不接字游戏？"

另一个人说："好呀，我们接方剂，输了的人就要被罚酒，芝华士十二年，待遇够好了吧！"

不愧是文化人，她玩过的接字游戏都是整活的，接方剂是什么？她立刻没了神，什么"方剂"，她听都没听说过，求助的目光投向何苏叶。

何苏叶站起来，示意李介往里面坐，然后挨着沈惜凡，小声宽慰她："没事，我帮你！"

李介看着他们，笑得一脸狡猾。方可歆愣了一下，表情若有所思。

"四画开始，大师兄，你先！"

"五苓散——桂枝、白术、茯苓、猪苓、泽泻。张铭，六画接下去。"

"芍药甘草汤——白芍药、炙甘草。七画，沈惜凡。"

大家都好奇地望着沈惜凡，只见她吞吞吐吐："良附丸——高良姜、香附。"

立刻就有人笑起来："大师兄，你帮她作弊哎，不行，你得罚一杯！"

李介挥挥手："就让大师兄帮她，大师兄你一人说两个，然后沈惜凡你还得牢牢记着，大家可要加油，把大师兄撂倒！"

她真没想到有这么多的中药，而且有些名字还很奇怪、绕口，她只能支支吾吾："沉香降气散——沉香、甘草、砂仁、香附……还有……我想不起来了……"她无奈地冲着何苏叶眨眼。何苏叶并不恼，只是微笑着看着她。

大家哈哈大笑。李介推一小杯酒到她面前，沈惜凡皱眉，旁边就有人接过去一饮而尽,她惊讶:"何苏叶,是我输了哎!"

所有人都看出端倪,纷纷调侃何苏叶:"大师兄怜香惜玉!"

方可歆也调侃:"大师兄,要是我的中医基础老师都像你这样,我就不用为我的单科奖学金发愁了!"

沈惜凡倒是不好意思,心里暗生感激,嘀咕:"我下次一定会牢牢记住的。"

何苏叶若无其事,提醒她:"看来我要挑简单的名字了,太长、太烦琐的你都记不住。"

她只得讪讪地笑。

后来他们又去唱歌。

她没想到学医的人一旦玩闹起来也是很疯狂的。一旦开唱,自然有人喝彩,有人起哄,气氛变得很热闹,李介更是在其中推波助澜。

彼时屏幕上正放着《吉祥三宝》,李介带领一群医生高歌"吉祥三宝医生版":"爸爸,太阳下山,你就回家了吗?——不行!星星出来,你又去哪里了?——有急诊!那怎么加班费也不发?——为人民服务!"

所有人都笑倒在沙发上,沈惜凡第一次听到现场版的,顾不得形象,笑得缩成一团。

好容易换别人唱了些伤感的情歌,可是被刚才的气氛一搅和,怎么也唱不出撕心裂肺的感觉,然后就有人怂恿何苏叶唱歌。

何苏叶面露难色:"我真的不会唱歌呀!"

有人叫起来:"大师兄不给面子,我听别人说你唱歌不错的。"

他摆摆手:"我真不会唱——"

话音还没落,李介就把一个麦克风塞进他手里,另一个丢给沈惜凡:"大师兄,男女对唱,看你唱不唱。"

沈惜凡一下子就蒙了,看看屏幕,上面是那个熟悉的歌名——《再见北极雪》。

她不是没有唱过歌,只是从来没有过男女对唱,开始唱得很拘谨,到后来就完全放开了。她和何苏叶相视而笑，顿时信心大增。

　　唱完之后，她才意识到原来何苏叶唱歌真的很好听，跟他对唱，实在是很有压力。她转过头望着他，在他的眼中看到了深深的笑意，还有自己如花的笑靥，她感觉在心中涌动着一种温暖，近似感动的快乐。

　　这样的节日，很适合大家一起过。

　　他们玩到十一点多才结束，沈惜凡没有想到和这群人处起来轻松愉快，大概医生的性子多半细心、认真，学中医的更是心思细腻，懂得为他人着想，所以和他们说话、相处有种被照顾的感觉。

　　何苏叶和她一起回家。沈惜凡走在前面，不时回头跟何苏叶搭话："何苏叶，没想到你唱歌这么好听！"

　　他不好意思地笑笑："我听得很少，一般也不怎么唱，这首是唯一能拿出手的歌。"

　　"你一般喜欢什么样的歌？中文的、粤语的，还是英语的？"

　　"不限吧，好听就可以了，有什么好歌推荐一下吗？"

　　"我听的都很小众，你未必会喜欢呀。这次网易云给我推荐了年度歌单，说我竟然能挖掘到全网只有56个听众的歌，是不是很厉害？说我最爱在深夜听歌，还说我听歌获得的多巴胺总量相当于谈了三十五场高质量的恋爱。"

　　看着她一脸骄傲的样子，何苏叶也不禁笑了，他掏出手机："那能跟我分享一下吗？加个微信吧。"

　　"好呀。"终于是以朋友身份而不是患者身份加了他的微信，她看着他微信上的简笔画卡通头像忍俊不禁，"像是小孩子画的。"

　　"是，是我们科室一个小患者画的。"

　　沈惜凡愣了一下："肿瘤科的小朋友——"

　　"是白血病，不过值得庆幸的是，他后来接受了骨髓移植，现在很健康。"

　　她松了一口气，眼睛弯弯的，笑容像是要溢出来："太好了。"

　　沈惜凡话题一转："何苏叶，你今天说的方剂好像里面都有沉香这味药,为什么?"

"你的手串。"

她抬起手,笑道:"这是我在庙里求的沉香手串,说是有安神助眠的效果,反正为了治疗失眠,我可是什么科学玄学都试过了。"

"沉香靠近了闻才会有丝丝透凉的香味,时间越久越能让人体会到,越挖掘越觉得欣喜,就像人一样。"

"像什么人一样?"

他没回答,脸微微红起来,可能是酒精的缘故,他说话有些大胆,倘若是平时,绝对不会说得这么直接。

但是其实他也没有喝多少,还十分清醒,只是今天第一眼见到沈惜凡,他的心便没来由地跳了一下,然后看着她灿烂的笑容,和他一起作弊时的狡黠,输掉游戏时的无奈和调皮,唱歌时没来由地心动,这些让他心情无限好,就像被吹起的气球,快乐满满地膨胀。

路灯把沈惜凡周身笼在光晕之中,她白衣白裙,外面是一件长长的风衣,她似乎很怕冷,不住地往手上呼热气,不老实走路,喜欢跳来跳去,任凭乌黑的头发在风中飘动。

何苏叶忽然有种奇怪的感觉,跟沈惜凡在一起的时候总是心情舒畅。不管是她精明干练的一面,还是迷糊、无奈的样子,他都觉得有趣,越深入了解她,越觉得她难能可贵,越有惊喜。

平安夜,果然特别煽情。

沈惜凡犹豫半天终于说出口:"何苏叶,我发现跟你在一起就特别开心。"

他笑起来,意料之中,他难道不知道她滴溜溜的眼珠都往哪儿转?喜欢不经意地瞥他,然后又若无其事地收回目光,跟他说话会有些前言不搭后语。也许是这段时间接触深入,他并没有摆出一脸拒人千里的高冷姿态,她如同愈加大胆的孩子,偷偷翻过禁区的栏杆,发现自己原来没有大碍,便情不自禁要走得再深一点。

他居然也不排斥,甚至有时候会莫名其妙地想到她。有时候他下楼去买东西会想，不知道沈惜凡会不会在超市，她应该多吃一点水果，而不是饼干之类的；有时候他写论文写到一半，会抬头往窗外看，不知道她家住在哪儿，小区那么大，那次只注意到她向三区那边走去；她会不会再失眠，或是折腾出别的什么病来，又跑来看病？

他有些惊讶，但是随即又释然，何必考虑那么多自己该不该把她挂在心上，既然挂着了，那就挂着吧。只是他不确定这是什么样的感情。

对张宜凌他有些依赖，因为她在他人生中最痛苦的时候给了他安慰。这段感情看起来光鲜亮丽，实则脆弱得不堪一击。

很奇怪，对沈惜凡，他第一次觉得自己有了一种叫责任的东西。只是因为她比他小，只因为她曾经是他的病人？

药方	沉香茶	症状
	将沉香木切成小片，投入水中煮沸，就成为沉香茶。	
	出自《别录》，沉香，行气止痛，温中止呕，纳气平喘。	
	用于胸腹胀痛。治寒凝气滞之胸腹胀痛，常与乌药、木香、槟榔等同用，如《卫生家宝》中的沉香四磨汤。治脾胃虚寒之脘腹冷痛，如沉香桂附丸。用于胃寒呕吐，治胃寒久呃，可与柿蒂、白豆蔻、紫苏叶等同用。也可以用于虚喘症。	剂次

郁金：活血止痛，行气解郁，清心凉血。

第九章　郁金

早上六点不到的时候，何苏叶就被电话铃吵醒了，他一接起来，那边一个女孩子便心急火燎地喊："刘医生，快来抢救！18号床的病人怕是不行了！"

他立刻愣住了，刚想告诉她打错了，对方又是一阵道歉："不好意思，打错了，打错了！"

他哑然，笑笑，挂了电话，躺在床上却怎么也睡不着，干脆起来。

冬天天亮得极晚，快六点天还是灰蒙蒙的一片，没有星星和月亮，只有小区的路灯静静地亮着，举目望去，也只有寥寥几家亮起灯，也许是有上学的孩子需要早起。

他坐在电脑前一手吃着煎蛋培根三明治，一手滑着鼠标飞快地看着李介发给他的论文。他越看心里越堵，不住地叹气，李介那小子越来越会偷工减料了，拿去交给老板，也不怕被剥皮。

他顺手抓起笔删掉大段无用的内容，然后打电话给李介。

彼时李介正在医院值班室睡得天昏地暗，电话一响，他立刻吓得魂飞魄散，一看是何苏叶，便开始抱怨："大师兄，你想吓死我呀，我以为病房出什么事了呢。"

"现在已经六点多了，你还在睡，待会儿要查房，你管床的病历都看了吗？"

"啊，真的好困啊，昨晚起来四次，到现在人都是蒙的，查房什么的随便了,大不了被主任臭骂一顿。"

"有时候我真的羡慕你这种心态,死到临头了还这么淡定,你看看你这论文写的都是什么东西!东拼西凑,一点都没有逻辑和内容,整个一学术裁缝,我一边改一边看,越看越觉得你要悲剧,你这篇论文想要糊弄你老板是绝对不行的——"

"对啊!我就是为了糊弄他,我实在写不出来!我已经做好连人带论文被扔到碎纸机的心理准备了,师兄,我论文写得垃圾难道我没有一点数吗?所以师兄你大清早打电话就是为了这件事?上班了再说也是可以的啊!大师兄,你绝对是故意的,太不厚道了,欺负我们这些可怜的住院医生,没天理啊,这日子没法过了——"

何苏叶被他说得哭笑不得:"行了吧,我给你尽量完善一下,改好我发你邮箱。"

早上去内科住院部,何苏叶本不需要去查房,但是因为他给一些病人开了中药辅助治疗,需要去问问药效,然后再对症下药。

他走到内分泌代谢科病房门口,见到几个医生、护士围在一起嘀咕什么。有个医生看见何苏叶,招呼他:"何医生,你说怪不怪?明明昨天人还好好的,今天说不行就不行了。"

他思索了一下,道:"早上六点是你们病房急救的?"

"可不是,甲亢病人,刚入院两天,今天早上就去了。"

"甲亢心衰?"

另一个医生接话:"没准真是,当时谁知道啊,只是入院观察,现在大家都怕医院惹官司。唉,你说咱科室最近邪门不?一个星期连着去了两个病人,一个甲亢突眼,另一个心衰肾衰,都要元旦了,整个病房愁云笼罩,人心惶惶。"

一个年轻的小护士接口,口无遮拦:"还好没再暴发什么非典,比起那个,这个算什么?"

何苏叶心里一惊,两位资深的医生脸色突变。护士长训斥小护士,语气严厉:"别乱说话,该干啥干啥去!"

有护士在病房门口喊:"主任来了!"大家立刻呼啦地散开。

何苏叶摇摇头,径自去值班室找李介。

"非典",好久没有被提起的词语,那年,全国都为之色变的疾病。这家全国百佳医院当然也不例外,不光是非典病人接连呼吸困难、休克,最后死亡,一些医务人员也接连染上了这样的疾病,倒在自己工作的地方。

那是多么惨淡的一年,在这家医院工作过的人都知道,每个人都曾经那么靠近死亡,熟悉的不熟悉的人接连倒下,他们的遗体连同所有遗物一并火化。每个人都觉得他们真实地存在过,然后又不留痕迹地消失。

冬天的阳光总是朦胧的,像晕染在天上却不存在一样,怎么也照不进病房。何苏叶仰望天空,心陡然被拉出一个缺口。

他突然想去看看妈妈。

学校和附属医院离得很近,几乎就是隔着一条马路。那年,学校封校,许多同学试图从后墙爬走,他曾经也想这样做,不仅仅是因为他好久没有回家,而且他生命中至亲的两个人都在这家医院。但是,他不是害怕这场天灾,他只想知道他们在医院里好不好。终是未遂。

斑驳的红墙上面,夏日生机盎然的爬山虎早没了绿意,学校药剂房里面传来熟悉的中药味,操场上枯草丛生。老校区好久没有被打扫过了,如今都是研究生和博士生的天下,来来去去都不见几个人,只有那栋五层的办公楼时常有医学界的泰斗、专家、教授出现,多半是表情温和、面带微笑。

主干道上停着校车,每天往返于新老校区。司机大叔还记得他,热情地跟他打招呼,他不由得寻思,有多长时间没有去新校区看看了。

不过他还是对老校区感情深,他在这里生活了七年之久,处处充满回忆。

走到办公楼五楼,他敲门进去,恭谨有礼道:"杨教授,李介的论文我给他送过来了。"

老人笑呵呵:"何苏叶?李介那小子怕是自己不敢拿过来,怕我把他臭骂一顿。来,先坐下再说。"他接过论文,翻了两页,"李介那小子进步不少。不对,小何,你帮他改过了?"

何苏叶点头。

老人摘下眼镜仔细询问:"真的不打算读临床那边的博,一心要改去中医内科,做顾平的博士生?"

他深吸一口气:"决定了,我已经跟顾教授谈过了,大概年后就可以读了。"

"也好,也好!从医之道,如临悬崖,如履薄冰,其中的艰辛非同道不可体会,希望你不忘初心,砥砺前行,继承发扬祖国的传统医学。"

聊了一会儿,他起身要走,杨教授喊住他:"对了,小何,能不能帮我个忙?"

何苏叶点头:"杨教授,您说吧,我尽力而为。"

老教授笑起来:"美国那边的大学要来个教授做场讲座,倒是对中医很感兴趣,我跟老顾打过招呼了,先把你借来帮帮忙,你看有时间不?"

他笑起来:"没问题,您把资料发我就行了,我会好好准备的!"

中午下班后,何苏叶去花店,辗转了几家才买到郁金香,搭上公交车去郊区。

墓园是个鲜有人至的地方,但是几乎每个人一生之中都会来几次,而且最后的归宿也是于此。所以,人们总是希望来的次数越少越好,毕竟看着熟人离去是件悲伤而又无可奈何的事情。

他久久凝视着墓碑,妈妈在对着他笑,记忆中,妈妈总是微笑着。

"苏叶,爸爸妈妈要去上班了,乖乖在家,不要乱跑,饿了,桌上有面包和牛奶。"

"苏叶,考试没考好没有关系,只要努力就可以了,不哭了,乖!"

"苏叶，妈妈知道对不起你，妈妈工作太忙了，没有时间陪你，甚至连去家长会的时间都抽不出来，可是苏叶还是很争气地长大了，而且还这么优秀，妈妈很为你骄傲。"

"苏叶，你都大二了，啥时候带个女朋友给爸爸妈妈看看？呵——看你说的，你妈妈可开明了，你不主动点，哪有女孩子喜欢你？"

曾经他们一个老师说过："培养一个医护工作者要十年的时间，而这正是我们孩子成长的关键十年，我们与孩子在两条平行线上共同成长，却无法交叉。"

他心里一阵酸涩，眼圈一下子红了，听医生说妈妈离去的时候仍是微笑着说："这辈子最对不起的就是我的儿子。苏叶，你不要怪爸爸，是妈妈自己愿意来的，别怪他。"

可是，他还是怪了他爸爸，为什么爸爸不能暂时抛下一个医生的身份，履行作为丈夫的职责呢？他心里有个死结，时间越长越纠结，如今怎么也解不开。

他把郁金香放下，伸手去触摸墓碑，上面一尘不染。

他思绪绵长，一旦开始，怎么也断不了："妈妈，爸爸仍是一个星期来看你两次吗，你知道吗？我好久没有见他了，不知道他好不好，你知道不？

"妈妈，我决定去读中医了，虽然爸爸一心希望我选择心血管。你知道吗？我高考的第一志愿是中医，但是被爸爸擅自改成了中西医结合，所以我才长时间跟他冷战。

"妈妈，我很喜欢中医，大概和爷爷有关，小时候就喜欢看他摆弄中药，给人看病，后来有一天他坐在摇椅上跟我说，'苏叶，你的名字就是一味中药。'他是从乡村赤脚医生走进大城市的名医，他对我的期望一直是，尊道贵德，做苍生大医。

"但是真正地做到苍生大医太难了，我现在还远远不及格。"

午后的阳光突然颓败下去，阵阵冷风开始吹起，郁金香的花瓣在风中摇曳，似乎有要下雨的迹象。

他起身，冲着墓碑微笑："妈妈，我先走了。"

他没有直接回家，而是去了老城区的爷爷家。

何苏叶的爷爷是全国中医名家，国医大师，退休前曾任中医药大学的校长，后来又被调去卫生厅任厅长，退休之后，一直过着半隐居的生活。

"何苏叶"这个名字便是由他起的。

何苏叶进门之后并不直接去书房，而是就着院子里晒着的药材逐个儿闻起来。倒是何奶奶先看见了他："老头子，苏叶来了！"

此时何苏叶正对着一种药材皱眉，何爷爷站在他身后提醒他："是郁金，你小子学那么多都忘掉了呀？！"

他不好意思，嘀咕："这是川郁金？"

何爷爷脸色一变，有些愠怒地说："川郁金是郁金的块根，色暗灰。这一眼就能看出的东西，你还问？我早就说现在中医这个模式不行，很多临床上的医生连药材都不认识了，羞愧不？"

他点点头，一副乖乖被训的学生样子。

"有空跟我逛逛药材市场，上山采采药，多学习，学中医不能拘泥于医院，应该多去其他地方看看，知道吗？"

"知道了。"

何爷爷脸色缓和下来，问："你最近工作怎么样？"

何苏叶正色道："我打算转去中医药学院读博，中医内科，导师是顾平教授。"

何爷爷诧异："他？他还没退休？我觉得他啊，临床水平就那样，不过他做研究发论文还是可圈可点的，确实，我们传统医学很需要科学研究的支持……"

何苏叶静静地看着手中的郁金，轻轻地说："爷爷，我今天带了郁金香去看妈妈。"

很长久地沉默，然后何爷爷站起来："你好久没回家了，也去看看你爸爸。虽然我是他爸，是你爷爷，但是你们爷儿俩的事我插不了手，虽然你爸爸有很多做错的地方,但是……唉……我老了啊,就不想再争论你们的对错,逢年过节回家吃个团圆饭,我就满足了。"

他点头,虽然有些迟疑:"我抽空去吧,爷爷别操心了,其实我也有错。"

何奶奶在客厅喊:"老的小的,都吃饭了。苏叶,今天有你最爱吃的糖醋排骨。"

天色稍稍暗了下来,何爷爷抬头看看天,手脚麻利地收药材,还不忘指挥他:"要下雨了,快去把药都收进来!"

何苏叶心下疑惑,刚才还晴空万里,怎么会下雨呢?不过他选择相信他家老祖宗的智慧,在那个看天讨生活的年代,"能掐会算"几乎是那个年代的中医必须会的生存技能,而他只学了个皮毛,水平可远不及爷爷。

他应了一声,挽起袖子,开始搬药材。

搬着搬着,他觉得好像回到了小时候,爷爷家院落里尽是药材,空气中总是飘着蜜丸的香味。这间屋子的屋顶在一年当中的固定季节有着固定的使命,遇到梅雨或者连日阴雨过后,有些容易受潮的药材就要赶快拿出来,重新曝晒干燥。那是他最开心的时候,小孩子体重轻,大人就让他们几个孩子上屋顶去晒药,他总是幻想自己是武功高强的人,享受着飞檐走壁的快乐。

他从爷爷家出来,半路上,天空飘起了小雨,扑打在树叶和窗户上,如丝如线,绵绵不绝,淅淅沥沥。他坐在公交车上,路上的灯光被雨点折得凌乱,迷离恍惚,或明或暗。

从公交车上下来,还有一段路程才能到家,他并不着急,只是慢慢地在雨中行走。今天一天他过得很累、很压抑,过去的事情在脑海中反复,他有些无力、受挫的感觉。

他想淋淋雨,清醒一下。关于自己的学业、自己的理想、和爸爸的关系,还有很多需要他解决的。他逃避得太久了,终于有了决心去一一面对。

忽然，一把蓝色的雨伞遮住了他的视线，他回头一看，沈惜凡正在无奈地笑着："哎呀，何苏叶，你太高了，够不着。你愣着做什么？没看见我举得很辛苦吗？"

微湿的刘海儿搭在额前，她的脸上是一片笑意，身体微微前倾，左手上捧着大捧的郁金香，清一色的紫色，右手费力地举着伞。

他连忙接过来伞，心里有些东西在慢慢地融化。

每次看见沈惜凡，他都觉得她很快乐，起码是无忧，他有些羡慕她，她很喜欢笑，就是生病也是一副笑眯眯"反正能治好，没什么大不了"的样子。

她的笑靥在大捧的郁金香中真的很甜美。

那捧郁金香很美，但是有些刺眼。他突然介意起送她花的人，脱口而出："谁送的？"

沈惜凡一愣，翘起嘴角偷偷笑："什么谁送的呀？酒店刚办了一位千金小姐的生日酒会，装饰花墙后剩下的花里我挑了几枝郁金香。怎么样，好看不？"

何苏叶笑起来，这是他今天第一抹真心的微笑："很漂亮，真的！"

她用手拨了一半递过去："喜欢就分你一半，希望你看到美美的花心情也很美丽。"

他故意把伞向另一边倾，牢牢遮住她的身子："我不会养花，给我太浪费了。"

"不会养花就多用心嘛，何医生，治病医人不也是这个道理？"

他惊诧于这个女孩子的灵性和聪慧，乖乖被说服，于是他拿着一半的郁金香回家，把它们插在玻璃花瓶中，放在书桌上，真是很美的花，看着就觉得心情很好，就像是把春天搬回了家。他在网上找了新手养花的教学帖慢慢看，越看越觉得有趣。

他是个"植物盲"，从来都对那些花草无心顾及，连仙人掌他都养不活。只是，他希望这一捧郁金香的花期能够长一点，等到枯萎的时候再把它们的花瓣风干，做成书签，应该会很美。

妈妈也是最喜欢郁金香，恰巧她姓郁，名年香。他开始思索，是不是要和爸爸好好谈一谈，关于自己，关于未来。

角落里搁着那把蓝色的伞，她家原来在三区2单元7栋301，有一个看起来很和气的爸爸，会跟他说"小伙子，回去喝点板蓝根，别感冒了"，以及他没见着，据她所说正处于更年期的八卦的妈妈——很平凡又很幸福的家庭。

在他很小的时候他会想，如果爸爸妈妈不是大医院的主任和护士长会怎么样，是不是他就不用自己做饭，对着空荡荡的家说"爸爸妈妈晚安"？是不是自己就不用为难地和老师解释为什么没有人来参加家长会？是不是在写作文的时候就可以诚实地写上"今天爸爸妈妈带我去公园"？但是，他很早的时候就学会了独自成长。

只是他原来巴望有一天家里会变得很热闹，有爸爸妈妈的欢声笑语，但是现在都成了奢望，他觉得沈惜凡身上有的那种家庭的幸福感是他欠缺的，也是他渴望的。

他想靠近她，汲取温暖。

药方	郁金清肝茶	症状
	广郁金（醋制）10克，炙甘草5克，绿茶2克，蜂蜜25克。加水1000毫升，煮沸后，取汁即可，每日1剂。疏肝解郁，利湿祛瘀。	
	出自《药性论》，郁金，活血行气止痛，解郁清心，利胆退黄，凉血。用于气滞血瘀的胸、胁、腹痛，临床常与丹参、柴胡、香附等配伍同用；用于肝胆湿热证，治肝胆湿热黄疸，配茵陈、山栀等；用于吐血及妇女倒经等气火上逆之出血症。	剂次

第十章　红糖

红糖：具有益气补血、健脾暖胃、缓中止痛、活血化瘀的作用，补中缓急，和血行瘀。

早上吃早饭，沈爸爸无意中问起："凡凡，上次和你一起的男生长得可真俊，他叫什么名字？"

沈妈妈正在盛粥，一听到此等八卦，眼睛立刻就亮了。沈惜凡暗叫"不好"，果然沈妈妈开始撺掇她："凡凡，谁，是谁，跟你娘说说？"

沈惜凡正叼着一根油条，口齿不清顺便蒙混过关："一个医生——"

沈妈妈听得真切，确切地说是用了十二分的听力去理解。她微微愣住了，上次她只看到了李介的脸，李介长得是挺有个性的，但是以她阅人无数的审美观念来看，李介真的不算帅。她只当是男人看男人与女人看男人角度是不同的，并不知道沈爸爸所言是他人。

沈妈妈有些飘飘然，刚张口想继续下去，沈惜凡就把碗筷一丢，抓起大衣："我去上班了，先走了。"然后几乎是小跑行军地夺门而出。

沈爸爸哈哈大笑："现在的小孩啊，什么都不肯说，嘴严着呢。问她工资、存款，不说，问她处没处对象，也不说。"

"我是她亲妈，她在我面前要有什么秘密啊？"

沈爸爸小声吐槽："那还不是因为跟你说一句，你就恨不得发道圣旨，昭告天下。"

沈惜凡开完晨会，夹着笔记本走出会议室，刚准备上电梯，林亿深便喊住她："沈经理，等等，我有事找你！"

她觉得奇怪,但仍是走过去。丁维和许向雅也凑上去。林亿深笑眯眯的:"元旦的时候咱有什么活动呀?"

丁维叹气:"不偏不倚地排到我值班,什么活动?好好工作,希望一夜无事发生,让我可以安安静静地玩手机。"

许向雅接话:"不是十点才交班?有的是时间,就去酒吧坐坐吧,别搞高强度的活动,咱这把老骨头受得住吗?"

林亿深说:"熬是彻底熬不动,蹦也蹦不动了,酒这玩意儿也就浅浅地来一杯,要不咱们找个温泉浴场,足疗、自助餐、电影院安排上。"

"咱们酒店除了没有温泉,其他都有,拜托想点有新意的。"

大家都陷入了沉思,这几个人并非呆板无趣的人,还都挺有找乐子的天赋的,丁维是个资深游戏玩家,许向雅在网上当着自媒体美食博主,林亿深偶尔还去客串一下酒吧驻唱,沈惜凡觉得他们是真的享受生活。当然她也非常确定的是,他们这群人团结一心、群策群力的结果也许能让火箭飞上天,但不见得他们能想出一个新奇有趣人人都喜欢的跨年活动。

她提议:"火锅吧。"

"又是火锅。"其他人吐槽,"唉,年年都是火锅,太没趣了,唉,算了,就火锅吧。"

四个人年龄相仿,是酒店高层管理者中仅有的小字辈,自然志趣相投。沈惜凡和林亿深大学时是校友,但是不同级、不同专业;丁维因为家庭早早就步入社会,论历练、人情世故,都是四人之中最强的;许向雅则是背井离乡,大学毕业后在这座城市独自闯荡。

沈惜凡还记得自己去面试的时候林亿深坐在大厅中闲散自得、心无旁骛的样子,他给人的感觉既深沉、威严,又平易近人,看上去有着特别的风度。直到后来有人喊"林经理!",她才知道原来他不是来面试的,他已经是高层管理人员了。

然后她再次遇见他是报到的时候,他拿着她的简历笑道:"小师妹，你不会连大学时校学生会的公关部部长都不认识吧？"

她这才反应过来，原来室友天天挂在嘴边的"曾经的校草——林亿深"是他。后来私下里两个人相熟，他叫她"小凡"或是"师妹"，她求他办事的时候喊他"师兄"，俩人发生争执的时候，就阴阳怪气地叫他"林校草"。许向雅好奇林亿深校草的由来，她便翻出曾经看过的视频，当时主持人在校园里随机采访，正好遇上林亿深，问他"你觉得我们学校的校草是谁"，他痞痞地看着镜头，回答"当然是我"。许向雅发出惊天爆笑，这段黑历史彻底把林亿深堵死，从此以后他不敢跟她正面交锋。

四个年轻人在一家酒店工作，身居要职，起早贪黑，工作起来没日没夜。四人常常为某一个方案熬到吐血，有时候意见不合也会闹翻，然后什么都不说就和好了。

林亿深经常说："我们是为了生活和梦想打拼的热血青年，这年头长江后浪推前浪，一不留神前浪就死在沙滩上，所以我们都不能松懈。"

沈惜凡觉得很幸运能够遇到他们，不管大家追求的是什么，有梦想的人就有源源不绝的动力，让她的生活鲜活起来。

此时沈惜凡正在核对客房的账目，她一向对数字没有概念，往往是一长串的数字看下去便晕头转向，如果这时稍微一分神，她就得重新来过。别人算一两遍的账目，两三个小时搞定，她非得耗上一整天。

她从来没有这么痛恨过自己的数学能力。

偏偏在这时候主管张姐敲门进来叫"沈经理"，她心下一慌，眼睛死死盯着账目，不敢抬头，问："什么事？"

张姐回答："刚才一个美国人住进来，说是不满意客房，让您去处理一下。"

她点点头，恋恋不舍地看着账本，心想，估计处理完，自己又要重新来一遍了。

冬天户外极冷，但是她仍是穿着制服，单薄的外套、裤装，她的心都冻得发颤，脚下却不乱一步，走下行政楼，然后到大堂，她微微惊讶，因为第一眼看到的是何苏叶。

然后就是李介和一些中年人围着一个美国人。美国人有些年纪了，头发花白，神采飞扬，穿着衬衫，背着旅行包，旁边有人要帮他拎，他连连摆手拒绝。何苏叶站在老美旁边，用英语跟他解释什么。

张姐上前："杨先生，沈经理已经来了，有什么问题请您和她沟通。"

她一说话，所有人的目光都移到沈惜凡身上，尤其是何苏叶，他望着她有片刻的失神，然后微笑不语。倒是李介笑得开心，举起手，伸出两根手指，向她弯了弯，算是打过招呼了。

那个叫"杨先生"的中年人走上前和她握手，解释道："沈经理，是这样子的，我们原来预订的是名人套房，结果 Andy 先生不满意，我们现在想换房可以吗？"

她点点头："可以，请问您想换什么样的？"

没想到老美倒是听懂了，笑嘻嘻地喊："Chinese style（中式风格）！"

沈惜凡皱眉，低声问张姐："是不是中式套房都被预订完了？"

张姐点点头："这才是我们为难的地方呀！刚才已经跟他们解释过了，可是还是僵在这里，只好喊您下来处理。"

她想了想，走去服务台："请把这位先生的房换到1203，谢谢！"

前台小姐有些惊讶，但是仍然很快就把门卡递给她，只是眼神有些复杂。沈惜凡并不理会，转身用英文微笑着对老美说："这是您的门卡，请收好，祝您入住愉快！"

老美甚是高兴，一大群人呼啦一下拥去电梯。何苏叶和李介走得极慢，一看就是故意落在后面。李介回头合起双掌对沈惜凡拜了又拜，表情甚是夸张、可爱，浓黑的眉毛上下舞动，像极了弥勒佛。她微笑。何苏叶轻轻敲李介的头，向她笑着挥挥手。

一直目送他们进了电梯，然后她打电话给程总："程总，您女儿以前常住的套房今天因为客人需要调房已经被我擅自调换。请问,现在如何处理?"

程东浅想了一会儿,问:"她有没有预订那间房?"

沈惜凡沉吟了一下,道:"没有!"

"那不就得了!"程东浅语气竟是轻松,"让她发脾气前来找我就可以了,这事你不用负责任!"

回到办公室,她懊恼地抓起账目,重重地叹了一口气。刚看了两行,微信忽然跳出来,她悲恸地去看,是那个简笔画卡通人物头像:"天冷,多穿点,容易感冒。"

心情一下子转好,她掩饰不住一脸的惊喜和笑意,本想矜持一下再回过去,但还是忍不住立刻就回道:"何医生走到哪里都摆脱不了职业病吗?"

何苏叶的信息一会儿就发来了:"我好心提醒你以防生病,你倒是先诊断出我有职业病。"

沈惜凡捧着手机笑,有一种温暖、幸福的感觉从手心开始蔓延。出去一趟,她本来冻得脸红扑扑的,瞬间表情鲜活起来。觉察到脸上有些温度,她赶忙收了收神,起身倒茶,准备继续看账目,无意中瞥到窗外的天空,阳光正好,暖暖的,她抿起嘴轻轻地笑起来,眼波里有种柔光在流转,很是幸福。

晚上轮到她值班,在员工餐厅吃饭的时候,许向雅眉飞色舞,一双筷子当快板使,绘声绘色地描绘着今天在中餐厅的所见:"真是帅,不光温文儒雅,而且气度非凡,可恶的是笑起来还那么可爱,疯掉了,简直没有天理!"

沈惜凡说:"还好吧,淡定淡定。"

其实何医生超帅超可爱,不过听到许向雅这么说,她有点酸溜溜的,所以才会有意识地贬低、隐藏,为的只是不想被其他人抢夺。说她小心眼,也是全世界最可爱的小心眼。

"我不饿,美色即食物!"说着,许向雅伸筷子去夹她盘子里的肉片。

沈惜凡笑:"还不饿呢,都给你了。"

吃完饭,她们在大堂看见林亿深和何苏叶站在一起谈笑风生,毫不拘谨。两个极其抢眼的男人站在一起,回头率简直就是百分之二百。末了,林亿深还拍拍何苏叶的肩膀,何苏叶点点头,然后出了大堂,钻进一辆黑色的轿车里。

许向雅万分紧张和兴奋,手到处乱抓:"稀饭,就是那个帅哥!长得很帅吧?"

"帅,确实帅,'林校草'的头衔可以换人了。"

林亿深看见她们两个人在墙角犯花痴,眨眨眼睛,走上前开玩笑:"就知道你们在这里对着人评头论足,实话实说,谁帅?"

许向雅毫不犹豫地说:"当然是人家帅了!"

林亿深露出一副很受伤的表情。

沈惜凡掏出手机,点开视频,那个主持人的声音很大声地飘出来,"你觉得我们学校的校草是谁",她按下暂停,悠然自得地看着他。

"救命啊,别放了,我错了!"

许向雅大笑:"沈惜凡,你等很久了吧,抛出这个梗。"

林亿深无语:"一个破梗怎么能玩这么久呢?你们真的很过分。"

沈惜凡点头:"是啊是啊。"

"因为这个梗是真的好玩。"许向雅憋着笑说。

"是啊是啊。"

她刚想问林亿深是怎么跟何苏叶认识的,林亿深就被秘书叫走了。她叹气,原来以为世界上人那么多,多到茫茫人海擦肩而过不必理会,而现在,认识了一个人,似乎周围的一切都和他顺理成章地有了牵连,真的很奇妙,有些宿命的味道。

丁维最近忙着中宇的新产品发布会,据说中宇营销部女总监苛刻得不近人情,一个方案改了又改,最后成稿的时候他以为就此完结,结果总监大人事必躬亲,亲自去看场地、监工,他也只好陪同,一个星期搞下来，整个人都虚脱了。

沈惜凡暗自庆幸，不用和严恒那家伙扯上关系，她已经非常高兴，能够舒舒服服地躺在套房里面吹暖气，不用在寒冷的户外一站几个小时，简直就是恩赐。面对大本的账目，她第一次懂得知足常乐的道理。

新年前夜，四个人去吃火锅，然后又去酒吧坐坐。先前大家还喝得好好的，可丁维怨气特别多，酒喝得又猛又急，后来许向雅提议玩牌，输的人要给大家讲自己以前的故事。

如果说最好的赌徒是数学家，那么最垃圾的赌徒就是沈惜凡这样的数学白痴，她打牌保守，往往是捏着大牌不敢出，结果没来几场，便输得一塌糊涂。

其他人哄笑："沈惜凡，给我们讲讲你的初恋！"

她不好意思，装可怜哀求："算了吧，我喝酒好了！"

林亿深不让："小师妹，大学时你老师教过你耍赖这一招吗？"

"窥探别人隐私会让你们更快乐吗？"

"会啊会啊。"

她只好托着脑袋，挖空心思地把自己的恋爱史简化再简化："大二的时候，喜欢上一个男生，那个男生很优秀，在学校也挺有名的，专业是工程物理，聪明得不得了，然后就糊里糊涂地和他在一起了，后来就出于一些原因分手了。"

酒吧灯光昏暗，吧台流淌着Sade（沙黛）的"Somebody Already Broke My Heart（我曾经心碎）"——"I've been torn apart so many times, I've been hurt so many times before. So I'm counting on you now, Somebody already broke my heart, Somebody already broke my heart（我已身心俱疲，已伤痕累累。所以我寄希望于你，我曾经心碎，曾经心碎）……"

许向雅不甘心，问道："什么时候结束的？为什么分手？"

沈惜凡觉得气氛一下冷下来，周围欢笑声盘桓，却遥远，迷蒙的灯光有种浮生若梦的感觉。酒气熏着大脑神经,她一下放松下来,轻轻笑道:"大四刚开学的时候。原因嘛,他已经有了别的喜欢的女生,所以和我分手了。"

顿了顿,她轻轻转动着酒杯,琥珀色的液体在流光的照射下晃晃的,有些迷离,她继续道:"那时候失恋就觉得天都塌下来了,痛得连流眼泪都觉得奢侈,一连一个月都过着行尸走肉的生活,天天失眠,什么也不想吃,活生生地瘦了十斤。后来有一天自己都受不了,怎么能把日子过成这个鬼样,然后就开始收拾自己,好好学习,找工作,做管培生,做毕业设计,忙起来就渐渐不去想那个人了。"

她声音有些飘忽:"现在想想,以前真是愚蠢,那样的男人有什么好留恋的,我还把尊严输得一塌糊涂,低三下四的。可是,我有什么错?他不喜欢了就是不喜欢了,有些男人很绝情的。"

她还记得大四开学的第一天,她去图书馆还书,看见严恒,他正好从图书馆出来。她看着那张熟悉的脸,突然有了种陌生的错觉,严恒只是冷冷地看了她一眼,然后就走了。

他们俩在暑假的时候吵了一次架,沈惜凡原本以为是平常的拌嘴,事后仍是嘻嘻哈哈地和严恒玩笑。但是渐渐地,严恒的短信、电话越来越少,有时候她发过去一整天都没有人回信息,她只好眼巴巴地望着手机,一刻也不敢离身。

那个暑假对她来说度日如年。

当时她只是隐隐觉得不太对劲,但是怎么也没想到严恒刚提出分手,便和化学系的系花古宁苑在一起了。

一个女人不论多天真或者多绝望,总想要知道自己是被抛弃还是被彻底忘记,被抛弃是爱的失败,被遗忘则是爱的徒劳,她总想求个答案。

但对方一直没有消息,沈惜凡每天醒来第一件事情就是等待,然后忍耐,直到心寒。那种空等待的悲哀不是一个失约的人无法赴约,而是发现那个男人根本不在乎谁在等待。

沈惜凡眼里有些情绪，但她仍是微笑着，大口大口地喝水，若无其事地打牌。林亿深看着她，没来由地一阵难过。

他早就认识这个小师妹，她的前男友是戴恒，也是严恒，在学校极有名。他见过他们几次，只是他大了他们三届，想必他们都不认识他。学校里面一对对情侣，他见到不过是一笑而过，但是唯独对这一对非常有印象。因为这两个人在一起的时候，女孩子总是笑得神采飞扬、甜蜜可人，真心的笑容让他这个外人都觉得幸福。

后来他再见她的时候是在面试大厅里面，她笑起来有些勉强，但仍是舒心的。当时人力资源部的经理问她如何权衡工作和感情，他记得她清清楚楚地回答："我没有男朋友，所以用不着权衡，我只想努力地工作。"他这才知道那种幸福的笑容消失的原因。

严恒来的时候，林亿深一眼就认出来了，出于私心，他擅自处理了很多与严恒有关的事务，很多是在他职权范围之外的，连这次和中宇的合作他也是力推丁维。因为，他不想看到沈惜凡再受委屈，她已经受过一次罪，没理由再遭一次。

接下来沈惜凡打牌就大胆多了，扳回了好几把。倒是丁维酒劲上来了，头脑不清楚，连输了好几次，许向雅又闹着要丁维讲他的初恋。

丁维狠狠地灌了一杯酒："我家穷，又没上过大学，上高中的时候有个家里住豪宅、开宝马的千金小姐喜欢上我了，原来我只是抱着玩玩的心理，没想到真的爱上了，一纠缠就是好几年。她家里理所当然地反对，过了段时间她就被家里送到国外读书，安排了门当户对的结婚对象，然后我就离开家乡，回不去，也不想回去了。那几年刚分开的时候，真的有点受不了，我痛恨仇视着有钱人，却又不停地想我要是有钱就好了……"

后来一发不可收，干脆牌也不玩了，许向雅也开始披露她感情的事。丁维一杯一杯的酒下肚。沈惜凡听得专注，不住地叹气。林亿深情绪也有些失控。

旧年的最后一天，新年将至的晚上，竟然这么沉重。

忽然，沈惜凡无意间看了一下手表，一下就清醒了："都九点半了！丁维，你要去值班呢！"

然后，林亿深苦笑着对她说："丁维喝醉了——"

许向雅接口："我替他去吧！"她刚想起身，便脚底一软，脑袋一晕，跌坐回去。她拍拍脑袋，仍是撑着桌子要站起来。

沈惜凡按住她，转头对林亿深说："师兄，你把他们两个人送回去吧，我去酒店值班。"

林亿深想想，道："算了，还是我去吧！"

她苦笑："我又抬不动丁维，苦差事交给你了，我先走了！"

冬天晚上冷，风阵阵地刮，沈惜凡刚出来就彻底清醒了。她微微感觉到有点点雨滴落在脸上，没一会儿，整个城市上空便笼罩着一层雨雾，路灯、霓虹灯的光芒晕染在黑夜中，没来由地让人觉得伤感。

酒吧前不时有单身男女走过，情侣旁若无人地在大街上亲吻，年轻漂亮的女孩挽着老头子嗲声撒娇。一个娇俏的女子从她前面走过，一阵香气在周围久久不散，是一生之火。空气中流淌着暧昧、轻佻、颓靡的味道。

她很想问自己，都市里的爱情究竟有没有天长地久。

前台小姐看到她回来拿门卡觉得奇怪："沈经理，今天不是丁经理值班吗？"

她只好笑笑："丁经理身体不舒服，我来替他。"

她取了门卡开门，刚放下包，便觉得肚子隐隐作痛，心里大叫"不好"，果然，女生最怕的东西如期而至了。

处理完了之后，她哭笑不得，却疼得没力气再动，趴在床上，想玩会儿手机，没想到借着酒劲直接睡着了。

她做了一个冗长的梦。

梦里有严恒，他还是大三时的样子，笑着对她说："小凡，我一定要做成这个项目，我要赚很多钱，让你圆你小小花园房的梦。"

她刚想回话，就有一个女孩子说："严恒，你不是说你早就跟她分手了吗？"

她认得这个声音是古宁苑，转身冲着古宁苑大喊："你说什么，他什么时候跟我分手了？不都是你来抢他，要不他怎么会喜欢你？"

古宁苑气恼，伸手去推她。她猝不及防从楼梯上摔了下去，正要摔在地上的时候，一双手把她扶住，她一看，是何苏叶。

严恒站在楼道口，和古宁苑并肩，冷冷地看着她，语调没有一点感情，没有一点起伏："沈惜凡，我们已经分手了！别再纠缠我了！"

她立刻吓醒了，身上冷汗涔涔，摸上去一手汗。在寂静中她听见了自己的心跳，却又不像心跳，原来是在颤抖，她冷得一直发抖。

这时候电话却响了，她识得是工程部的人员，那边的人心急火燎地喊："中宇的宣传牌和广告栏被风吹得摇晃，有些已经掉下来，毁坏了一些设备，丁经理快来看看！"不给她说话的机会，就挂了电话。

她叹气，自己对这次合作一无所知，此时也只得硬着头皮上，所幸丁维的秘书还在，开了丁维的办公室，给她找出一些资料。她顾不上多穿一件衣服，边走边看，到场地的时候，天已经明了一大半。

此时，还下着雨，风也是极大，沈惜凡脸已经冻得没有血色，腰酸得几乎要垮下来，她甚至可以感觉到血液的流动，撞击着她的小肚子，隐隐作痛。

雨打着她的身体，寒气不着痕迹地侵袭进去。她很痛苦，巴不得昏倒算了。

工程部的张经理看到她很意外，她只好解释说丁维生病了。其实她并不在乎这些能不能在明天发布会之前修好，她在乎这份方案施工效果图上的疑点。

半个小时之后，中宇的营销部总监风风火火地跑过来，三十多岁的女子一来便语气严厉："张经理，我对你们酒店的施工水平表示十二分怀疑！"

女总监亲眼看着工人把那些广告牌再度挂上去，又仔细检查一遍。

沈惜凡也万分紧张，和张经理爬上爬下，一遍一遍地检查、确认。

其间，严恒亲自来了，跟张经理说话严厉、苛刻，整个过程他只轻轻看了沈惜凡一眼，然后又不着痕迹地移开视线。

她知道，严恒在工作的时候是绝对不会讲个人情面的，如果今天是她自己出了错，他照样会严厉地指责她，绝不客气。只是不知何故，一种心里很不爽的挫败感瞬间袭来。

在早上六点钟的时候，会场终于恢复一新，几块广告牌重新移了位，看上去安全多了。

她终于舒了一口气，摸摸已经冻得没有知觉的脸，她觉得现在抬一下脚都困难，不光是冷，还疼得钻心，快要撑不住了。但是她还是得撑。

在办公室，中宇的女总监一口咬定是工程部的施工问题才导致损失。沈惜凡在一旁咬着嘴唇，脸色苍白，几乎是一字一顿地说："难道之前张经理没有和中宇的人说过施工细则？比如广告牌挂高几米、宣传牌如何固定的问题，张经理负责本酒店工程多年，怎么会在此等小事上失误？"

这一下，负责人全都明白了，是中宇为了追求所谓的效果，没有征得酒店同意擅自改动了施工效果图，一下子形势逆转，大家七嘴八舌地议论起来。

这时候酒店的服务人员给沈惜凡端了一杯热水："沈经理，你脸色不太好，喝点热水吧。"

她道了谢，轻轻地握着玻璃杯，把冻僵的双手焐热。

但是这件事还是得等丁维回来处理，她打电话给丁维，所幸丁维已经动身来酒店了，她心里的大石头才放下。

她几乎是咬着牙撑着走到后门，准备打车回家。严恒追了出来，喊她："小凡，你怎么脸色这么苍白，是不是生病了？"

她走得很快，迎面吹着飒飒的风，淋着潇潇的小雨。她站在雨雾中，绿色的呢子大衣衬得脸越发苍白，她蹙起眉毛："严先生，我没事,谢谢关心,先走了,再见。"

严恒想喊住她,他觉得她刚才的样子就很不对劲,手刚伸出去,她就钻进了一辆出租车里,绝尘而去。

几滴雨打在他的手上,冰凉透骨。他隐隐有些不好的预感,她好像真的把他当成了陌路人,想到这里,他的心就像突然被一把锋利的刀割了一下。

沈惜凡几乎是跌跌撞撞地下车,之后走了几步,便冷汗直流,她扶着小区沿道的树,喘着站了一会儿。她想掏出手机打电话,让妈妈来接她,转念一想,昨晚他们去了外婆家,要明天才回来。

她有些费力地走着,叉着腰,两步一停,腿早就沉得像灌了铅。

忽然,她背后被轻轻拍了一下,然后就是何苏叶熟悉的声音:"沈惜凡,你怎么了?"

他扳过她的身体,看到那张小脸上面毫无血色,嘴唇咬得发白,刘海儿密密地在额前滴着水珠,眼睛里面有些闪光,再看看她弯着腰,蜷着身子,他一下有些慌了。

沈惜凡一把拽住何苏叶的衣角,眼睛望着他,有一丝隐忍,更多的是无助。她觉得何苏叶就是她的救命稻草,身体的重心不由自主地向他倾斜,小声说:"痛……痛……痛得受不了了——"

何苏叶看过上百个病人,顿时就知道她怎么了。他伸手接过包,一手扶住她,一手撑着伞,轻轻问:"站得住吗?还行吗?"

沈惜凡点点头,挤出一抹难看的笑容,带着弱弱的气息:"何苏叶,有没有什么可以让我不疼?我快死了!"

何苏叶架着她,脚步极慢,耐心地安慰她:"去我家,不远,一会儿就到了。"

何苏叶先扶她躺在床上,然后从书房里面拿出一个盒子,取出几根针,有的很长,有的只有一点点,针头圆钝,他仔细用酒精擦过,转向沈惜凡。

她脸色一变:"疼吗?"

"一点点痛,也会有一点点酸胀,忍一忍。"

"能不能给我一颗止痛药吃?我之前……每次……吃一颗止痛药就好了。"

他不听她的抗议:"背对我躺下,把衣服掀起来。"

她只得照做,小声问:"是所有衣服吗?"

何苏叶瞪她:"当然,不然怎么有效果?"说完之后,沈惜凡发现他的脸微微红起来,他赶忙解释,"你是病人,我是医生——"

他下手,第一针是承浆穴,第二针缓缓地刺入大椎穴,第三针快速刺入十七椎,向下刺、捻、转、提针。沈惜凡吃痛,轻轻叫了一声。他安慰她:"忍忍!"然后取毫针刺入承山穴、三焦俞、肾俞、气海俞。

他手法熟练,但是面对沈惜凡,他下手有些犹豫,看着她微微皱眉的样子,他知道,即使是再圆钝的针,都会有些痛,即便如此,他仍是担心她喊痛。

其实她真的不痛,而且很奇怪,那些针扎进去,微微酸胀,然后一股暖流就从她身体某处蹿过,汇聚成一团,再跟身体组织融合在一起,只不过短短的五分钟,身体便不再沉重,下腹也不再坠坠地冷痛,慢慢地,脸上又有了血色。他轻轻取出所有的针,帮她把衣服拉下来,问:"现在感觉怎么样?"

沈惜凡缓了一口气,然后摸摸自己的腰和小腿:"不光我肚子不痛了,我的腿和脚也都不冰了,好神奇啊!"

他笑笑,把针用酒精棉擦好,放回去,嘱咐她:"你先躺一会儿,我去买点东西,一会儿就回来。"

他走后,沈惜凡抱着枕头,躺在床上好奇地打量何苏叶的家,清爽、干净,家如其人。左等右等他都没回来,她有些待不住,穿好鞋子,想着要么就先回家躺着,别再麻烦他了。

他家是个两居室的小户型,卧室旁边就是书房,整一面墙的书柜,塞得满满的,书桌上还放着很多书和文件,另一面墙上还挂着展示的中草药标本。

客厅里的茶几上放着一沓全英文的文件，她去看，一眼就辨认出是 University of Pennsylvania（宾夕法尼亚大学），再看两眼，她脸色微变，分明就是博士申请表，何苏叶要出国？

何苏叶一出楼就发现自己匆忙之间忘了带伞出来，幸好雨差不多快停了。他刚走到超市门口，电话就来了，一看是李介，他立刻接通。

李介无奈："大师兄，都快中午了，你怎么还没来？"

何苏叶笑笑，解释："临时有事，不过去了，帮我跟 Andy 先生道歉。"

李介叹气："人家可看中你了，不来怎么行呢？算了，我知道你有分寸，肯定是很急的事，我先给你编个理由糊弄过去，但是你必须跟老板说实话啊，不然我以后可帮不了你了。"

何苏叶挂了电话，想起前一天 Andy 和老板让他好好考虑公派出国的事，没来由地一阵烦恼。他觉得他有牵挂，走不了，断不了自己的羁绊，不如不去算了。

沈惜凡呆呆地看着那些文件，他准备要出国了吗？以后是不是就再也见不到他了？或许这就是缘分吧。这时候听到钥匙开锁的声音，她愣愣地脑子空白几秒钟，然后编了个蹩脚的理由："我渴了，想喝水了就——"

"你还是躺回去吧，我给你煮点红糖水。"

不一会儿，屋子里面便弥散着甜甜的香味，有些刺鼻，但是很温暖的味道，沈惜凡正在疑惑中，只见何苏叶端着一个杯子走过来，递给她："喝了可能就会好多了。"

沈惜凡看着红红的水，有些辛辣的气味蹿进鼻子，她就着杯子轻轻地啜了一小口，发出感叹："甜甜的。这是什么？"

何苏叶说："是红糖红枣姜水，虽然红糖是活血的，但是稍微喝一点没关系。"

她慢慢地喝着，甜滋滋的，连生姜的辛辣都暖乎乎的，她心里一

暖，眼角不由得有些湿润。

从小到大，她一到这几天就会痛得死去活来，她知道没什么大不了，吃一颗止痛药就又是一条好汉。只是在这种身体格外脆弱的时候，何苏叶身上那种好温柔的力量让她心里泛起暖流。

像冬天里暖暖的粗线围巾、夏天里清凉的冰红茶，何苏叶总是那么及时地出现在她最需要的时候。看到他的笑容，深深的小酒窝，她觉得很安心。

她忽然很想知道他手心的温度，是不是正好是午后阳光的温度？

药方	红糖	症状
	主治：脾胃虚弱，腹痛呕哕；妇女产后恶露不尽。 成分：主要含蔗糖，并含维生素B和无机盐铁。 性味归经：味甘，性温。入肝、脾、胃经。 用法：以沸水、酒或药汁化服，或煎汤饮服。 注意：有痰湿者不宜，多食助热、损齿。 **红糖红枣姜茶** 首先将老姜和红枣、枸杞洗干净，老姜不用去皮。然后将所有材料一起放入锅中，用中火煮约15分钟。再将煮好的茶倒入容器中，稍微降温后，加入1勺红糖即可饮用。	剂次

第十一章 酸枣仁

酸枣仁：养肝，安神，敛汗。

何苏叶的床很柔软，被子上有股柠檬的清香味，姜茶的热气蒸得沈惜凡有些失神，不一会儿身上的毛孔像被打开了，说不出地畅快，倦意涌上心头。

她刚想把杯子递给何苏叶，便看见他定定地望着窗外："怎么了？"

何苏叶收回目光，眼波流转："出太阳了！"

果然，雨停了，冬日的阳光一泻千里，从玻璃窗照进来，在何苏叶周身罩上一层暖暖的光晕。

沈惜凡看呆了。

何苏叶接过杯子，结果撞上沈惜凡怔怔的眼神，懵懂又迷幻。他心下一动，不由自主地伸手撩起她的额发，手掌似有若无地在她脸上滑过，轻声嘱咐："睡一会儿吧。"

"我……我还是回家吧，太麻烦你了。"

他笑了笑："这算什么麻烦，有事随时找我，任何时候。"

她顿时被这句话击得晕头转向，只能本能地点点头。何苏叶起身，轻轻地把门掩上。

屋里静得可以听见她的心跳。

约莫到了中午的时候，他去开房门，想叫沈惜凡起床吃饭，她还没醒，睡得香甜。

她睡熟时孩子气的脸上表情是满足和甜美的，黑亮的长发散落在枕间，精明干练全部褪去，此时的她是最没有防备、最真实的姿态。

何苏叶的心底涌起奇异的情愫，他忽然想起刚才给沈惜凡针灸的时候，很紧张，差点把"心能执静，道将自定"都忘光了。如果心神不定，针在肌肤腠理之间，稍有毫毛尖那点闪失，针下的感觉就没了，当时他没怎么觉得，可是现在想起来，已经不仅仅是紧张，而且心慌意乱……

他赶忙退出去，有些懊恼地抓抓脑袋，转去厨房。

不知道过了多久，沈惜凡迷迷糊糊地醒来，摸摸肚子，深吸了两口气，发现已经不痛了，心情一下子转好。她想看看几点了，发现手机没电了，于是打算立刻回家，毕竟今天是她打扰了何苏叶太久。

她刚掀开被子准备下床，就听见客厅里有些嘈杂，李介的声音传来："大师兄，难道你金屋藏娇，好好的把这门关着做什么？"

然后就是何苏叶急急的声音："喂，别开！"

可是他说晚了，门啪嗒一下被打开。李介惊愕地瞪着眼睛，半天冒出一句："大师兄，你还真是藏娇！"

沈惜凡尴尬，站也不是，坐也不是，期期艾艾地接话："好……好巧呀！"

她发鬓凌乱，两颊嫣红，只是穿着薄薄的毛衣。李介看看她，再看看何苏叶，大叫一声"天哪"，便脚底抹油地溜走了。只剩下她和何苏叶四目对视。

何苏叶走上去，问："什么时候醒来的？李介把你吵醒的？现在还疼吗？"

她摇摇头，连忙下床穿好鞋子，语无伦次："没……没，都没！"

"不疼了吗？"

"真的不疼了，一点感觉都没有了。"

何苏叶似乎松了一口气："穿好衣服来吃饭吧，你午饭都没吃呢，现在都下午三点多了。"

她张口想说"我回家好了"，但是李介的脑袋不知道什么时候探了出来："吃饭吃饭，我也饿了！"

何苏叶拿碗筷给两个人，李介吃起来毫不客气。沈惜凡原本想矜持一点，谁知道舀了一碗山药羹，刚入口，浓稠的汤便顺着喉咙轻轻滑了下去，咂咂嘴，唇齿留香。

山药软烂无比，一点涩味都没有，配上浓浓的骨头汤，慢火细熬，简直就是极品，吃惯了酒店大厨做的饭菜的她都不由得赞叹。

她真的没有想到何苏叶的手艺会这么好，让她都觉得惭愧。她觉得他似乎无所不能。

饭饱之后，她几乎没力气站起来了。见何苏叶又端来一碗桂圆银耳汤，她哀号："我好撑，没肚子吃了——"

李介笑起来："嘿嘿，都是我的了……"他摩拳擦掌地举勺子伸向那碗汤。

何苏叶一把夺下他的勺子："别吃了，这里面我加了冰糖，你上次查血糖时不是信誓旦旦地说要控制食欲？不准吃了！"

"我只吃一口，就一口，我中午没吃饭，都快低血糖了。"他邀功一样指指放在桌子上的厚厚一沓东西，唉声叹气，"我拿了这些资料就回来了，老板说后天给他，天哪！要我翻译死呀！"

沈惜凡好奇："什么东西？"她凑上去一看，轻轻念出来，"全英文的？Acupuncture treatment，针灸治疗？"

话音没落，李介的眼睛一下子明亮了，他赶忙问："沈惜凡，你认得这些单词？"

"我……"沈惜凡犹豫了一下，慎重地回答，"认识是认识，不过拼不出来，怎么了？"

"姐，你是我的亲姐姐，能不能帮我一个忙？别说这碗银耳汤了，我给你点一个星期咖啡、奶茶都没问题。"

何苏叶打断他："李介！你也不问问人家忙不忙，随随便便就——"

沈惜凡连忙摆摆手："没事，没事，能帮上忙的我一定尽力，说起来你们倒是帮了我不少忙。"尤其是何苏叶。她在心里默念，就是没敢说出来。

资料拿到手,她细细地看,蹙着眉对李介说:"我对这些专业名词懂得不是很多,但是句子结构让我翻译就没问题,要不你先翻译出个大概,我帮你改?"

何苏叶接过资料,小声问她:"真的不会麻烦你吗?不行就都丢给我算了。"

"没事,真的!"沈惜凡一再强调,"我大学学的是英语专业,以前也接过一些翻译资料,不少都是关于医学方面的,没问题。"

何苏叶笑吟吟地看着她,然后对李介说:"一个星期的奶茶、咖啡,你是想让她继续失眠吧,还不如好好请人家吃顿饭呢。"

"要的要的,她想吃什么都好说,想吃唐僧肉我也想办法给她搞来。"

沈惜凡看着有关针灸的专业名词念道:"取手足阳明经为主,手足少阳经为辅,天柱、百劳、大椎、后溪……好多穴位呀……"她话题一转,"何苏叶、李介,那么多穴位,你们怎么能记住呢?"

何苏叶和李介均是一愣,然后对视,笑起来。李介抢着回答:"你不知道我们老师当时是怎么教的,不会的也让他画会了。大师兄,咱们本科时的针灸老师都是王伟仲吧?"

何苏叶点点头,别过脸去偷偷地笑,让沈惜凡更好奇。

李介接着说:"我们上针灸课,穴位是从头开始讲起,比如睛明和璇玑,他就开始按学号叫人,只叫男的不叫女的,拿一支马克笔,边讲穴位边在你身上做记号。后来,讲到躯干四肢,男生就开始轮流脱衣服,有光膀子的,有光大腿的,还有袒胸露背的,别提多搞笑了。他更绝,随堂检查,如果你一无所知,那么第二天上课就要做好脱的准备。当时我们班好多男生都被黑了,那些女生拿手机照相,给脸打马赛克,贴到校园网上去,当时引起了轩然大波。我也被黑过两次,一次是背,一次是大腿……好郁闷呀!"

沈惜凡大笑,转向何苏叶:"你当时脱了几次?"

何苏叶狡黠地笑,微微翘起的嘴角还带着一丝得意:"仅仅一次而已,不过是手臂,而且那时候还是初秋,穿衬衫,一点都没走光。"

李介更郁闷:"我那时候是大冬天,穿着短裤去教室,让那个老家伙画腿,人家不知道的还以为我脑子有问题了呢!"

三个人笑得前仰后合,先前尴尬的气氛一扫而空。

忽然李介提议:"师兄,你家有针吗?我想扎几针,头疼,最近熬夜熬太多了,气不足!"

何苏叶进去取盒子。李介问沈惜凡:"他给你扎过针没?"

"嗯。"

"哇,那你很幸运啊,他现在几乎都不怎么给人针灸了。"

"为什么?"

"以前上针灸课,我们一个老师说他满盘金水相生,骨度分寸完美,嗯,俗话说就是骨骼清奇,很适合做针灸。不过他好像没什么继续深造的兴趣,但是体会过他飞经走气的针灸功夫的……都说好。"

一会儿何苏叶就出来了,端着盒子,看着李介戏谑道:"你是要自己扎还是我帮你?"

他就坡下驴:"你来你来,谢谢师兄。你气旺,过点给我,我太虚了。"

何苏叶给李介扎了手针头针,脑袋上扎针啊,沈惜凡看得心惊胆战。但李介一副享受得不得了的样子,眯着眼睛哼哼:"哇,这股气从脚底麻到头顶,太通透,太爽了,我又可以了,扶我起来,放我跟病人大战三百回合……"

给李介扎完,何苏叶拿着一根针把玩,看看自己左手,就那么扎了进去。

沈惜凡难以置信地看着他们两个人,针在他们两个人看来简直就是玩具,爽也扎一针进去,不爽也扎一针,哪像她今天疼得要死要活的才来一针?

看见她疑惑不解还带着不安的眼神,何苏叶连忙解释:"我可不是像李介那样没事找事扎一针,是前天打篮球的时候把手弄伤了。"

沈惜凡好奇地看着针和穴位,眼睛闪闪亮亮,不住地赞叹:"你们好厉害……太神奇了……"

三个人聊到很晚才散,何苏叶送沈惜凡回家,抱着大沓的资料。沈惜凡在一旁蹦蹦跳跳的,早上那种疲态和痛苦一扫而空,现在看起来精神十足。

看着她就让他很满足,生理痛虽然不是什么大病,但是亲自治好她,他感到莫大的欣慰,就算每天治疗上百个病人,也没有她一个实在。

不知道为什么,可能是觉得他是被需要的。他想,原来自己这样一个淡定、持重的人其实也有点虚荣心,也是需要别人不断肯定的。

小区华灯初上,虽不算万家灯火,但是此情此景仍是很温馨,不时有房车开过,融进黑夜中,远处传来小孩子咯咯的轻笑声。

快到三区 2 单元门口,沈惜凡无意中余光一扫,微微蹙眉——严恒?

其实他们相隔很远,他站在小区主干道上,背靠着一辆黑色的宝马,与沈惜凡以铁栏相隔。他手上的烟明明灭灭,在黑夜中有种幻灭的味道,那样的火光和路灯微弱的光芒映衬着他的脸,他俊朗的脸上平添几分寂寥。

他怔怔地看着沈惜凡和何苏叶,余烟袅袅,风一吹,迷乱了视线。

可是何苏叶并没有注意到,他看着沈惜凡有些发呆的眼神,好气地揉揉她的头发:"怎么了?"

沈惜凡才缓过神来,手忙脚乱地去接那沓资料:"没事没事,天太冷了,我家到了,这些资料给我好了,明天我去找你。"

何苏叶帮她把资料理顺,眉目如冬夜的星辰一样冷峻,却带着一丝宠溺:"你不要熬夜工作,好好休息,这些资料拖几天也没关系。"

她挤出一丝笑容:"没问题,明天我打电话联系你,晚安。"

何苏叶点点头,挥挥手,从原路返回。沈惜凡看着何苏叶的背影恰如其分地融入黑夜中，出众和镇定自若的神态、气质一直让人觉得很有安全感。她心下一动，这样一个好男人怎么会没有女朋友？

随即沈惜凡的目光轻轻落在那个男人身上，太熟悉的脸庞，太熟悉的姿态，太熟悉的气息，熟悉到五年后竟然觉得很陌生。

他什么时候学会了抽烟？他为什么改了姓？为什么在美国发展得如日中天会突然回国？为什么屡屡出现在她面前？为什么现在会在她家门口等她？

她没来由地感到一阵嫌恶，为严恒暧昧不明的态度，自己还很无耻地把他记挂在心上。

只见他丢了烟头，从小门那儿穿过来，沈惜凡心头一震，完全没有主意，只想逃跑。她一向没有胆，确切地说，她心底隐隐害怕着这样一个时刻的到来。

她跑到二楼，侧耳倾听，并没有任何动静，她不由得长舒了一口气，伸手去按楼梯上灯的开关，还没有触到，一只手便抓住了她的胳膊，牢牢地，撼不动半分。

她被吓着了，手里的资料一下子全散了，白花花的纸飘摇地跌下楼，散在地上，惨白一片，寒风吹起，哗哗作响。

这一幕似曾相识。

"放开！"她厉声说道。

"刚才那个男人是谁？"一副质问的理所当然的语气，严恒没有意识到自己说话的时候醋意十足。

无名业火烧上心头，委屈、愤怒泛滥，她勇敢地回望他，发现他的眼里闪着莫名的怒意和不甘，她立刻口无遮拦："关你什么事，你有什么资格管我？！放手！我叫你放手！"

谁知严恒手劲一带，她便跌到他的怀里，她整个人僵住了，心里暗忖这个家伙莫不是疯了吧，别动别动，可千万别刺激他。

他的下巴就抵在她的额头上，她可以感受到细微的胡楂，他呼出的气暖暖的，手臂箍得紧紧的，仿佛她下一秒就会凭空消失一样，多像呵护着一件稀世珍品。

他终于开口,打破沉寂:"今天早上看你脸色很不好的样子,我不放心,打你电话说是关机,于是我就在你家门口等了你两个多小时,等家里灯亮。你现在还好吗?"

"我现在很好,你能不能放开我?"

他缓缓地放开劲,她便挣脱开,迅速往后退了两步,警惕地看着他。

"我只是想找个机会……"他话还没说完手机就响起来了,只听见他回道,"好,知道了,我马上过去。美国那边?没问题!"

挂了电话,他露出无奈的笑,弯腰帮她收拾散落在地上的资料:"对不起,吓到你了。"他把最后一张纸放在她手上,叹气,"我得走了,明天见,晚安。"

她头也不回地上楼开锁,关门,去给自己倒水,试图冷静下来。她发现严恒站在宝马旁边盯着她家看了好一会儿,才开车门,驾车而去。

她心乱如麻。

她按捺下浮躁的心,准备翻译资料,刚看了两页,想起手机没电了,于是取了包拿手机,一打开,她就怔住了。

一瓶药端端正正地放在包里,上附一张字条,是再熟悉不过的字迹:"一个月的药取完了,你不去看,我也不知道你现在是否还失眠,如果还有轻微的症状,也不必吃中药,这瓶酸枣仁百合茯苓粉就可以。两勺粉,加点水就可以服用。不过要坚持吃,不可以半途而废。"

沈惜凡小心地打开那瓶药,赤褐色的粉末,粉质细腻得似乎轻轻一口气就能把它吹起,显然是精心磨好的。

她取来勺子,舀了两勺粉,和一点水,和匀之后,轻轻送入口中,又甜又酸。也许这就是爱情的滋味,酸酸的,甜甜的。

她记起看过的一篇小说,记得不太清楚,上面说:"酸的滋味就是醋味,女孩子吃起醋来都是憨态可掬、迷迷糊糊、小气而可爱。而中国女孩子吃起醋来含蓄而睿智。甜甜的滋味就是男孩子看女朋友时买来的一个石榴,他们坐在花园的长凳上一起吃。石榴有最透明的粉红色,像南国的红豆,代表着相思。他一粒她一粒,边说边吃,可以吃一个长长的下午。"

她以前在自己充满少女情怀的日记里写过:"我希望我的爱情是这样的,相濡以沫、举案齐眉、平淡如水。我在岁月中找到他,依靠他,将一生交付给他。做他的妻子、他孩子的母亲,为他做饭、洗衣服、缝一颗掉了的纽扣。然后,我们一起在时光中变老。有一天他会离开我或是我会离开他,去另一个世界里修下一世的缘,到那时,我们还能对彼此说最朴素的一句,'我愿意。'"

只是那个人不知道是谁。

当防备全部褪去,寂寞涌上心头,她终于不能自持,握紧药瓶,泪如雨下。

药方	酸枣仁人参汤茶	症状
	酸枣仁汤是东汉张仲景创制的名方,是治疗失眠的经典方剂,《金匮要略》记载:"虚劳虚烦不得眠,酸枣仁汤主之。"	
	准备材料:酸枣仁少许,人参适量,冷水约一壶。	剂次
	具体做法:水煎去沉淀物,入暖水瓶当汤或当茶喝。	
	提示:沉淀物可以放在锅里煮一下,喝煮来的汤即可,这样就再次利用了。	

白薇：清虚热，有清热凉血、
养阴除热的功效。

第十二章　白薇

第二天何苏叶被老板一个电话叫去了学校，正巧是元旦放假，校园里反而平添了许多人气，来来往往的研究生、博士生都一脸轻松，好容易偷得浮生半日闲。

结果他却闲不了了，老板顾平教授指指桌上一堆厚厚的卷子："小何呀，要是不忙的话，帮我把方歌给改了，那群小本科生字写得乱七八糟。"

他只好接过来，冷不防顾教授说了一句："苏合香丸麝息香，下面是什么？"

他不假思索，脱口而出："木丁朱乳荜檀囊，犀冰术沉诃香附，再用龙脑温开方。"

顾教授嘿嘿笑了几声，满是赞许："很好很好，一点都没忘！"他忽然板起脸，语气严厉，"小何，给我好好改，认真改，不许放水！"

顿时，何苏叶觉得冷意从脚跟直蹿到头皮，心里默念：4.5个学分，肯定有学生要重修了，果然，"灭绝道长"一出手就是寸草不生。

他把试卷装好，包就斜挎在肩上，然后打算去食堂打包饭菜回家，中午就凑合一顿算了。他绕过长长的百草廊，有几个女生坐在石凳上练习量血压，他没留意，瞥了一眼就过去了。

马上就有女生低呼："快看，帅哥！"

有人接口："好帅啊，好震撼的一张脸啊，这是我们学校的学生吗？他怎么还不去逐梦演艺圈？"

然后就是一个女孩子吃痛地叫："别再按打气球了，我膀子要被撑死了，哎哟！"

何苏叶听得真切，扑哧一下笑出来，抬头一看，发现走过了路，正想绕回来，忽然看见一个男生站在后墙根那儿炫耀地跟一个女生说："这墙特好翻，以前没新校区的时候，我们都是爬墙出去包夜的。"

他当然记得这堵墙，但是就是这么矮的一堵墙，他竟然没能翻过去，因为有一个女生有事没事总是威胁他："何苏叶，你要是擅自离校你就试试看！"

彼时学校下了通告，封校期间擅自离校，留校察看，并不许评定奖学金。

他当时真的急疯了，家里电话没有人接，爸爸妈妈办公室的电话是长久的忙音，手机全部停机，谁也联系不上。

没有人的矮墙，只有一大蓬紫藤花蔓延出来，掩着月光，他就在那块暗影下突然感到两腿发软，颤抖着把所有的压抑吞进肚子里。

最后一次他真的豁出去了，不管什么处分，更不在乎什么奖学金，结果他刚要跳下去，熟悉的声音便传过来："何苏叶，别做傻事，我求求你，好不好？！"

张宜凌没有盛气凌人的口吻，带着哭腔，他一下子慌了，脚下一滑，直接从墙头摔了下去，堪称他人生中最狼狈、最失败的一笔，不过幸好只是手臂上蹭破了皮。

他只好傻傻地蹲在那里，顾不得自己手上脚上的痛，柔声安慰张宜凌："算了，我不翻了，你也别哭了，我保证，我发誓。"

然后，他们就伴着月光一起走回去。张宜凌睫毛上还挂着泪水，闪闪亮亮的。何苏叶觉得有些歉疚，但是他实在想不通她的动机，终于问出口："你为什么不让我走？"

张宜凌稍稍收敛了情绪："学校都下了通告，你出去不是自寻死路吗?"

他叹气:"那正好没人跟你抢一等奖学金了。"

她冷哼一声,睥睨何苏叶:"不稀罕,平白让给我的,我才不稀罕呢!"

他只好讪讪地笑,半天憋出一句:"谢谢你。"

其实何苏叶那时候就知道她有多好强,想要的东西从不会假手于人,但是他实在迟钝,这样一个心高气傲的女孩子为自己担惊受怕,他居然没有深究原因。

他心思细腻,但是无奈,他在感情方面一向迟钝得让人咋舌,非得是坦率、直接地告白才能让他明白,暗送秋波一概无效。当时所有人都看出张宜凌对他的爱慕,他仍然不自知,以前他总是心无旁骛,一个人活得悠闲自在。

直到他妈妈的消息传来,他在黑夜里完全迷失方向,是张宜凌伸手把他拉了出来。

他总觉得自己亏欠她甚多,想过要用一辈子偿还,终是没有等到那一天,她已经跟他说"何苏叶,我们已经两清了"。从此,他的世界不再有她。

也许,他早就应该知道张宜凌不是自己那杯茶,对她更多的感情可能是亏欠、依赖、感激,但是真正的爱恋少之又少。

时间真的可以让人想通一些事情。

他走进食堂,刚排上队,琢磨着今天吃几两饭,手机就响了,是一个陌生的号码,他犹豫着接起来。那边的声音也是非常犹豫:"你是何苏叶吗?"

这熟悉的声音,这欠揍的语气,他一下子反应过来:"邱天?"

那边哈哈大笑:"是我,我回来了,请你们吃饭,吃烤鸭可好?"

何苏叶赶到酒店的时候里面已经有五六个人了,全部是以前读研时的死党。他们看见何苏叶就开始起哄:"小何才露尖尖角,早有美女立上头!"

何苏叶一个个捶过去,看见邱天顿了一下,笑着问:"回来了?有什么心得体会,跟我们讲讲?"

邱天是何苏叶的同学兼死党,跟何苏叶性子相反,他活泼好动,一张嘴经常能颠倒黑白,迷得女孩子团团转。光看外表,没人能把这个油嘴滑舌的家伙跟 Beylor College of Medicine(贝勒医学院)的 MD(医学博士)联系起来。

他读研究生的时候转去了临床,然后被公派出国,读了博士学位,今年才回来。他和张宜凌是当年被公派出国的两个人。

"我跟你说,这几年我每天都想回国,想疯了,回来第一件事情就是蒙,可能是我太久没见过世面了,觉得奶茶好好喝,面包也好好吃,还出了那么多我听都没听过的网红美食。我那天下飞机,回到酒店,一看半夜十二点了居然还可以点那么多外卖,妈呀,这是天堂吗?是的,这就是天堂,我死也不出国了啊!"

饭局上,大家疯闹成一团,尤其是邱天,正宗的美语不知道被丢哪儿去了,一口家乡话噼里啪啦地蹦出来,什么段子都能讲。

何苏叶喝不了酒,硬被灌了几杯。末了,他去洗手间的时候,邱天喝高了,搂着他的肩膀问:"想不想知道张宜凌现在怎么样?"

说不想是假的,他点点头:"她现在怎么样?"

"听说不太好!"邱天看上去很清醒,说话还口齿清晰,"当初我们是公派出国,读两年就回国,她一心想留在美国,结果学校这边不提供证明,Beylor 那儿又不承认医学本科学历,她只得转去读生物工程,毕竟不是自己的专业,听说吃力得很。"

"哦?"何苏叶微微挑眉,"看来你也不是很清楚嘛。"

邱天捧水湿湿脸,深吸一口气:"那时候忙得都疯了,谁还顾得上管别人?再说,你又不是不知道我和张宜凌的关系,跟仇人似的。"

何苏叶叹气:"她太好强了。"

邱天呆呆地看着镜子里的何苏叶,半晌才决定继续说下去:"如果你还喜欢张宜凌,今天就不会来见我,我早就知道你们不会有结果,但是那时候你差点为了她和我绝交。"

喉咙像被什么卡住了一般,有些拱火,他背对着邱天真心地说:"谢谢!"

邱天过来掐他,笑嘻嘻:"看你这个样,就知道你现在还是单身,我还听说你读博了,很好,我就知道智者不入爱河,寡王一路硕博。"

饭局结束,何苏叶出了酒店,天气一下子变得阴沉,似乎要下雪的样子。路上行人匆匆,他竖直衣领,借着冷风祛祛酒气。

今天他微微喝上了头,想起回去要改试卷,晚上沈惜凡还要把资料送来,他拐进超市,买了一点绿豆、黑豆、红豆,准备晚上煮粥。

煮粥是一门学问,分为煮和焖,先用旺火煮至滚开,再改用小火将粥慢慢收至浓稠。粥不可离火,用小火煨至烂熟,然后焖上约两小时即成。煮豆粥时,待开锅兑入几次凉水,豆子"激"几次容易开花,之后再放米进入。

他干脆就在厨房里改试卷,不住地叹气,这群学生真是让人没话说。他边改边笑,寻思改完之后去学校论坛上发一个帖子,刺激一下需要补考的孩子。

天已经大黑,他抬头往窗外看,发现大片大片的雪花飘落下来。他抑制不住欣喜,把窗户打开一探究竟,冷风夹着雪花蹿进来,遇到腾腾的水汽,倏地一下就消失了。

他想,沈惜凡到底带伞了没,别脑袋上顶着一堆雪可怜兮兮地喊:"何苏叶,下雪了!"

可是他的预感总是那么准,他刚准备去盛粥的时候,门铃就响了,然后就是沈惜凡笑嘻嘻地望着他,全身上下落的都是雪,乌黑的眼睛里闪着兴奋:"何苏叶,下雪了哎!"

他把她让进客厅,她立刻从包里翻出一大沓资料,用塑料袋包得好好的,小心地检查,笑着说:"还好,没湿,你看,我都翻译好了,只差你的专业名词了。"

他又好气又觉得好笑,只好问她:"吃过饭了没?我煮了粥,要不要来一点？"

饭后，沈惜凡接了剩下的资料，眼睛一扫，一声不吭地去拎了大包过来，拿出一台丁点大的笔记本电脑，开始噼里啪啦地打字。她速度极快，字母、单词像迫不及待地从屏幕上跳出一样。

何苏叶有些诧异，又有些惊叹，他第一次看见沈惜凡工作的样子：刘海儿用夹子夹在一边，戴着眼镜，目不转睛。谁说男人专注工作的时候最帅？他觉得女人工作的时候一点也不逊色。

半晌，沈惜凡抬头，皱眉："何苏叶，那些什么阴阳都用拼音？"

他点点头："加连字符。"

"木香怎么说？"

"Vladimiria souliei，先用拼音，然后解释一下。"

屋里安静得就剩下他们两个人打字的声音，还有简单的交流。两个人合作默契，不一会儿一份资料就完成了。李介在微信上一连发了好几个表情过来，倒是把沈惜凡看得忍俊不禁。

她觉得肩膀有些酸痛，抬头甩了甩膀子，一扭头就看见何苏叶捂着嘴对着电脑笑，右边的小酒窝甜甜的，可爱到没天理。

她实在忍不住，凑过去看，看到第一行就笑出来了，撑着桌子捧腹道："何苏叶，那些小孩都太有才了！你也很有才！"

某人在网上发帖子：

> 挺抑郁的……改了你们的方歌……
>
> 同学们，学中医的大家都知道"白薇"这玩意儿，可是中国汉字就是那么奇妙，有了"白薇"，还有了"百威"，某位同志就写"加减薇蕤用百威"。
>
> 其实你要是写"紫薇"也就算了，写"喜力"我也算你对了，偏偏写个什么"喝百威，赢宝马"，估计是觉得学中医没"钱途"，想去刮刮彩，中辆宝马。
>
> 这句"黄芩生地加甘草，发汗祛风力量雄"，怎么有人写"发

汗壮阳振雄风"?

看看,都是被小广告毒害的同学,孩子们,这些话不能乱写,还好是让我看了,要是让"灭绝"看到了,估计真就灭绝了。

还有同志把碧玉写成碧血,我可真就纳闷了,是不是小时候床头金庸看多了,念念不忘袁承志、温青青、金蛇郎君?

还有更绝的,普济消毒薄芩连,××蓝根×翘×——不知道同学将来给人开药,想不起来用啥药了,会不会直接用××代替:"您自个儿琢磨吧!"

改的过程中错字无限,同志们都别着急啊,两小时呢,慢慢写好了,脖子上的那玩意儿要用起来……

有首方剂我觉得是学中医药的都应该会的——麻黄汤中用桂枝。但是为什么有好多人第二句都是"细辛甘草木通施"?难道你们老师在讲制方原理君臣佐使的时候不是用麻黄汤举例的吗?

总的来说,批方歌比默写痛苦多了!精神疲劳了两小时,捞也真的捞不动,4.5个学分,建议回家过年的时候,不要光顾着玩,稍微看点书,不然补考不过肯定就要重修了。

两个人就趴在桌上笑,沈惜凡完全不顾形象,眼泪都滚出来了,嘴里还念叨:"白薇,百威,不知道那位仁兄用百威做药能治啥病啊。"

何苏叶很严肃地告诉她:"加减葳蕤用白薇,豆豉生葱桔梗随,草枣薄荷共八味,滋阴发汗此方施,这位仁兄用百威滋阴凉血!"

沈惜凡上气不接下气,笑得身子歪到了一边:"何苏叶,我第一次发现你这么搞笑。你这吐槽,都可以去参加《脱口秀大会》了。所以说你平时不会都是在装稳重老成吧?哇,何医生演技真好。"

他佯装生气,抬起手想用笔敲她的脑袋。

沈惜凡连忙躲过去,只是没想到她人一闪,手指不偏不倚地扶住了抽屉,再退一步,身子把抽屉撞得哗啦合上,正好夹住了大半的手指。

都说十指连心,她闷哼一声,眼泪就齐刷刷地流下来,完全不由自己控制。

倒是把何苏叶吓了一跳,他把她的手抬起来,在灯下仔细看看,红了大片。

沈惜凡泪眼婆娑地问:"我手指会不会断呀?"

何苏叶叹气:"你觉得会断吗?我去拿药,乖乖的,不要动。"

沈惜凡十分委屈地看着他给自己上药,后悔自己不该躲那一下,但是也许是潜意识告诫自己不要跟他太亲密,太暧昧,才会下意识地躲开。

"对不起,我不该吓你的。"他脸有些红,满眼都是愧疚和歉意。完了,他好像有点心动了,唉,这怕是他人生中最大的难题,比默写方歌还难,他觉得。

倒是沈惜凡完全不自知,上完了药,她好奇地问:"何苏叶,那个白薇你有吗?"

何苏叶回神:"你确定你说的是白薇,不是百威啤酒?"

她用没被夹过的手指去戳他的脑袋:"老人家口无遮拦的,我说的是白薇,这么好听的名字,不知道是什么样的。"

何苏叶恍然大悟:"哦,你要看那个是吧?我先提醒你别失望!"

结果白薇真的不好看,沈惜凡垂头丧气:"我以为是多么惊艳的花呢,没想到是一堆枯草!"

何苏叶指着标本细细地说:"这是白薇的根茎,气微,味微苦。性寒,清热凉血,利尿通淋,解毒疗疮。"

沈惜凡接过来:"有点失望,白薇真的是很好听的名字。"

"中药里面好听的名字太多了,不仅听上去很美,而且很有文化。我小时候就读过一首药名词,是清代顾贞观的《断序令》,到现在还牢牢地记得:断红兼雨梦,当归身世,等闲蕉鹿。再枕凉生冰簟滑,石鼎声中幽独……这首词巧妙地将中药名当归、鹿角、滑石、独活、甘松、乳香、熟地、桂枝等等嵌入词中——"

他神情很是专一、认真。沈惜凡看着他，觉得这个男子怎么看怎么温润，心下一动："苏叶也很好听——"

冷不防被打断，何苏叶轻笑出声："是，比荷叶好听……"

窗外是纷飞的大雪，飘落在窗台上，明天一定是白雪皑皑的景象。冬夜静谧无声，屋里开着暖气，台灯和电脑明亮、温和的光映衬着两个面对面坐着说话的人和地上各种中药标本。

两个人都有些懵懂，更多的是不自知，橘色的柔光从眼眸里流淌出来，融入无边的夜色。

此情此景让人觉得温暖、惬意。

药方	白薇车前茶	症状
	材料：白薇5克，车前草3克，绿茶3克。	
	做法：用200毫升开水冲泡后饮用，频饮至味淡。	剂次
	养生提示：传统药茶方。具有清热利尿的功效。	

第十三章　薄荷

薄荷：疏散风热，清利头目，利咽透疹，疏肝行气。

　　这几天忙着翻译李介的资料，沈惜凡一直没有睡好觉，上班的时候哈欠连天，回家时已经神志不清，走在路上，竟糊里糊涂地往雪地里走。脚底下踩着厚厚的积雪，她觉得很好玩，所以每一脚都尽量踩得极重，吱吱咯咯的声音让她有种盛气凌人的快感。

　　她最近总是在想"我到底是不是压力太大"这个问题。就是苦了可怜、洁白的雪，被她变相踩躏。

　　归根结底，和何苏叶有点关系，她有些想他，不着痕迹地想，一开始就停不下来了，思念绵长悠远。

　　但是有些苦涩不是咖啡的滋味，没有苦茶后的留香，是中药入口的味道，有些半强迫的意味，治病救人，不得不喝，对他不得不想。

　　她懊丧地把脑袋撞到书架上，却不小心把柜子上岌岌可危的一堆书撞了下来。她怪叫，享受那种书本砸来的快感，顺便发泄一下情绪。

　　她笑起来，大笑，发现自己有些傻，但是傻得可爱，她自己都忍不住喜欢上自己。

　　她干脆就坐在地上整理那些散落的书籍，眉眼间是掩饰不住的笑意。这些都是自己大学时的教科书和参考书，有些书翻开空白一片，连名字都没有。

　　逃课、上课睡觉、为考试熬夜的日子一去不复返，她独立了，开始承担责任了。

那样的时光真的很美好，但是总是失去了才知道珍惜，往后她只有用无穷的岁月缅怀那段似水年华。

她的手忽然滞了一下，看到夹杂在那堆书里的一张照片、几张信纸，犹豫了下，她仍然把它们拾起来，轻飘飘的纸对她来说如有千斤重。因为是痛苦的记忆，所以格外沉重，分量不是压在手上，而是积在心头。

照片上，她笑起来很幸福的样子，出自真心，眼眸里是浓浓的甜蜜，手臂挽着严恒，他偏偏不看镜头，宠溺地望着她。当时所有人都认为他们是天生一对。

恋爱的时候，每个女孩子都是天使，受到神的眷顾，所以总是幸福、美丽的。

可是现在，她转过身对着玻璃柜门用力地扯出一丝自认为算得上灿烂的笑容，玻璃中的自己眼中没了神采，笑容勉强，和照片相比，反倒成了一种另类的讽刺。

真的是很讽刺，她觉得，甚至五年后碰见自己的初恋似乎还有点说不上的纠缠。

她顺手把照片和信纸往柜子里面一丢，坐在电脑前继续翻译资料，只是没有留意到那几张信纸悄然坠地。

每天，我突然发现自己多出很多时间，于是我东张西望，我无所事事。

你知道吗？每天我经过学校街边的邮筒，发现它的一瞬间，我都有种冲动，我想把我们过去的日子通通写下来，然后再一股脑地塞进这个邮筒，而每个信封上都有一个共同的地址，叫爱。

邮筒不说话，可它知道我爱你，即使你不爱我，离开我了，我也要以这样的方式死乞白赖地遥想当年。

高速路上，成群的云层被日光吸引，淡蓝色的天空，月亮和太阳同时发光。好像第二次我见你时你的脸刹那间就让我盲了心，瞎了眼，从此不管不问不顾，只要能和你在一起，天崩地裂又如何？

我好像一直都忘了问你，第一次见我有什么感觉？

我不问，你就不说，现在没机会了，我觉得好遗憾。

时间过得这样快，樱花散尽，蔷薇盛开，栀子谢幕，初荷绽放，转眼我们的人生就这样疾徐不定地一路走远了。

其实到今日我都不后悔喜欢过你，只是我们都是成年人了，总要学会接受一些无奈的事情，总要明白原本相爱的两个人也可能出于一些原因而不能走到最后。

第二天去上班，沈惜凡有些倦怠，望着窗外冰雪融化，没来由地有些沮丧。她想，如果可以一直这样下去，白雪皑皑，冰封天地，该多好。

说到底，她觉得自己是个纠结的人，还有那么一点拖延，总是不知道下一秒步伐如何迈出。

今天轮到林亿深值班，沈惜凡因为客房部预算的问题走得极晚。整栋行政楼上，只有公关部的办公室和一楼的秘书处还亮着灯，她笑笑，准备去打个招呼就走人。

月光泛着雪色照在走廊上，很美，月色清凉，却透出无限的苍茫，让人透骨生寒。她的手不由得触摸月光，手心泛白。

忽然电话铃猛地响起来，她把手收回，匆匆忙忙接起电话。对方却没有应答，她只好问道："请问，您找谁？"

严恒轻声唤她："小凡……我想你了……"声音平和，穿过长长的走廊，有些隔世的迷离。

五年前，他对她说过这样的话。

那是他们第一次牵手，冬天寒风阵阵，他们牵着手绕着操场一圈一圈走。最后到了熄灯的时候，他才送她回去，他依依不舍，不肯放开她的手,最后还是她挣脱了出来。

结果还没有等她回到宿舍,他的电话就打来了:"小凡……我想你了……"

她那天晚上彻夜失眠,手心是他残留的体温,她躺在黑暗中慢慢咀嚼那句"小凡,我想你了",满心的欢喜,偷偷地把脸埋在被子里面轻笑。

那时候,他每天打电话说的第一句就是这个。

只是她现在异常平静,她告诉自己,该来的总是逃不了。循着声音的出处,她转过身,关上手机,轻轻蹙起眉头:"有事?"

他很憔悴,满身的风尘,领带都没有打好,额头上有着细碎的汗珠,但是神情一如既往地自信,像是一切皆在掌握的样子。

以前她看见这样的他会觉得自豪,但是现在他用这样的眼神看着她,她有些悲哀,有些恼怒。他伤她那么深,凭什么还想当然地觉得她一如当年那个傻女孩?

严恒快步走过来,气息有些不稳。他开口轻轻说道:"我想你,那天晚上和你分别,然后去了美国,在那里我发现很想你,晚上睡觉辗转反侧想的就是你的身影,我只好回来,告诉你,我想你。"

她内心倒海似的翻腾,脸上仍然强作镇定:"你要说的就是这些吗?"

"不!"严恒说话掷地有声,上前一步,小心翼翼地试图去抱住沈惜凡,没料到她身子微微一闪,就错开了。

他却不依,狠狠地禁锢着她的胳膊,下巴紧紧压着她的头。她挣扎,但是无济于事,直到最后筋疲力尽,她无力地看着远方,黑暗的走廊没有尽头。

长久地沉默,然后他低声对她说:"对不起,对不起,小凡,五年前是我错了,现在你回来好不好?"

这句话她等了五年,终于等到了。但是,没有想象中的喜悦,她只想哭,放声大哭,把五年来的委屈、不满、愤恨全都哭出来,她恨他曾经那么残忍地对待她。

严恒感觉沈惜凡身体僵硬,不由得松开了胳膊,想一探究竟,不想她却用尽力气挣开,头也不回地跑远了。

他的西装上印着深深的一滴泪渍。

他打算追过去,不想后面传来冷冷的说话声:"她不会见你的,请你先走吧。"

林亿深站在橘色的灯光下,双手插在口袋里,倚在门上,嘴角挂着一抹轻蔑的笑容,表情不可思议地柔和:"回去吧,她需要时间好好想想。"

他敛去周身凌厉的气势,朝着楼梯走去。林亿深面对着他走来,脸上带着高深莫测的笑容。

他再次回头,却没了林亿深的人影,只有林亿深与他擦身而过时的那句"她可是我的小师妹,你怎么能让她哭"久久回荡在空旷的走廊里。

窗外,苍白的月亮冷漠地俯视众生,冥冥的轮回中不知是谁发出了无声的叹息。

"别哭了,小师妹——"

沈惜凡抬起头,眼睛没有办法适应突如其来的亮光,顿时一阵眩晕。好容易稳住了,她定定地望着林亿深,想开口说话,张了几次口,却不知道从何说起。

"他不会来了,我刚才已经让他走了。"看清楚之后,林亿深很惊讶,"原来你没哭呀,害我白担心一场。"

沈惜凡挤出一丝微笑:"怎么可能?为他那种人哪里值得?不过是不想面对他而已。"

林亿深只好笑笑,顺手帮她撩起散落的头发。

沈惜凡无奈:"师兄,你似乎很闲,可惜我可没空陪你,我要回家吃饭呢。"她刚走到门口,忽然想起什么似的,试探地问,"师兄,你知道我和他——"

他无奈地笑笑:"你们两个当年是那么出名的一对……我怎么会不知道呢?你手上有我的黑历史,我怎么会没有你的呢?只不过你是女孩子,我让着你。"

"谢谢师兄。"

"谢什么?你要是有良心就把那视频给删了啊。"

她出了酒店,却不想回家,只好百无聊赖地在街上走。街边还有些积雪,不过浮上了一层灰,再也不是纯洁的白色。

她记得那天晚上何苏叶送自己回去的时候,雪下得很大,很美,铺天盖地地向他们袭来。何苏叶帮她撑着伞,她却喜欢在风雪里玩闹,不肯让他打伞。那天晚上的雪晶莹剔透、洁白无瑕。

那时候她在漫天的大雪里唱歌:"有时候,有时候,我会相信一切有尽头,相聚离开都有时候,没有什么会永垂不朽,可是我有时候,宁愿选择留恋不放手……"

何苏叶笑吟吟地看着她,说:"我第一次听到这句'还没为你把红豆熬成缠绵的伤口',我就想红豆熬年糕汤很好喝,所以每次听这首歌就很馋。"

她笑他没情趣,他说她七情内伤,难怪失眠,最后连他也忘了撑伞,和她玩闹,溅了一身雪水。

感情是不是也如雪?蒙尘了,就再也不像原来那么纯洁了。

走了长长的路,她有些累,肚子也很饿,但是她不想当一个失意的人,就算难过,她也想吃得饱饱的,吃点什么呢?这么冷的天就是要喝热乎乎的汤汤水水,加了辣油的牛肉拉面很不错,或者是点个全家福馄饨,再不然,油滋滋香气四溢、嚼劲十足的羊肉串也可以,或者香喷喷的酱汁油光锃亮的拌面?

她点开微信,发消息给何苏叶:"何苏叶,我可不可以不要李介请我吃饭?"

"怎么了?"

"你能不能请我吃顿饭?"

何苏叶真的赶来了，恰巧他留在学校，离她所在的位置很近。她看到他从公交车上下来，背着单肩包，风衣的纽扣还没有扣好，额发被风吹起，然后他站在她面前轻轻地说："走吧。"

只是这样两个字，却让沈惜凡有了想哭的冲动。

她一直假装坚强，即使再恨严恒，在他面前仍是小心地掩饰，不愿意输半分半毫，即使她觉得她再委屈，也不愿意在外人面前哭出来。但是这样温情的两个字，让她的情绪堆积，努力想找一个出口宣泄。

大碗的兰州拉面，满满的汤料和香喷喷的牛肉，人来人往的嘈杂，老板时不时和食客搭一两句话，多半是调侃，热气缭绕，熏红了沈惜凡的眼睛。

她大口大口地吃，一刻都不敢停下来，她怕一停，眼泪就会不受控制地流出。对面这个男子即使是在街边简陋的小食铺里，仍然是那么温情。

他笑着为她点大碗拉面，然后一言不发地看着她把牛肉挑完，不动声色地把他碗里的牛肉夹给她。他总是比她后拿起筷子，却先于她吃完，还会询问要不要再来点什么。

沈惜凡想哭，她想找个借口大哭，连同委屈、恨意通通哭掉。

她看不懂、看不清的东西太多了，她想让视线清晰一点，看清最近的东西——自己的心意。

经过小区的超市，她拿着一包薄荷糖出来。何苏叶看了咋舌："很辣的，这个牌子！"

沈惜凡愤愤地瞪他一眼，哗啦地撕开包装纸："我就是想吃辣的，怎么了？"

"你怎么了？很不开心的样子。"

"我……就是……有点难受，过一会儿就好了，你先走吧。"

她把大把的薄荷糖丢进口中，一股薄荷味一下子冲上大脑，她着实被辣到了、呛到了，薄荷脑刺激着泪腺，她低着头，看着眼泪滴滴落在地上，却没有悲意。那样的委屈、伤痛、恨意都抵不过零星的温情，只要一点点的温暖，她就满足了。

何苏叶似乎觉察到什么，停下脚步，去看沈惜凡。发现她蹲在身后，头埋在衣服里，他忙蹲在她面前，紧张兮兮地问："怎么了？"

"被辣到了——"沈惜凡不愿意抬头，她的脑袋在努力蹭着衣服，想把哭过的痕迹抹掉。

何苏叶叹气："让你不要吃那么多，这薄荷很冲的。"

沈惜凡终于抬头，眼圈红红的："何苏叶，你好吵啊——"

他只是说了一句，唉，真是百口莫辩。他接过那包薄荷糖，思量着哪儿有垃圾桶，同时打趣沈惜凡："哎，你还好吗？要不要我去给你买杯冰水？"

"还买冰水？何苏叶，你是故意的吧，薄荷好辣呀，呛死我了，我能吐出来吗？"

"我劝你忍着，这薄荷的一口气冲上去，疏肝行气，你应该心情会好点。"

坐在小区花园的椅子上，沈惜凡好容易缓了一口气，却迎上何苏叶的笑容，他说："恭喜你坚持下来了，心情不好，来一把薄荷糖，也是非常简单粗暴，直接有效。"

"其实我也不喜欢薄荷糖，就像一段感情的味道，开始辣辣的，很刺激，很上头，到后来越来越觉得甜腻，最后薄荷味就没了，什么也没留下。"

何苏叶笑了笑，捡了一颗薄荷糖丢到嘴里，瞬间脸上露出那刺激到痛苦的表情。过了一会儿，他似乎尝到了甜味，脸色缓和下来，慢慢地说："你说得对，也不对，刚开始辣辣的，很刺激，最后香味停驻在嘴畔，最后一抹清甜让人回味无穷。好的感情让人回味，坏的感情让人觉得索然无味，如果有一天你老了，在冬日的阳光下回忆往事，你能回忆起来的就是这么一团索然无味的东西，除了遗憾、后悔，还能剩下什么呢？"

"嗯……"她叹了一口气，"你说得对。"

风很急,树上的积雪被纷纷吹落,擦过她的脸,化成小小的水汽,蒸发了,也许今年还会下第二场雪、第三场雪。

时间会流逝,那些让她迷惘的感情,让她迷惘的人,就让她好好想想,等第二场雪,然后融化,等第三场雪,然后等春天。

她想,一切都会有答案的,关于自己,关于严恒,关于初恋的伤痛,关于爱情。

药方	甘草薄荷茶	症状
	一小把新鲜的薄荷叶,2片甘草。 先用开水冲泡甘草,盖上杯盖闷几分钟,等水温降到60~70℃时,放入新鲜的薄荷叶,不要盖杯盖,过几分钟就可以喝了。 预防风热感冒和咽炎。	剂次

苦丁：疏风清热，明目生津。

第十四章　苦丁

何苏叶去医院上班，刚下公交车，就看见邱天同志招摇地戴着酒红色头戴耳机，摇头晃脑地走进医院大门。他有些好奇，走过去拍邱天的肩膀："你拿到那么多 offer（录取通知书），最后还是选这里？"

邱天吓了一跳："哎，其实我不想搞科研，也没有所谓的情怀耗在全年无休的公立医院里，不过看在你在这家医院辛苦打工的分儿上，我就勉为其难入职了。"

何苏叶笑起来："欢迎，你们两位主任都是不苟言笑的人，偶尔讲两句笑话会让人觉得下巴都要被冰掉了，我建议你好好藏藏你的本性。"

"开玩笑，我这么正直、善良、尽责的人，到哪里都是个合格的混子。"邱天叹气，"不过现在学历贬值，博士有什么了不起，大三甲医院一抓一大把，不光要看你手术门诊量，还得要求你搞科研、发论文、申基金，太卷了。"

何苏叶没作声，颇有同感。

他接着说："有些人啊，天生就赢在起跑线上，家里世代行医，有个当院长的爹，是全国著名的心血管专家，从小路途坦荡，躺平就能过一辈子，可惜他偏偏不要，真不知道是倔还是傻！"

何苏叶笑道："怎么，你很羡慕吗？"

邱天环住他的肩膀，谄媚地说："这福气给我，我可真的要啊！

啊？你这笑的，我真的可以吗？你不是在逗我玩吧？"

"交换人生也不错啊。"何苏叶不动声色地把邱天的手挪走，"你不是说我躺赢吗？你可以顺便体会一下在农村的水塘抓满一个月泥鳅的童趣。"

邱天脚底抹油："算了，溜了溜了。"

今天是顾教授坐诊，中医楼满满都是人，何苏叶和顾教授手下另一个女博士生坐在一边，看看病人，抄抄病历，叫号。顾教授一向以严厉出名，而且教学方式依然传统——要手写处方，纸笔留底。顾教授说一个方剂，再在方剂基础上调整用药，女博士写的时候卡壳了几次，被瞪了好几下。

好容易等到一个电话把教授叫走了，博士生感叹："我之前工作全是用电脑开处方，打几个字全出来了，删删减减就行了，结果就是这些方子越来越记不住，感觉学的东西都还给老师了，有点愧疚。"

"那下次老板坐诊的时候，我来写方子吧。"

"谢谢你啊，师弟，我得抓紧时间补补课了。唉，老板坐诊一次，我就要折寿一个月。"

那边有小护士叫："何医生，顾教授让你去内科楼消化科。"

女博士这才看清楚他的胸牌——"主治医师"，心里暗叹，怪不得老板那么器重他，自己不过是个住院医师，要按医院职称算的话，先拜师的自己倒是该叫他大师兄了。

今天一天何苏叶特别忙，先是在中医楼陪诊，然后处理了消化科的一个病人，又被血液科的叫走，最后老板跟他说自己最近搞了一种新药，问他愿不愿意去实验室帮忙。

何苏叶苦笑，思忖着这年关还真是难过。

那份宾夕法尼亚大学医学部的申请表被他压在桌子下面，很久没有碰过，Andy教授几次表示不想失去优秀的中西医结合人才，多长时间都愿意等。

中医在本国研究的势头远远不及大洋彼岸的美国，他觉得有些悲哀。

好像到了年底大家都很忙,李介被考试搅得晕头转向的,三天两头跑来要何苏叶画重点给他。方可敢好像也很久没露面了,听说影像科也很忙。何奶奶打电话来,说是何苏叶爸爸去了日本某大学交流访问,过年可能不回家了。

何苏叶最近忙得确实有些心烦意乱,心火燎燎的,买了一点苦丁茶泡水喝。他偏爱苦丁茶的苦味,当白开水喝。

下了今年的第二场大雪,比第一场更大、更猛,气象部发布一连串警报,公路、铁路枢纽受损,机场被迫关闭,这个城市静悄悄的,仿佛被隔离一般。

何苏叶也觉得被隔绝了一般,除了邱天、李介,没有人和他说话。

连沈惜凡也不知所终,这个有时候吵闹有时候安静的女孩子凭空消失了一般,像被蒸发的雪花,不留痕迹,让人无处可寻。

何苏叶想,如果发信息给她,会不会太突兀了,而且,有这个必要吗?

这个冬天真的很冷,一杯茶的热度远远不够。

他科研时间大部分都用来修理实验室的仪器,液相色谱仪天天坏是基本常识,他悉心研读完说明书后当仁不让地成为最靠谱的维修工,连找来的工程师都说他毕业之后直接就可以应聘安捷伦的维修工程师。读个博士,不去医院还可以去公司,是他未曾设想过的道路。

书桌上堆得满满的是各式的书、说明书、论文、报告,他的东西从来没有这么凌乱过,他无心收拾,任由其发展。

他伸手想去抽那本压在最底下的《中国药典大全》,不想把上面的书全部弄翻了,在所有的书中,他发现一张蓝色的信纸夹杂在李介的那份资料中。

字迹是沈惜凡的,清秀、文雅,还有些灵动之姿。

　　城市上空有大片大片浮云迅疾流动,忽然有鸽子划过天幕,那些细碎的剪影被隔壁阳台垂落下来的钢丝镶嵌在时光中,仿佛悲伤的音符,拨弄失去爱人的心弦。

我觉得这一幕好熟悉,之前也有过这样的天吧,我和你手牵手走在雨后的大道上,我问你什么才叫幸福,你说幸福就是和喜欢的人吵吵闹闹地过一辈子。

我已经习惯了一个人打伞,一个人逛街,一个人微笑,一个人淋雨。所以这样一个落雨的午后,我一个人从花市的东头逛到西头,再从西头走到东头。后来我终于饿了,于是一个人走进那家港式茶餐厅,点了你平时最爱吃的海鲜面,一点点仿佛吃掉回忆一样吃掉面前的食物。

黯相望,断鸿声里,立尽斜阳。没有我的日子,你过得好吗?

酸酸的滋味涌上他的心头,他轻轻喟叹一声,想起上次沈惜凡哭红的眼睛,以及问他奇怪的"失而复得爱情"的问题,他就应该察觉到不对劲了。

沈惜凡一定深深喜欢过这封信上的那个人,现在,那个人是不是回来找她了?

这样一个好女孩,单纯、可爱,有些顽皮,却凡事认真努力,她应该被人放在手心呵护、爱惜,而不是用来伤害、抛弃,然后再回头苦苦乞求原谅。

她最近凭空消失会不会是遇到什么困难了,还是有想不通的事情?他有些担心,虽然感觉有些怪怪的。

最后他还是发了信息给她,却像石沉大海一样,他等了一晚上都没有回信,拨电话过去,却传来冷冰冰的回音:"对不起,您拨打的电话已关机。"

他端起茶杯,第一次觉得淡淡的苦味从舌尖传来。他烦躁地想,要不要加一点糖进去试试?

其实这并不是沈惜凡的错，晚上参加她表哥婚宴的时候，堂姐家刚满四岁的小豆丁哭着闹着要回家，她抱着小孩让他在楼梯口闹腾，把手机拿出来，放音乐逗他。

结果她一转头，小豆丁就不安分，两手捧着手机，没拿稳，手机从二楼掉了下去，坠到一楼的大理石地面上，摔了个支离破碎。

她觉得年关真的很难过，寂寞又无聊，还破财，却不知道有一个人惦记了她一晚上。

第二天去上班，沈惜凡觉得没有手机寸步难行，便决定下班之后赶快去买一部手机，解决沟通交流的问题。

正巧快递公司送来东西，她有些好奇，签了名就拆开来看，普通的纸箱子拆开后，是个巨大的黑色礼盒，揭开盒子顶盖后就被 Graff 的金色 logo（标志）惊到了。

她小心翼翼地把蝴蝶结拆开，打开一看，她瞠目结舌，是一条钻石项链。镶满碎钻的蝴蝶结造型吊坠，一颗梨形的克拉钻坠在其下，钻石的光芒在橘色的灯光下折射出梦幻般的光色，流光溢彩，微微一晃动火彩粼粼的，光芒醉人，是灵动的美，也是金钱的味道。

她想，难怪女人都喜爱钻石一类的东西，这跟虚荣没关系吧，因为它们实在是太美了，任谁都会心动。她也不例外，但是这个礼物太贵重了，不是她不想要，而是要不起。

她想打电话给严恒，又觉得用酒店内线电话似乎有些说不清楚。忽然看见首饰盒子里面有一张便笺，她拿起来看看，然后小心地把项链装好，再把盒子放到包的底层。

她决定去咖啡店找他，然后把礼物退回，她会告诉他，作为一个前任，送这么有诚意的礼物，你已经做得很好了，但是很遗憾，我已经跟过去告别了。

这是最好的办法了吧，伤害不是随随便便就能一笔勾销的，而感情也不是说没有就能烟消云散的，她不是不明白这些道理，只是她不想生命中有遗憾。想清楚再说，未来该怎么走，时间会证明一切。

何苏叶留在实验室到极晚，同去的研究生做事毛躁，不小心把药剂的量算错了，然后推翻一切又重来，原本五点钟就可以结束的实验拖到了七点多。

他打算去吃路边摊凑合一顿，结果转去那家拉面店的时候看见了沈惜凡。她一手拿筷子，一手拿纸巾，呼噜呼噜地吃着麻辣烫，把路边摊吃成大餐，很享受的样子。

他忽然有种啼笑皆非的感觉，为自己无缘无故的牵挂和她没心没肺的做法。

沈惜凡正在欢畅地挑着生菜，汤碗里面红通通的，都是辣油，嘴里不停地哈气，然后她看见何苏叶端着碗，示意能不能坐在她对面，她好奇，这人也会吃这种东西。

他的汤底居然是清汤，多没意思，麻辣烫要吃的是什么？就是"麻辣"两个字！她鄙视地望着他，撇撇嘴。

何苏叶冷脸："我上火了，吃不了辣的。"

"医者不自医啊，何医生，你工作那么忙，要小心身体啊。"她擦了擦鼻子，吸了一口气，"哎，老板，麻烦给我拿一罐可乐，要冰的。"

何苏叶还是冷脸看着他。

"不不不，不要冰的，要常温的，要两罐。"她讨好地把一罐推到他面前，"请你？"

他脸色才稍稍缓和一下，忽然瞥到她的手机，原来粉色的外壳被换成白色的，大小似乎也有些不一样。他问："你换手机了？"

"别提了，手机摔了。"说到这个沈惜凡就心梗，她叹气，"破财也就算了，前男友还找上门，白白送东西给我，我看了一眼又还回去了，本来上班就够累够烦了，还要跟不想打交道的前任周旋，真闹心。"

这话何苏叶听起来真不是滋味，心思百转千回，原来信纸上的那个人真是她的前男友，原来她那天可怜兮兮的样子也是为了那个人，现

在张口闭口也是那个人，他不禁有点酸酸的。

等等，他是怎么了？他谴责自己，做人做事不能太极端，心态要平和。

一顿饭何苏叶吃得索然无味，倒是沈惜凡吃完了又去隔壁买了一包果汁糖，一点都没有把前男友的事放在心上的样子。

她唉声叹气："我那个郁结呀，心火很旺呀，别看我现在这样貌似很快乐的样子，其实我都愁死了。何医生，你说我咋办呢？"

"要不要给你把把脉？"

她飞快地拒绝："不要，我前几天吃啥干啥说啥发啥脾气你一把就知道了，太没有隐私了，我就是有点火大。"

"喝苦丁茶，消消火。"他回道，为了摆出充分的证据，又补充道，"我最近也在喝。"

"你有什么火大的？你脾气那么好……好像怎么都不会生气。"

是吗？他苦笑一声，也不知道怎么的，看着她，心头那股郁闷之气慢慢散了。

回家的路上，两个人各怀心思，沉默了一路。最后沈惜凡按捺不住："何医生，能跟你聊聊私事吗？"

"什么私事？"

"我前男友，明明理智告诉我没可能，但是不由自主地会去想，说不上的感觉。可能以前喜欢得太深，然后被伤得很重，想忘也忘不了，这几天就像有个什么东西堵在胸口，想吐吐不出来，想咽也咽不下去。"

"因为你没有真正地想办法去解决啊。"

"你说得对，可是我也不知道怎么不伤体面、不伤彼此自尊地去解决，可能是我在逃避，也可能是我太弱了……"她摆摆手，"算了算了，不说了，我得好好想想，勇敢地解决问题。"

何苏叶回家，泡了一杯苦丁茶，重新拿起那封信，在柔和的灯光下，蓝色的信纸折射出淡淡的忧伤，她的话语，她的心伤，他能感觉到。

他以前觉得谁都会有初恋,感情上的伤也似乎还没那么严重,人年轻的时候总爱将个人情绪放大,他十几岁时也是一样。

再次看,岂止是酸酸的感觉,他还有些心疼她,原来她还残留着年少时的疤痕,看似愈合,实则深到骨髓,一不小心就是翻天覆地的疼痛。原来她一直没有男朋友是不敢再提及、再爱上,然后再伤痛。这样敏感的女孩子,脆弱得让人有些心疼。

把茶送入口中,何苏叶不禁皱眉,苦,真苦,心底有块地方隐隐作痛,细软绵长,点点滴滴,揪紧了他的心。

他是喜欢上她了吧,对她这么牵肠挂肚,喜欢看她的一颦一笑,几天不见会想念她,为她担惊受怕,介意她的前男友,莫名其妙地吃醋,一切都是他喜欢她的证明。

欢喜和无奈同时抓住了他,但是她心里有个无底洞,他不知道用什么去填满,要怎么样才能让这个让他心疼、让他有了责任感的女孩子周身洒满阳光,笑得那样幸福和快乐?

仅仅让她感到幸福就可以了,他愿意站在她身边安静地等。

药方	苦丁茶	症状
	苦丁4克。将苦丁清洗,放入茶杯中。再倒入沸水冲泡15分钟,直到茶香散出即可饮用。 苦丁茶具有散风、清头目、除烦渴、利二便、祛油腻、活血脉等功效。以此为茶,可清心火、除心烦。	剂次

山楂：消食健胃，行气散瘀。

第十五章　山楂

沈惜凡回家之后，看见客厅里摆着堆堆麻袋、礼品盒，进洗手间去洗手的时候，就听见塑料桶里面有扑通的声音，她好奇，揭开盖子一看，顿时花容失色："妈呀！有蛇！"

倒是把沈爸爸吓过来了，他笑呵呵地拿着小木棒挑逗了两下："这是黄鳝，你不是最喜欢吃这玩意儿吗？"

"吃跟看完全是两回事。"

她又听到麻袋里面有吱吱的响声。沈爸爸解释道："那是螃蟹，这个是鲢鱼。凡凡，快来帮忙把鱼装桶里面，别弄死了，不然你妈又要伤心了。"

吃晚饭的时候，沈妈妈喜滋滋地拿着筷子指点江山："挑几盒上好的海鲜给爷爷、外公家送去，还有那些蔬菜，你们看我在网上买的有机蔬菜礼盒，不错吧。"

"不错不错，何止不错，简直是非常好！"沈爸爸逮着机会就使劲夸，"咱们家不整那些虚的，过年送点花、蔬菜、水果给老人家，实惠！"

沈惜凡眨巴眼睛，恍然大悟："哦……我说家里这么多东西，原来快过年了！"

沈妈妈不满："你天天就知道工作，过年了连个假期都不知道有没有，今年大年三十晚上你舅舅坐庄，初一去你爷爷家。"

沈惜凡哀号："又要给小鬼们压岁钱了，我快穷死了！"

真的快要过年了，沈家晚上来了几拨人，都是沈妈妈的朋友，他们送来两盆兰花——有着漂亮的名字"海蝶心语"，六盆金橘和几箱橘子、橙子，几盒奇异果和草莓。

有吃的，这是沈惜凡对如今大年的唯一期盼，虽然现在物质生活丰富，想吃什么就有什么，但是她觉得一家人团团圆圆一起吃顿饭，就是白菜、豆腐也香甜。

网上有人在议论"大年究竟怎么过""如今过年过什么""春晚节目单"，更有甚者公开在网上招聘"临时女友""临时男友"以便应付催婚的父母。

她生在一个幸福的家庭，爸爸妈妈感情很好，所以她一直向往爱情和婚姻。如今事业稳定，她开始对长久的亲密关系产生渴求，但是缘分迟迟不来，可能这就是运气吧。

爱情这种东西虽然俗气，但确实能够让人心里充满正能量。恋爱时心中如春天，总有跃跃欲试的热情在发芽。说不羡慕都是假的，家里的哥哥姐姐有了自己的另一半之后，每次看他们提及对方，无论对方是否漂亮、帅气、有钱、才华横溢，他们幸福的表情和宠溺的态度都足够让她相信那份感情的稀有和珍贵。

都说想要俘获一个优秀的男人，必然要先吃点苦，但她已经不愿意冒险，宁愿从此和他说拜拜，也不允许自己再摔一次跟头。

哎，两个人想要把爱情这件事情维持下去，一直到白发苍苍的年纪，真的是一件非常厉害的事。

第二天晨会，程总突发奇想要开一个酒店年终庆祝会，届时再发奖金，沈惜凡觉得这一年终于熬出头了。

回家的时候，一个人走在路上，她被街道上热闹的景象吸引，路过超市，人声鼎沸，人们推着购物车经过，小孩子欢快地在大厅里跑，收银台挤得都是人。

小时候过年的情景一下子浮现在脑海里,她止不住自己的脚步,钻进超市买了玫瑰年糕、白年糕、芝麻汤圆和一盒瑞士糖。

可是她有些失望,为什么没有糖葫芦呢?

恰巧她走过时代广场,看见几个老人扛着架子,上面插着满满的糖葫芦,红通通的,很是招人喜爱,一旁有小孩子凑上去挑选。

她挑了半天,好容易挑了看上去很多很漂亮的一串,刚准备付钱,旁边就有一个熟悉的声音响起:"我也要一串!"

真是见鬼,这个时候她还能遇见何苏叶,他穿着咖啡色的外套,阳光十足,低眉浅笑,小酒窝看上去和糖葫芦一样甜甜的。

沈惜凡踮起脚,认真看了看:"这串糖浆多,你拿这串。"

"好。"

沈惜凡看着他拿着糖葫芦的样子,笑道:"你怎么会在这边?"

"想吃糖葫芦了,点一根不够送的,点两根外面的糖会化,很浪费,所以我到这边吃了饭,顺便吃糖葫芦。"

她扑哧一下笑了:"好难想象你嘴也这么馋啊——"

他难得露出那么可爱的表情:"今天在实验室,师弟师妹磨了一下午的山楂粉,那味道酸酸的,我脑子里面都是山楂去核,煮烂,加点糖,炒炒炒,放到烘箱里,做成山楂条——"

"哇,听起来就好好吃!"她试探地喊他名字,"何苏叶,何医生——"

"好好好,有机会给你做。"

古南华庭的年终庆祝会举办得相当隆重,但是对沈惜凡来说,除了奖金,似乎没有什么能够吸引她的。

接下来的舞会也是无聊至极,其间,她只和林亿深跳了一支舞,还是因为自己的舞姿实在是太不优雅而主动请辞的。

"好无聊,要不要溜?"她悄悄地跟许向雅说。

许向雅正在兴致勃勃地拍着视频:"我觉得挺有意思啊,一年到头好不容易放松娱乐一下,你看那个男的帅吗?我觉得有点帅,是我的菜,不知道请他跟我跳支舞会不会被拒绝——"

"大胆上,别害怕,大不了就是被拒绝。"

"哼!"

忽然一只手伸在她面前:"不知道能否请沈经理赏光?"

她愣了一下,还没想好怎么拒绝,就被旁边的许向雅推了一下,轻轻地撞进严恒的臂弯。

那时候,学院组织舞蹈扫盲班,非得逼他们去学舞蹈,她实在是资质有限,动了脚就忘了手,浑身僵硬,小心翼翼,怕踩到舞伴的脚。舞伴一直安慰她:"别紧张,身体放轻松点。"

可是她怎么可能放轻松?正在她进退维谷的时候,一个男生跟她的舞伴说:"我来教她算了,她再盯着地看,地板都被穿洞了!"

她又羞又恼,一抬头,却看见一张俊逸的脸和一双温柔含笑的眼睛。她再也拒绝不了,也不知道怎么的,他忽然从背后将手环上她的肩膀,轻微的重力失衡后她的后背贴上一个暖暖的胸膛,心跳声那么近,清晰可闻。

温柔、爱怜在严恒的眼睛里流淌,一如五年前一样,他熟稔地拉起沈惜凡的手,一如他们之间重复了上百次上千次一样。

水晶灯的橘色光泽,水影清亮,沈惜凡觉得有些迷幻和眩晕,音乐声伴着她轻微的呼吸声,心里的空虚被扩大,再扩大,她努力控制着有些泛滥的情绪。

周围人的目光都聚集在他们两个人身上,那是一种拒绝外人靠近的氛围,只存在于两个人的空间中。一曲终结,她果断地松开手,转身离开,只差一点点她就重蹈覆辙了。

冰水打湿了她微红的脸颊,让她瞬间清醒过来。她不想再回去,出去的时候却发现林亿深拿着她的大衣和包招呼她:"想溜了吧?赏光了,面子也给了,他也该差不多就得了吧。"

"谢谢你,师兄。"她接过来,把衣服穿好,"我已经千躲万躲了，可他就好像来劲了，事到如今，他已经成为我心里最不值得信赖的那类人。"

林亿深"哼"了一声："得不到的就来劲，男人都这样。"

沈惜凡皱眉："是吗？那你们男人也能不动声色地和女人分手，一点预兆都没有？"

"能，不过这个问题我也说不清楚。烦了、厌了，就是说一句话也觉得多余，然后消极逃避，寻找新的刺激，直到不得已的时候就来一句'我们分手吧'。"看见沈惜凡一脸鄙夷的样子，他补充道，"年轻的时候会做很多让自己后悔的事情，但终有一天我们都会思考，你知道吗，这很重要，就像一个转折点，一个人的成长要是没有转折点就会成为浪子。"

她苦笑："是吗？这听起来就像是你们自我原谅一样。你是还不清了，不过肯定有人替你还，这种事情永远是前人欠的后人还——"

她话还没说完，手机就响了，她一看是李介的电话，忙接起来。

李介问："沈惜凡，你有空没？要不要过来吃饺子，你喜欢什么馅的？对了，我们都在大师兄家里！"

她还没回答，李介又嚷起来了："有韭菜、三鲜、纯肉、豆角，你喜欢吃哪种？我们多包一点。"一点都不给人回绝的余地。

她拎着两只烤鸭到了何苏叶家，刚到楼梯口就听见李介的声音："方可歆，你一个女孩子怎么连个饺子都不会包，我来我来！"

她敲门。好半天才有人应门，男生满手面粉，脸上也被抹了一道道白印，长得有些邪气，看样子是很招女生喜欢的类型："小美女，找谁？"

她一下子就口讷起来："何……李介——"

那边何苏叶把头探了出来，冲着她笑，脸上也沾着面粉，很居家的样子。方可歆委屈地坐在沙发上看电视，还有一些上次聚会认识的人跟她打招呼。

李介倒是有趣，见了她立刻说起来："我刚才还唠叨你，你就来了,现在好了,沈惜凡,你快来帮我包饺子,你一定会包吧?别告诉我你不会啊。"

沈惜凡也被李介搞得沾了一身面粉,她无奈,双手沾着面粉又不能去拿纸巾掸掉。何苏叶空出手,用湿毛巾帮她擦掉,解下自己的围裙,递给她:"我去煮饺子,用不着。"

他转身去了厨房,邱天意味深长地看了沈惜凡一眼,转身也进去了。方可歆咬了咬嘴唇,别过脸去,很不自然。邱天倚在冰箱上,看着何苏叶把饺子倒进锅里,笃定地说:"你喜欢那个女孩子吧。"

何苏叶拿着盘子的手明显颤了一下,他转过身,带着笑容,大方地承认:"啊,是呀,这么快就被你看出来了?"

"该怎么说呢?就是很意外,又不奇怪,感情这种事情,有就是有,没有就是没有,你躲不开,因为有的人不说话,快乐也会从眼睛里露出来啊。"

邱天之于他来说,是大体上对他毫无威胁,但是随时可以击中他的要害的那类人。

"告白了吗?追了吗?行动了吗?明的暗的流程都来过一套了吗?兄弟,现在可不兴暗恋那套了。"

何苏叶抚额。邱天这个家伙现在常有出人意料的言语,他已不再能清晰地了解邱天那颗脑袋所想。

"问你呢。"水汽蒸腾上去,窗户上蒙上一层白雾,邱天的视线有些模糊。

细密的水雾中,何苏叶的脸庞显出淡淡的寂寥:"不告别过去,如何有未来?我不想逼她,也不想给她压力,只要站在她身边,她幸福就好了。"

邱天拍拍他的肩膀:"别的不说,你搞幼儿园小朋友谈恋爱是真的有一套,我很佩服你。"

这顿饭,沈惜凡真的吃多了,应该说是大家都吃多了,捂着肚子躺在沙发上哼哼,一动也不动。李介喊:"大师兄,家里有没有健胃消食片,我快撑死了!"

沈惜凡倒是想到了上次何苏叶提过的新药,扑哧一下笑出来,然后就看见他端着一碟像是山楂球的东西,黑乎乎的,倒是挺香的。

不过确实很好吃,有山楂的味道,还有蓝莓味。他们一人拿了一颗,吃了还想吃,没一会儿一碟山楂球就都被消灭了。

何苏叶思索着:"其实这个要是买个模子压一下,加根塑料棒,就是山楂棒了,下次我改进一下。"

李介说:"师兄,你真的不考虑一下在学校门口开个店吗?龟苓膏的小料,这山楂棒棒糖,下次还有什么?我已经开始期待赚很多很多钱了——"

沈惜凡不由得多看了何苏叶几眼。他撑着沙发,额发垂下来,遮住了他的眉心,他靠近她,轻声说:"好吃吗?"

她点点头:"很好吃,酸酸甜甜的。"

"那明天晚上要不要去买糖葫芦?"

她迎向他的目光,笑吟吟的:"好呀,不见不散!"

她想起那串糖葫芦,红色的糖浆包裹着圆圆的山楂,没有花哨的芝麻、豆沙,最最质朴的糖葫芦却是最最美味的。

她一直是一个理想的完美主义者,她希望她的爱情不需要钻石装点,不需要黄金修饰,只要爱情本身,就是那串糖葫芦的味道,山楂加糖浆,有酸有甜,百吃不厌。

而何苏叶会不会是在大雪飘飞人声鼎沸的街头递给她一串冰糖葫芦的那个人?

药方	茯苓山楂茶	症状
	黄芪10克,茯苓15克,山楂3克,陈皮5克。 健脾宁心,利水渗湿,健脾开胃,行气散瘀。	剂次

第十六章 杏仁

杏仁：润肠通便，通利肺气，润肺。

何苏叶抬起表看看时间，按到日期那一档，才恍然大悟，原来今晚是大年夜，学校实验楼冷冷清清，只有几个攻关项目的研究室亮着灯，来去不见几个人，谁还不回家过年？偌大的实验室就剩他一个人。

五年了，何苏叶的春节都是这样过来的，整日整夜埋在实验中，每每奶奶、外婆打电话来，他都说太忙回不去，不知不觉，春节对他来说变得可有可无。因为没有家，没有家人在一起守岁，十二点时饺子的香味、络绎不绝的电话拜年的春节，他不想度过。

不知道隔壁实验室谁的手机响起，一个无奈的声音在空荡荡的走廊里响起："……也不是我不想回去啊，真的是太忙了，我的论文返修了，很多实验要补。哎，我知道，我会去吃点好的，你们就放心吧……"

他重重地叹了一口气，忽闻走廊上传来一阵脚步声，细碎的高跟鞋声有些紊乱，他不由自主地停下了手上的活儿，期待着什么。

脚步声戛然而止，没有像他预想那样，来人推门而入，拎着饭盒，笑着对他说："何苏叶，吃饺子，别忙了，今晚是大年夜呀！快来，不然我就全吃了。"

彼时他不愿意回家过年，只待在实验室里，张宜凌也要忙着做实验写论文，两个人就在实验室里吃饺子、汤圆，然后在下半夜的时候他把她送去火车站，一个年又只剩下他一个人。

但是，不管怎样逃避心里还是空荡荡，没有归属感，他脱下手套，拿出手机，拨出了爷爷家的号码。那边立刻就有人接起来，奶声奶气道："喂，何老太爷家。找谁？"

他扑哧一下笑出来，忽然间心里满满的温情："是我，小舅舅，何首乌！"

小孩子"哼"了一声："小舅舅欺负我，我不叫何首乌，我叫何守峥！"

马上对面就有人接口："苏叶？！妈、爸，苏叶电话！"

他不想让老人家急急赶来，便和气地对小外甥说："小舅舅一会儿回去，告诉奶奶爷爷，要是已经吃饭了，就不用等我了。"

"小舅舅要包压岁钱呀！不然我不给你开门！"

"知道了，小财迷！先挂了，等会儿见。"

"嗯！不见不散！"

超市早已关门，所幸医院一旁的小摊位还在营业，店主端着面碗热情地招呼他："小伙子，从外地刚回来呀，送礼买得多算你便宜点，大家都好过年！"

他苦笑，自己这副落拓的样子真的很像外乡人。

他一个人坐在公交车上，街上来来往往都是匆匆的人。司机笑道："小伙子，你运气真好，这是今晚最后一班车了，下班了我们也回家过年。"

他觉得是天意，是个来年的好兆头。

真的好久没有这样一家人在一起吃顿饭了，何家人丁不旺，凑凑一桌还不到。他的小外甥鬼灵精怪的，说话逗乐，其乐融融的一顿饭吃完，一家人又坐在沙发上等春节联欢晚会。

何守峥拿着果汁颠颠地跑来，一头栽进何苏叶的怀里："小舅舅，陪我放烟火。"

省委大院里聚集了不少孩子，噼里啪啦的烟火声映衬得天空透亮。何守峥玩闹得高兴，在雪地里深一脚浅一脚地跑，手里还攥着"魔术棒"，火星跳跃着，衬着他圆滚滚的小脸，充满童趣、喜悦，还有幸福。

何苏叶想起自己小时候也曾这么快乐过,但是幸福总是那么短暂。

玩闹了好一会儿,何守峥的鞋子上沾的都是雪水,他可怜兮兮地喊"小舅舅",何苏叶只好抱起小外甥,回家去。他刚坐下来,手机就响起来,是李介的祝福短信,然后就是方可歆、邱天的电话,还有一些老同学和同事的电话。

何守峥换了鞋子乖乖地倚在他身上,把玩着他的手机。忽然,手机一阵振动,小孩子口齿不清道:"小舅舅,'沈稀饭'的电话!"

他接过来,捏捏何守峥的脸:"姐姐叫沈惜凡,不是沈稀饭!"他站起来,转到院子里面接起电话。

她那边很热闹,估计是在酒店里,还有酒杯碰撞的响声。

沈惜凡笑着说:"虽然还没有到十二点,但是我怕到时候打你电话成了热线,所以早早打了过去。还有,我怕我撑不到十二点,因为我今天喝了不少酒,已经有些神志不清了。"

怪不得这么主动给他打电话,他问道:"喝了多少?"

沈惜凡支吾了一下:"好像是半斤白的、半瓶红的,感觉喝都喝饱了,所以觉得很亏,都没有吃多少好吃的。我家那群人全是酒鬼,敬了一圈下来还来第二圈,二十多个人,连我小表弟都被灌得醉醺醺了。"

她喋喋不休地说着,手还在比画,旁边还有小孩笑:"小姑妈,你喝多了。"

沈惜凡瞪她:"我还能喝!"然后她又转过来跟何苏叶诚恳地说,"我还能喝,真的,要不你晚上来找我,弄个花生米、酸豆角做小菜,开瓶五粮液,咱们不醉不归!"

月色泛着雪色,透亮,照在何苏叶脸上。何苏叶轻轻笑起来:"别逗能了,快回去睡觉吧,还喝呢,这又不是什么比赛。"

又说了好长时间话,沈惜凡才挂掉电话。何苏叶摸摸冻僵的手,转进厨房倒了一杯热水,焐在手上,他张嘴想喊何守峥,发现似乎嗓子有些沙哑,估计是刚才因为急着去接沈惜凡的电话忘了把大衣披上,在冰天雪地里站半小时，身体再好的人也受不住。

但是他心里甜甜的，嘴角驻留着一丝淡淡的笑意。何守峥看到之后，嘴快道："小舅舅，你别笑了，你的表情快崩了！"

第二天他果然有些咳嗽，他并未在意，赶在超市关门之前买了大堆的东西，又给小舅舅打了电话，约小舅舅一起去外公家拜年。

何苏叶的外公是军区高官，为人严厉，作风硬派，对子女均要求严格，何苏叶是他的幺孙，他却极其疼爱，毫不掩饰。自从妈妈去世后，何苏叶去外公家的次数不减反增，逢年过节都会去吃饭，倒是整个家中他见到父亲的次数最少。

那边给小辈们分完了红包，热热闹闹地开宴。郁家人多，何苏叶的舅舅有三个，姨妈有一个，加上小字辈，摆了几桌。

何苏叶的外公仍是家长派作风，吃完便去了书房，子孙习以为常，气氛顿时活跃多了。何苏叶的小舅舅坐在他旁边："小样，咋还没见你带个女朋友回来给我们看看？"

大家都笑起来，他的小外甥女好奇地问："什么是女朋友呀？"

另一个外甥得意扬扬道："女朋友都不知道，就是那个你觉得很可爱，很喜欢，忍不住想欺负的幼儿园女同学！"

童言无忌，所有人都哄笑起来，连小保姆都捂着嘴偷偷笑。

何苏叶也笑："这事急不来，等有合适的吧！"

其他人不放过他，纷纷撺掇："不行，不行，罚酒，罚酒！快给他满上！"

一顿饭下来，他也微微喝多了点，去洗手间湿湿脸。外婆叫他："苏叶，你外公叫你去他书房。"

郁老爷子坐在棋桌旁，看见他进来，招呼他："苏叶，陪我下一盘。"

他执白，郁老爷子执黑。因为不是经常下棋，他以一目输掉了。郁老爷子点头："尽管输了，但还是不错的，很久没下了吧？"

何苏叶仔细想想，道："应该有一年了。"

郁老爷子端起茶碗喝了一口茶："帮我看看这腿吧，早年打仗的后遗症，一到冷天就酸痛。"

趁着他诊视的时候，郁老爷子缓缓开口："苏叶，我们从没怨过你爸爸。"

他轻轻地"嗯"了一声。郁老爷子继续道："就像我，古板得有些不近人情，但仍然希望晚年的时候儿孙承欢膝下，你爸爸也就你一个儿子，你妈妈也不在了，晚年会很寂寞的。"

他鼻子有些酸涩，不敢抬头看外公："我知道，外公。"

"亲家公上次来喝茶的时候就跟我提到你们父子俩的事，我就决定无论如何也得好好骂你一通，可是，你是个懂事的孩子，会知道怎么做的。"

"我有机会一定会找爸爸谈的。"

大年初一的街头已经熙熙攘攘拥满了人，好久不见的太阳隐在云雾之中，树上、墙上滴着水，即使是暗淡的阳光，也温暖，会让冰雪消融。

他喝了酒，吹了风，咳嗽更重了。他绕路去全市最大的中药房，准备抓点中药。

"麻烦给我抓麻黄10克，杏仁10克，紫菀10克，白前10克，百部10克，陈皮20克，桔梗10克，甘草20克，三剂，自带。"

药剂师问："您的处方呢？"

"不需要处方，我煲汤喝。"

药剂师狐疑地打量了他一眼："您这是风寒咳嗽吧，要不挂个号，让我们医生看看？"

旁边的老药剂师听见，笑道："您就是医生吧，稍等。"

这时候何苏叶手机响了，他一看是沈惜凡的消息："何苏叶，我昨晚是不是醉死了呀？扯着你讲了很多驴唇不对马嘴的话，你可千万别介意呀。"

他跟她开玩笑："你说什么了？我不记得了。哦，我听到你吹嘘说你很会喝酒，看不出来啊，你还是个酒蒙子。"

"我错了，我一时口嗨，你可千万别信。哦，对了，你在哪里？我给你送点年货。"

"我在公交车上，正在回家的路上。"

他刚走到小区门口，就看见沈惜凡拎着几个盒子站在寒风中跺着脚。他快步走上去，生生地压抑住咳嗽："你为什么不在我家门口等啊？怎么就傻乎乎地在外面等？"

"我也没出来几分钟。"她弱弱地辩解，然后把盒子递给他，"这是新鲜的猪肉，猪蹄和排骨，农村的土猪肉特别香。这是带鱼、马鲛鱼和大虾，还有两只风干鸡。你经常请我们吃饭，我也不能白吃，总得有点表示吧，这些都是食材，所以什么意思，你领会一下精神就行了。"

他被逗笑了，没忍住咳嗽了两下。

"你怎么了？是不是感冒了？"

"有点。"

"那你还站在风口跟我讲话，哎哎，快快快，快回家。"她一把把盒子夺过来，"我来拿着，快走啦。"

"不是……我没有那么虚弱。"

她大步流星地往前走："何医生，你现在是病人，不要辩解，不要说废话，回去好好吃药。"

家门一开，沈惜凡走了进去，径直走到厨房："何苏叶，你家砂锅在哪里？我给你煎药。"

"不用了，我没有那么虚弱。"

"怎么，你是不相信我吗？我虽然不太懂厨艺……但是熬个中药也不是什么难事吧。"

"这些药材要先泡个十分钟，然后把水烧开，煎煮十分钟，再下杏仁，十分钟后关火，倒出第一碗，加水再煎，烧开后再煎煮二十分钟，倒出第二碗，两碗混匀即可，你可以吗？"

她不好意思地说:"对不起,是我想得太简单了,您请。"

她看着何苏叶熟练地拆开药包,把一味药分出来,她捏了一颗杏仁:"这个我认识,杏仁,宫斗剧药材里的常客。"

何苏叶被她逗笑了。

"可是这个为什么要后下呢?"

"生苦杏仁后下是为了减少苦杏仁苷的损失,保证药效,避免产生毒性成分。"他又掩唇咳嗽了几声。

"好了好了,你别说话了。对了,你书房的那些中医书可以借我看一看吗?不方便也没关系。"

他点点头:"没有不方便,请便。"

沈惜凡走进了书房,她想找几本简单的关于中药的书看看,这几天刷小红书,她也萌生了学一点中医知识的想法。

她一本一本找,终于看见适合自己的——《中药学》(供中医药类专业用),翻开一看,原来是何苏叶本科时的课本,上面段段都被画上了重点,空白处记满了笔记,看来学得挺认真的。

她一页页地翻:"中药的性能,中药的配伍,用药剂量与用法,挺全面的嘛——咦,这是什么照片?"

一张照片很普通,一群人,里面有何苏叶、李介、邱天、方可歆,还有一个女孩子,很漂亮,这个人她从来没有见过,在任何聚会、任何场合都没见过。但是女人的直觉告诉她,这个女生与何苏叶有关。

没有任何蛛丝马迹,李介从来没有提过,其他人也是绝口不提,她很久以前就好奇,何苏叶这样优秀的一个男人为什么会没有女朋友。

那答案是不是就在这里,在这个女孩子身上?所有人刻意回避的一个人是他的伤痛。

原来他也有过去,是了,自己到底在遗憾什么,他这么优秀这么突出,怎么可能没有感情史?她坐在那里等情绪平定等了很久,只觉得身处抑郁之海,她体会到一种单纯的伤感,也许他们俩之间会一直保持着一段友情的距离。

她没有勇气问何苏叶的过往，就如她不愿意跟任何人提起她的过往一样。

就这样保持距离吧，比友谊多一点、深一点的暧昧，惺惺相惜又彼此心照不宣。沈惜凡知道，在这段关系中提心吊胆的是她，担心在他面前问了后，却又找不到自己的立足之地，然后微微失望。

她没有勇气面对。

药方	杏仁豆浆	症状
	南杏仁15克，百合干10克，莲子10克，茯苓3克，银耳半朵，800毫升清水。 1. 银耳、百合干提前泡发。 2. 其他食材洗干净后一起放进破壁机，选择豆浆模式。 杏仁能下气平喘，治风寒麻滞，能宣肺解肌，除风散寒，润燥消积，利胸膈气滞。	剂次

第十七章 葛花

葛花：解酒，护肝养胃，降糖降脂。

初四，沈惜凡带着小侄女去书城买书，小姑娘刚上五年级，就特老成，对着青春小说不屑一顾："幼稚、无聊，我都不看，为啥还有那么多比我老的人围在那里看？！"

果然，青春小说一档，有蹲着的、站着的、坐着的，形态各异。在书海里转悠了一圈，沈惜凡感叹："我要反省一下了，现在视频刷多了，看到文字都提不起兴趣了！"

可是付款的时候，小侄女奇怪："小姑妈，你不是说没书看吗？怎么买了这么多？"

被人戳破了心思，她慌忙把书拿起来装好："没，没，我马上要出国了，所以都是教科书！"

小侄女难以置信地看着她，嘀咕："买的都是中医书，你蒙谁呢你？"

出门的时候，人山人海，她买的书多，只好捧在手里。忽然，有人拍她的肩膀："沈惜凡，要不要我帮你？"

她转过脸去，一下子变得结巴起来："哦，新年好呀，何苏叶。我这个不重的，不用麻烦了。"说完之后，她不敢看他，脸微微红起来。

倒是何守峥在一旁插嘴："不管重不重，作为男生就是要关照女生，小舅舅，你怎么可以袖手旁观？！"

她这才注意到何苏叶旁边站着一个粉妆玉琢的小男孩，她眼前一亮，心里暗叹，何苏叶家的基因实在是万里挑一地好，男孩子生得跟金童似的，想必何苏叶小时候也是这样招人喜欢。

她一眼就喜欢上了这个孩子，何守峥也不避她火热的视线，笑眯眯地看着她："姐姐，你长得好漂亮啊，是我喜欢的那个类型！"

何苏叶小时候绝对不会这么嘴甜，她敢肯定，不过一个二十几岁的女人居然被一个小孩子说得心花怒放的，实在是很无奈的事。

她掩饰不住情绪，笑开了颜："何苏叶，他好可爱呀！"

何苏叶摸摸何守峥的头，转而去看沈惜凡手上的书："怎么，你对中医感兴趣？"

她仿佛被人戳中了心思，有点不好意思："不可以吗？"

"当然可以，这很好，我觉得每个人都可以学习中医，因为学习中医就是内视我们的身体，中医本来就是源于生活最简单、最本质的东西，不光治疗疾病，也可以教给我们养生的方法。学习中医，可以让自己身体健康起来，也可以让自己修身养性。"他抽出一本书，又用手帮她托起其他的书，翻了几页，询问，"这本书不错，借给我看几天？"

她连忙点头："没关系，你拿去看！想看多久就看多久！"

公交车上，沈惜凡一直在沉思，手里捧着那些中药书，皱着眉头。会不会让何苏叶发现她的心思？她想跟他多些话题，她想更接近他，了解他的世界。

她从来没有涉及的领域，有好听的药名——辛夷、半边莲、款冬花。有神奇的用法——原来不光是水，酒、醋也可以做药引，甚至还可以蒸、制霜、淬、发酵。药到病除——外感、肺病、脾胃肠病、气血症无所不能。中医是一个神奇的领域，是千年文化的沉淀，是中华民族世世代代相传的瑰宝。

那厢何守峥看着沈惜凡离去的背影出神："漂亮的姐姐叫什么名字？"

何苏叶一愣，弯腰去捏他圆乎乎的脸："怎么，刚才忘记跟姐姐搭讪了？"

何守峥不服气:"小舅舅,你说话的语气会让我理解成你在吃醋!"然后他去抓那本书,好奇地问,"咦,这本书老太爷家有!你借来做什么?"

他扑哧一笑,拉起何守峥的手:"大人的事小孩子少管,何首乌小朋友!"

今年沈惜凡运气实在不错,酒店值班没轮到她,她乐得在家悠闲自在,准备出国留学的资料。

她很喜欢这份工作,也很想继续深造。她喜欢站在酒店的草地上仰望天空,阳光打在剔透的窗上,来来往往的客人神态各异,她喜欢跟他们交流,帮他们解决问题,给他们带来快乐。虽然辛苦,时常会有挑剔的客人抱怨,但是每处理好一件事,每听到一次诚挚的感谢,她都觉得很满足。

沈惜凡一口气投了二十多所学校,从最好的拉斯维加斯大学、康奈尔大学到加州大学。她大学时一心想去康奈尔大学,但是入学条件中有三年的酒店管理经验,于是她二话不说便投身工作。

但是,她现在祈祷能被宾夕法尼亚大学录取。

这样好吗?明明对他的过去心存芥蒂,明明告诉自己不能陷得太深,明明有些刻意地回避他,但是她仍然会抑制不住地想他,会很有兴趣地研究中药学。

比起无法掌控的感情,追求更好的事业的发展未尝不是一个更好的选择。

她的出国推荐信是程总写的,消息不知道怎么外泄了,管理高层尽人皆知。

林亿深第一个来找她,劈头盖脸地问:"你怎么要出国都不打声招呼?!"

那时候沈惜凡正在员工餐厅吃加餐,一不小心糖醋排骨的碎骨硌到了牙,她疼得龇牙咧嘴:"师兄,你现在知道也不迟嘛!"

林亿深在她面前坐下,叹气:"为什么不跟我商量一下,我就那么不值得你信任吗?"

"不是啊……"她有点心虚,"真的不是,我对你一直很信任,只不过出国留学很早就在我的人生规划上了,前两年我就把语言都考完了,申请学校也一直在进行中——"

等她吃完排骨,端起绿豆沙,还没到嘴,那厢许向雅的声音便幽幽地飘来:"好你个稀饭,你的嘴也太严了吧,怕什么?怕我们瞎嚷嚷吗?"

她笑嘻嘻:"怕玄学嘛!一切最终定下来之前不能说,万一不成,那就丢人了。"

许向雅半是羡慕半是惋惜地说:"可惜了那么高的职位,发展前景也不错,你说走就走了,我都替你觉得可惜。"

"我没觉得可惜,我觉得我学得还不够,现在我的工作仅仅局限在酒店管理,但是还有奢侈品牌、航空、乐园,比如迪士尼、环球等等,所有的泛服务业我还没涉足,所以我想多学一点,再提升一点。或许在学习和实习中我能开拓出不一样的路呢。"

沉默了半响,许向雅缓缓开口:"你和那个严恒是怎么回事?"

"嗯?"她差点呛到,"没怎么回事呀!就那回事呀!"

"瞎说,那天舞会的时候,是人都看出来你俩有问题了,你过年那几天没来值班,酒店里面都传疯了,有些实在是过分,说你是什么他包养的情人——"

她一口气没咽下,立刻呛住了:"他就是我的初恋,早就分手了,现在够明白了吧?"

许向雅瞪大眼睛:"哇,原来你的初恋现在这么有钱——呃,我其实是想说这个男人实在是太过分!"

她放下勺子,叹气:"我实在不想讨论严恒,我只关心能不能出国。"

许向雅斟酌了一下,最终说出口:"稀饭,你要小心点,人言可畏,酒店工作如履薄冰,先前的客房部经理也是因为和客人牵扯而被辞退，酒店的规章，相信你我都清楚，天下并不尽是好人，抓住苗头生事端的大有人在。虽然你要出国，但是如果在走之前遇上这类事情，你将来的职场前途也会很艰难。"

一股暖流涌上心头，她真诚地说："谢谢你。"

日子徐徐地过，三月不再是料峭的寒冷，微微有了绵绵的春意，酒店迎来了淡季。按照原计划古南华庭的新阁采用新加坡最新的行政套房样式进行改建，她想，这也许是自己最后的重大工作了。

完工那天，程总特意带了几位同行去参观，反响一致很好。席间，沈惜凡喝了不少酒，回到办公室晕乎乎的，幸好她早已准备卸任，如今的例行公事均交给下属。

借着酒劲，她躺在沙发上睡了一会儿。她睡得极不踏实，总是恍恍惚惚地觉得有人在叫她的名字，仔细一听，是严恒的声音。那样的呼唤似离别，后会无期。

她是被电话铃吵醒的，《两只老虎》欢快地唱着，她一下就反应过来，是李介。只有他才配得上这么可爱的稍显幼稚的铃声。

今天的李介扭扭捏捏，说话不利索，支吾了半天："沈惜凡，今天是我生日，不知道你能不能赏光？"

她笑起来："这样呀，我一定去。怎么，怕我拒绝？"

李介松口气："是这样的，我决定把女朋友带给你们瞧瞧，好歹你也是我最后一任相亲对象，我怕你到时候上演一部八点档的肥皂剧！"

她哈哈大笑："李介，你做人不厚道，怎么，新欢旧爱共冶一炉？"

"我够厚道了，天下没几个人能把自己的相亲对象都交代得一清二楚的，是吧，我对我女朋友够好了吧？我还要请你吃席，不收你礼金，我对我的相亲对象也够好了吧？哎呀，我真是个大好人呢。"

生日真是一个隆重的节日，一人一年只有一次。沈惜凡去商场转了一圈，正好看见漂亮的金饰，她买了两枚转运珠，既是生日礼物，又算见面礼，情侣都会喜欢的。

一路上，她都在想，认识何苏叶这么久了，却不知道他生日是哪天。

李介在本市最有特色的川菜馆包间请客，虽然人不多，但是够隆重。沈惜凡进去后第一眼就看见一个娇小漂亮的女孩子，她挽着李介的手臂，笑吟吟地和邱天说着什么。

李介眼尖，看见沈惜凡立刻手舞足蹈："这里，这里！"

女孩子转过身来："李介，这就是沈小姐？挺漂亮的，很有气质！"

沈惜凡做酒店工作这么久，一下子就摸清了女孩子的来历，四川姑娘，说的普通话夹杂着方言口音，直来直往，确实很有趣。

她笑笑："你好，我叫沈惜凡，是李介最后的相亲对象。"

所有人都笑起来。女孩子眼前一亮："我是李介的相亲终结者，我叫苏杉，杉树的杉，不是'苏三离了洪洞县'那个苏三。"

更多的爆笑声响起。沈惜凡落座后环顾四周，咦，何苏叶呢？

邱天偷偷笑道："尖尖角在实验室呢，说老板大骂研究生，他又要劝老板，又要安慰研究生，头都大了。"

她不解："为什么管何苏叶叫尖尖角？"

"小何才露尖尖角，早有美女立上头！喏，说到就到了，你瞧这眼中有光、心中有爱的状态，真是令人嫉妒！"

她似乎好久没见到何苏叶了，他瘦了，不过更显得鼻梁高挺、下巴坚毅，精神倒是很好，更显得气宇轩昂。

她有些郁闷，明明告诫过自己离他远一点，千万不可以陷得过深，为什么一切在看见他之后全被抛诸脑后？她在心里鄙视自己。

何苏叶倒是没有察觉，跟她打招呼："好久不见，你还好吗？"

李介在一旁酸溜溜地说："哎哟，我就那么渺小呀！大师兄，你好歹先问候我一下，我可是今天请你吃饭的人！"

这顿饭吃得尽兴，沈惜凡这才知道原来李介和苏杉准备结婚了。席间他们一个个敬酒，一来二去均是拿碗做计量单位来喝，苏杉特喜欢沈惜凡，和她喝得最多。

结果她敬到何苏叶那里，邱天一把拦住："何苏叶不能喝，喝了我们就都回不去了！"

李介反应过来，跟苏杉解释："大师兄没酒量，醉了就没人把我们扛回去了，他以茶代酒表表意思就好了！"

邱天还是不答应，拿起五粮液将碗满上，塞到沈惜凡手里，笑得狡猾："喝还是要喝的，不过找个人代喝！"

酒席上的人都开始起哄，只有方可歆似笑非笑冷冷地看着他们，沈惜凡一下就捕捉到她眼里的情绪，暗叫"不好"，这个酒得硬着头皮喝了。

何苏叶想去夺碗，结果被沈惜凡按住。她深吸一口气，慷慨激昂道："何苏叶，你是大家的希望，所以请你全程保持清醒，我们能不能回家全靠你了！"趁大家大笑的时候，她端起碗，咕嘟几口喝完，然后翻转碗，滴酒不剩。

所有人"好，好"地叫起来。沈惜凡脑袋开始不听使唤，一碗接着一碗，慢慢混沌，喝到最后散席，她发现自己左手撑在何苏叶的手臂上才能勉强站稳。

最后真的只剩下何苏叶一个人是完全清醒的，他安排好所有人，转过身来搀扶醉酒的沈惜凡。刚出酒店，她的眼睛还能微微睁着，等上出租车的时候，已经浅浅地睡着了。

何苏叶看着她满身酒气，觉得心疼，傻姑娘喝这么多做什么，还帮他喝了大半，真是爱逞能的女孩子，可是他又觉得甜蜜、满足。他不由得揽过她的肩膀，让她靠在自己身上，心想，她这样能睡得舒服一点。

到了小区门口下车的时候，何苏叶勉强把她摇醒。她眯着眼睛看了一会儿，毫无意识。

她是真的醉了，失去方向感，只能死死拽着何苏叶的衣服，走路的时候打着八字结，无意识地开始乱说话："我没醉，我还能喝！拿碟花生米来，下下小酒！何苏叶，李介咋能那么早就结婚呢？我嫉妒死他了！"

何苏叶在一旁担惊受怕，小姑娘发酒疯，好好的路不走，偏偏踩着花坛的边缘，也不怕脚下不留神摔下来。忽然，他听见她问他："何苏叶，你生日是几月几号？"

他停下来疑惑地转头看她，月光下，她的脸酡红，站在花坛上居高临下呆呆地望着他，眼角飞入眉鬓，她咻咻地笑："你不告诉我，你居然不告诉我，你敢不告诉我！"

然后一阵馥郁的酒香蹿进他的鼻子，清凉的、柔软的、嫣红的菱唇贴着他的唇角夏风似的掠过，他立刻就呆住了，然后本能地接住沈惜凡跌下来的身体。

何苏叶抱着醉死的沈惜凡哭笑不得，只得坐在花坛边，沈惜凡乖巧地睡在他怀里。他细细看着她的眉眼，她的长发拂过他的手指，光滑、柔顺、像缎子一样细软。

好不容易他的心跳趋于平静，他长长地舒了一口气，无奈地捏了捏她的脸。他愤愤不平："你知不知道你在做什么？真是的，你考没考虑过我的心情？"

今年的生日礼物，他似乎有些吃不消。

他握住沈惜凡的手，轻轻吻下去，心想，反正她也不知道，赚回来一点是一点。

他却不知道，有一个人，燃着一根烟，在黑暗处静静地看完这一切，然后驾车而去，遗落在地上的烟蒂的火星，被风一吹就熄灭了。

沈惜凡睡到早上十点才醒来，饥肠辘辘，深吸一口气，立马跑下床去开窗户："天哪！哪来这么大的酒味！"

沈妈妈推门进来，端着一碗粥："昨天喝那么多做什么？还好人家好心把你送回来，要不估计我们都要到派出所去认领了！"

她眨眨眼睛："妈，谁送我回来的？"

"一个又高又帅的小伙子，笑起来右边有个小酒窝，说你喝多了，又说葛花、酸枣汤能解酒，正好你爸爸上次解酒还剩点葛花！快去洗漱，把它喝了！"

沈惜凡端着那碗汤，面前摊着一本中药书，她细细地看："葛花，为葛未开放的花蕾，性味甘、平。善解酒毒，醒脾和胃，主要用于饮酒过度，头疼头晕，烦渴呕吐，解酒与酸枣合用。"原来如此，理论还是要联系实际的。

她翻回第一页，忽然发现桌上有一张便笺，她拿起一看，是何苏叶的字："喝多了好好休息，起来的时候发条信息给我，还有我的生日是一月十八日，不过今年已经过了。"

她笑起来，原来何苏叶是水瓶座的男人，怪不得表面上和和气气的样子，骨子里面还是有些冷傲，相当聪明，课业极其优秀，那是毋庸置疑水瓶的共性。

可是，何苏叶怎么知道她想知道他的生日，难道这个医生会读心术吗？

她茫然地坐在桌前，努力回想昨晚的经历，发现一片空白，她嘲笑自己庸人自扰，认真地按起手机，给何苏叶发信息。

药方	葛花解酲汤	症状
	葛花五钱，神曲二钱，蔻仁五钱，砂仁五钱，茯苓一钱。	
	具有化酒祛湿、温中和胃之功效。主治饮酒过度，湿伤脾胃。症见眩晕呕吐，胸膈痞闷，饮食减少，心神烦乱。	剂次

乌梅：敛肺，涩肠，生津，安蛔，止血。

第十八章　乌梅

开春三月，天忽然反常起来，空气变得异常潮湿，天空中总是有挥之不去的水雾，笼罩在周身，连呼吸都觉得困难。

沈惜凡最近胳膊上出了一种奇怪的小疙瘩，很痒，她试了很多药膏，还是无济于事。

她好长时间没有看见何苏叶了，听邱天说他现在泡在实验室里，在科学的海洋中遨游，每天都累得半死，就是实验室的驴：吃苦耐劳，忍气吞声，天天补锅。捏着病历，她叹气，还是不要麻烦他了，直接去皮肤科就好了。

可是她一到皮肤科就后悔了，医生扫了一眼，唰唰两下就写了个处方，一堆喷的抹的口服的，她心里一阵惶恐，这开的药能治好吗？她实在是没有把握。

沈惜凡迷惘地站在收费处，忽然有人叫她，她回头一看，邱天穿着白大褂抱着病历走过来，这形象还真有点悬壶济世的味道。可惜，比何苏叶还是差远了。

邱天凑过来问："咋了？头疼脑热，感冒发烧？"

沈惜凡摇摇头，撸起袖子："你帮我看看呀，这是什么东西？痒死了！"

邱天奇怪了："咋不去找尖尖角？你这个是湿疹，中药三剂，一吃就好了，这些激素类的药不好用，还不能常用。"

"你不能帮我开吗？何苏叶不是最近忙嘛，我哪敢去麻烦他！"

邱天脸抽搐了一下："我是搞心脑血管的，而且我那三脚猫水平，你敢让我开，我都不敢让你吃。尖尖角在学校实验室，你过个马路就到了，发条信息给他，他绝对会飞奔出来见你的。"

沈惜凡笑起来："那我去找他了啊。"

他眨眨眼，嘀咕道："去吧，去吧，他会高兴死的——"

她第一次来何苏叶的学校，老校区已经破旧不堪，杂草生了一路，几辆校车停在路边，上了年纪的老教授坐在里面谈笑。她边走边看，好奇得很，一直从百草廊转到了宿舍区。

转完后沈惜凡傻眼了，老校区的楼没有标志，看起来有两栋楼比较像实验楼，可是，究竟是哪栋呢？她摸出手机发信息给何苏叶，等了一会儿没有人回应。

忽然一个熟悉的身影从走廊上过去，看见她便停住了脚步，微微惊讶："有事？"

沈惜凡不好意思，指指左边楼，看看右边楼："方可歆，哪栋楼是实验楼？"

方可歆恍然大悟："是不是来找大师兄的？实验楼是右边，不过一般人不让进去，要访客登记的，你打电话给他了没？"

沈惜凡解释道："我发了信息，可是何苏叶没回。"

"这样呀，那我进去帮你叫一下，稍等一下。"

没一会儿，何苏叶便和方可歆一起走出来，他脸色疲惫，原本清亮的眼眸因为疲劳越发深邃，还有淡淡的黑眼圈。

原本沈惜凡很想笑出来，可是当他站在面前微笑着看着她的时候，她没来由地一阵酸涩。

何苏叶笑着问："找我什么事？"

"啊——是这样的。"沈惜凡连忙指指自己的胳膊，"湿疹，我去皮肤科看，结果碰见邱天，他说这个中药治比较好，让我来找你。"

邱天总算是做了件人事，何苏叶心里暗暗高兴，仔细看了一下："哦，是湿疹，最近天气比较潮湿，你是要外用还是内服的？"

方可歆在一边打断："我还有事，先走了。"

"哦，好的，谢谢你啊，方可歆。"她回头跟何苏叶说，"外用是不是太慢了，那还是吃中药吧。"

"没见过你这么喜欢吃中药的人。"何苏叶边写边笑，"甘草30克，黄芩10克，茜根10克，辛夷花10克，徐长卿10克，茯苓10克，乌梅2颗。"他签上自己的名字，又拿出一个小印章在名字旁边盖了个红印，"拿这张纸去家门口的诊所，那边药房就会给你抓药。"

沈惜凡在一旁苦着脸："自从遇见了你，我就跟中药结下了不解之缘，药都当饭吃了。"

他看了看她："你啊，是不是最近心情不太好？没食欲，不想吃饭。"

"对，最近一直没胃口，也不知道是天气原因，还是事情太多，心里烦得慌。"

"想去逛逛吗？看看绿植或许心情会好一点。"

他学校的后院中有一块很大的中草药种植园，叫百草园。沿着青石板走上去，跨过高高的门槛，原来这些绿油油的植物都是中草药，沈惜凡一个都不认识，只能好奇地瞪大眼睛看。

真是千姿百态的植物，确切地说，连何苏叶都认不全。他笑着解释："我认死的还行，活的就难了，学药学的人很厉害，上次和他们来的时候，叽里咕噜的，说得我都犯迷糊。"

小巧的叶子上滚着水珠，沈惜凡小心地用手去摸："何苏叶，我要是摸坏了会不会让赔钱？"

"嗯——"何苏叶凑近看，"我也不知道，反正有几株价值连城的草药——"

沈惜凡连忙把手缩回来，警惕地看着他。岂料他捏下几片叶子，笑嘻嘻道："诓你的，这是马蓝，说白了就是板蓝根。"

"板蓝根就是这个叶子做的吗？"

何苏叶边走边说："板蓝根，板蓝根，当然是茎和根。这里空气不错吧，放眼望去都是绿色，雨过天晴后都是泥土的清香，我以前很喜欢来这里。"

他走远了，去角落里侍弄不知名的花。沈惜凡蹲在一盆植物前，眯起眼睛，小声自言自语："你是紫苏，也叫苏叶，我有一点点喜欢你，你对我是什么感觉呢？"

绿色的叶片上透出深紫，被水汽蒸得越发透亮，她轻轻晃动着枝叶，露出幸福的笑容。

沈惜凡回到家的时候，沈爸爸正捧着杂志读得津津有味。沈妈妈在厨房喊："凡凡，快来帮忙，你妈两只手忙不过来。"

她洗了手便去切菜。沈妈妈把米丢下锅，长长地舒了一口气："凡凡呀，跟你妈说说跟那个医生发展成什么样了。"

她心里暗叫"不好"，李介都要结婚了，以后她就没有演戏的同伙了，只好赔笑："能怎么样，不就那样嘛，一般一般！"

沈妈妈点点头："一般最好，你都要出国了，再被这事拖住就不好了。上次你杨阿姨还想给你介绍一个，被我一口回绝了，我觉得咱们眼光可以放长远点，你要是谈个外国人，也不是不可以！"

沈惜凡欢快地暗暗大叫老天爷，准备明天去给他老人家烧一炷香。

吃完饭，她钻到自己的房间上网，爸爸却推门进来，拿着一本杂志，很严肃的样子。沈惜凡奇怪，只见爸爸把杂志摊在她面前，小声问："这个人是不是戴恒？"

某财经杂志的专栏，"商战电子业，中宇成为最大赢家"，旁边是严恒的照片，整个版面洋洋洒洒全是他和公司的介绍。沈惜凡看了有半分钟，"嗯"了一声："是戴恒，不过他现在改名叫严恒了。"

沈爸爸眉头皱了起来："凡凡，你现在……我是说你们俩现在还有来往吗？"

沈惜凡笑起来："爸爸，他现在就住在我们酒店。"

沈爸爸拉来凳子坐下:"我这个做爸爸的倒是很少关心女儿的终身大事,我总是认为女儿喜欢上的人一定不会差的,所以从不干涉,但是五年前你那件事,我真的挺担心的。"

她低下头,小声说:"爸爸,我也一直想跟你说这件事,我跟戴恒确实见过面了,而且见了还不止一两次,他还问我我和他还有没有机会。"

沈爸爸愣住了,随即哈哈大笑:"我就说我家女儿不会没人要的,你妈还整天操心,怎么样,你考虑好了吗?"

"不知道,爸,我也说不上对他是什么感觉。"沈惜凡托着脑袋,斟酌了一下,"自从知道他住在我们酒店后,我就一直躲着他,他不来找我,我也不会主动找他,其实我就希望这样的状况一直维持下去,不想想,也不去想。"

沈爸爸会意地笑起来:"女儿你实在很像你老爸,你爸以前也是这样,我偷偷告诉你呀,当年是你妈追我的,她追我躲,其实我当时也不想想,也不去想,就想这样下去,可是最后还是得面对。其实我当时挺看好戴恒的,自从他跟你分手之后,我真的一点都看不上他了,一个大男人一点责任感也没有,这样的人配不上我家宝贝。现在他要跟你复合,我不干涉你的决定,只是想告诉你,第一,看清自己对他的感情;第二,他现在的身份地位特殊,你要权衡好。"

半响,沈惜凡抬起头:"老爸,你虽然在家没啥发言权,但是一开口就是金玉良言,一针见血,不愧是做学校政治思想工作的。"

沈爸爸得意:"那是,那是,你爸开会发言都是简明扼要,堪称典范。"

"老爸——"沈惜凡不好意思,"我还不想嫁人,一辈子和你们生活在一起多好。"

"女儿,你要是嫁人了,老爸我会舍不得的。"

"那我就不嫁好了!"

"什么！你敢不嫁！"沈妈妈的大嗓门从客厅传来，"你们一老一小躲在屋里做什么？想造反呀！老沈，我告诉你，别给你家女儿灌输不良思想。"

沈爸爸脸立刻拉下来，沈惜凡捂着被子偷偷笑。她觉得自己家很温暖很幸福，老爸总是在适当的时候提点自己，老妈看似唠叨，其实比谁都疼她。

而她和严恒的事，她终于下定决心去面对。

第二天她去酒店，看着络绎不绝的豪华轿车心生疑惑，拉住站在一旁的林亿深问："师兄，这是干啥的，拍偶像剧？"

林亿深拿记录本敲她的脑袋："几天不上班，回到地球发现变样了吧？这里很危险，赶快回火星去吧！"

许向雅笑起来："中宇开新产品发布会，喏，现在出名了，来的人是一拨一拨的！"

那边有秘书过来："程总让沈经理和林经理去会场。"

严恒走上台介绍中宇的企业文化，同时亮出新款的十台笔记本电脑。灯光配合着演讲人逐渐降低亮度，聚光灯打在他身上，这个主宰了电子业大半壁江山的男子气度极好，那样镇定自若，声音醇厚而低沉，让人不由得心生信赖。

沈惜凡微微眯起眼睛，只觉得这一幕那么熟悉，当年学生会的副主席严恒也站在省学联所有人面前竞选学联主席之职。她站在小礼堂的角落，看着无数人站起来鼓掌，他年轻的脸上活力四射。

他一直是一个耀眼的人，那时候她就觉得和他离得很远。

现在她不得不承认，他们真的不是一个世界的人，一个站在金字塔顶端的人，有了身份、地位、金钱、野心，反而会铸就一颗更加冷漠与无情的心，婚姻对他来说更是利益的结合。而她还是对爱情充满了幻想的小女孩，深信两个人的感情建立在相互理解和尊重之上，他们之间都不平等，怎么会相互理解和尊重，怎么去维持一辈子的关系呢？

眼前的灯光不停变换着，她心里却一片通明。

原来，她可以这么平静地看着他，原来，那些让她迷乱的感情不知不觉已经烟消云散，感情，想通了，其实很简单。一直是她庸人自扰而已。

想着想着，她不由得露出一丝笑容。林亿深看着她觉得奇怪："小师妹，笑啥呢？"

"怎么，看到自己初恋这么成功不可以笑吗？为自己曾经的眼光笑一笑，不可以吗？"

沈惜凡背着包走在去公交车站的路上，觉得周身无比轻松，即使空气依然潮湿，阴霾笼罩。

忽然，她瞥见一个熟悉的人影坐在离酒店不远的街心花园的椅子上，她多看了几眼，然后走过去，拍拍苏杉的肩膀："苏杉，你怎么在这里？"

"我……"她叹了一口气，"我有个亲戚来旅游，住在你们酒店——"

难得见这么豪放、爽朗的女孩子眉间郁郁，沈惜凡不由得心疼起来："遇到什么问题了吗？我可以帮忙跟酒店协调解决。"

"不不不，不是跟酒店的问题，是我跟李介，我俩吵架了。"

李介那情商还能跟人吵架，她是万万不相信。她问："呃，你说的吵架不会是你单方面输出吧？他全程被你吊打，毫无还手之力。"

苏杉被逗笑了："好像是这么一回事。"

"怎么了？可以说给我听听吗？"

"其实也不是什么大事，就是我这个亲戚，在别的医院看了中医，他这个人总是疑神疑鬼，觉得医生都是骗他钱的，于是让我把这个方子发给李介的导师看，我就跟李介提了一嘴，他立刻就拒绝了，我觉得面子上挂不住，脾气上来了就说了他几句。"

"这样啊……"沈惜凡认真地说，"要我评判，他没错。"

"我知道我那个叔叔的脾气、性格，确实不相信医生就不要去看病——"

沈惜凡打断了她："苏杉，你在工作中被同事背刺过吗？明白那种感受吗？"

她蒙蒙地点头。

"拿着一个医生的处方去找另一个医生挑刺，不也是某种意义上的背刺吗？或许有人真的水平不高，或者就是纯骗子，但是同行，尤其是医生之间，一个好医生是不会贬低别人以抬高自己的，中医因为门派、经验、思路不同，通常开出的方子也大相径庭。如果你那个叔叔真心求医，不是应该挂个他信任的专家号，好好看病吗？"

苏杉点点头："你说得对，李介没错，是我错了，我会郑重诚恳地跟他道歉的。"

"用不着你找他，他呀，肯定先服软了……"沈惜凡装出酸溜溜的样子，"看看手机，谁给你打电话了啊？"

等苏杉讲完电话，笑容重回脸上，她跟沈惜凡道谢："作为感谢，我请你喝下午茶吧。"

尚福堂是家百年老店，主营传统糕点、饮品，沈惜凡介绍道："我最喜欢这里的冰镇桂花乌梅汤，爽口好喝，甜中带酸，跟我们小时候喝的味道一模一样。"

两个茶盅端上，果然清香扑鼻，再配上两碟精致小巧的茯苓糕、桂花糕和黑米糕。她边喝边说："现在这样潮湿的天气，喝上一碗最舒服了。"

"真的很好喝。"苏杉说，"我得打包一份给李介，他呀，就喜欢这种小点心。"

天已经大黑，城市里绚烂的灯火温柔地铺展开来。

沈惜凡拎着打包袋，从公交车上下来，一眼就看见何苏叶背着包从后一辆公交车里出来，原来她和他差了一个班次，却同时到家。真是有趣的巧合。

"好巧啊。"沈惜凡看到他就甜甜地笑道，"你有口福了。"

"这是什么？"

"我今天跟苏杉喝了酸梅汤，吃了小点心，这些都是我打包的小点心，还没动过。"

"……专门给我的吗？"

她心虚地摇摇头："那也不是。"

他也不伸手去接，只是定定地看着她。

"我是准备留给自己吃的，可是……"她抓过他的手臂，把袋子硬塞给他，"给你，真的很好吃。"

他终于笑了："谢谢你。"

"那家的酸梅汤也很好喝，下次我带你去，当然你请客。"

何苏叶看着沈惜凡在眼前走着，马尾辫上下跳动，轻轻笑起来，右边的小酒窝更深了。"求之不得——"他声音很轻，几不可闻。

瞬间，小区所有道路上的灯火一齐点亮。夜凉如水。

药方	乌梅丸	症状
	乌梅三百枚，细辛六两，干姜十两，当归四两，附子炮去皮，六两，黄连十六两，桂枝六两，人参六两，蜀椒炒香，四两，黄柏六两。	
	乌梅用醋浸一宿，去核打烂，和余药打匀，烘干或晒干，研成细末，加蜜制丸，每服9克，每日2~3次，空腹温开水送下；亦可做汤剂，水煎服。	剂次
	温脏安蛔。	

第十九章　荞麦

荞麦：止咳平喘，消毒抗炎，降血脂。

沈惜凡今天去递了辞呈，签了离职协议，上交工牌，领了最后的薪水，从此以后，她就成了无业青年。

从程总办公室出来，她一脸轻松，最后一次环顾酒店，工作了六年的地方，其实真的很有感情，六年来工作的地方记录着她人生至关重要的部分。

她想起第一天来到酒店的情景，捏着推荐信，迷惘地看着来来往往的人，木然地被秘书领去程总办公室，出来半个小时后腿还发抖。后来正式签约的时候，她还开玩笑说生是酒店人，死是酒店魂，没想到，六年真的很快，一眨眼就过去了。

"从此还有更远更艰难的路要走。"她对自己说。

回到家她大睡了一场，吃完饭上网和苏杉聊天，自从上次介入他俩的吵架调解之后，她便和苏杉越发熟稔起来，也许是志趣相投，总之无话不说，相见恨晚。

冷不防，苏杉甩出一句："能不能做我的伴娘？"

她大惊，随即发了一个笑脸："这么快！荣幸之至。"

苏杉还在卖关子："明天下午有时间吗？能不能先陪我去看礼服？然后吃顿饭，顺便看场好戏。"

她没有深思，立刻回道："好呀，时间、地点你来定，打电话给我就好了。"

第二天,她们去看礼服,沈惜凡被吓一跳,原来新娘的礼服早就定做好了,这次是专门为她选伴娘的衣服。挑了一下午,她拎着两套礼服、两双鞋子不无感慨地说:"我已经当了两次伴娘,下次啊,能不能让我穿上美美的婚纱?!"

苏杉哧哧地笑:"怕是想要你的人都得排队,挑花眼了。"

她摇摇头,转移话题:"苏杉,你和李介现在结婚会不会觉得有些早啊?"

苏杉挑眉:"早?一点都没觉得,有时候遇见了对的人,只会想每一分每一秒都一起度过,人生多短暂,和爱的人度过不过短短几十年,越发显得时间珍贵。"

沈惜凡感慨:"真是让我眼红!罚你包两倍的伴娘红包给我!"

晚上她们约在一家广东茶楼,醉虾、鱼香茄子煲、鱼翅灌汤包、蟹粥、蒜蓉果皮蒸斑球、北京片皮鸭,连饭前的小碟白肉凉瓜丝和河豚干都精致可人,可惜桌前的六个男人,确切地说是五个男人加一个男孩子,吵吵嚷嚷,兴致完全不在食物上。

待沈惜凡和苏杉走进包间的时候,便看见方可歆拿着一把绳子,再普通不过了,冲着她们两个人招呼:"快来,快来,迟了就看不到好戏了!"

苏杉抿嘴笑起来:"来了,来了。"苏杉瞥了一眼她手上的绳子,打趣,"可歆,这绳可都是一样的吧?你可别包庇你的大师兄啊!"

方可歆啐她一口:"我应该帮你找根长一点的绳子,让你老公好好管教你!"

只有沈惜凡茫然,做石膏状,对面的何守峥还冲她眨眼。她自言自语:"这是什么情况?"

苏杉拉她坐下。邱天伸手就去接绳子,边接边解释:"咱哥们儿五个——"他想想又觉得不对劲,转头问何守峥,"何首乌,你跟我们是哥们儿吗?"

何守峥"哼"了一声:"当然,我还知道李介大三时补考的事呢!"

何苏叶扑哧笑出来，摸摸何守峥的脑袋："小鬼，你确定你要做伴郎？"

沈惜凡瞠目结舌："这五个人——"他指指绳子，"莫不是要决斗做伴郎？"

一旁的苏杉和方可歆沉重地点点头。

邱天手拎着绳子在沈惜凡眼前晃荡两下，沈惜凡看不出什么名堂，只看见绳结翻腾，眨眼间一个整齐、漂亮的结出现在她面前。"这叫外科结，一分钟谁打得多谁就做伴郎。"

这是她第一次注视外科医生的手，不由得生出莫名的敬畏。一个合格的医生，当他还是一个医学生的时候就要接受如此苛刻的训练。

不过这也是她第一次这么专注地看着何苏叶的手，真是修长的一双手，骨节分明，看上去就让人觉得沉稳有力，尤其是在打外科结的时候，一转一拈，像弹钢琴似的，指尖流淌出不可思议的华美乐章。

大概觉得自己的眼光有些肆意，她不动声色地转去看别人，那个叫"何首乌"的小鬼——何苏叶的小外甥，他居然也有模有样地打着结，不过可惜的是小孩子手指太短，总不如大人灵活。一来二去，她也看明白了，怕是何苏叶和邱天不相上下。

她隐隐希望何苏叶能赢。可是最后还是让她失望了，一分钟后，何苏叶打了98个，邱天打了101个。她觉得没什么奇怪的，邱天是心血管外科的医生，实践上倒是胜了一筹。

但是学医的人脸上都浮现出惊讶之色，尤其是邱天，他细细一比，修长的眼睛一挑："尖尖角，退步了嘛！"

倒是何苏叶脸色如常，仔细帮何守峥擦去嘴角的果汁："我不打结好多年了！"

此话一出，大家都会意地笑起来。邱天不无感慨地说："当年考试，打这结都打疯了，拿着绳子吃饭打，上课打，连鞋带打的都是外科结。尖尖角睡我上铺，我就在他床沿上挂了根绳子，随时打，两个星期后，发现绳子没了，结果他告诉我那绳子被他打断了。"

李介插嘴:"那时候外科老师告诉我们,本校学生的外科结纪录是128个,我听了差点晕过去,很抑郁地跟大师兄抱怨,结果他居然还一脸无辜地说,那不就是我的纪录吗?"

何苏叶摆摆手:"历史,历史,别提了!"

倒是何守峥一脸正气:"忘记历史就意味着背叛过去!"众人哈哈大笑。

沈惜凡不由得心生佩服。何苏叶笑起来坦率、真诚,一点失落都没有,反倒是让她觉得自己有些小心眼。既然他们用这个方法选伴郎,愿赌服输。

不过,她眯起眼睛偷偷看邱天,这个据何苏叶说比狐狸还精的男人总是挂着玩世不恭的笑容,一副游戏人间的姿态,细看怕也是个人物。两个性格迥异的男人居然是最好的朋友。

席间其乐融融,何守峥到处乱窜,喊起人来一点也不客气:"李家小子,你咋的就结婚了呢?我叔叔还没结婚呢!"

李介白他一眼:"你叔叔不结婚关我什么事?小鬼,叫我叔叔,没大没小的!"

何守峥不服:"就你那破妇产科补考的历史,太丢人了,还指望我叫你叔叔。"然后他又故意赖在何苏叶身上,"叔叔,你咋还不结婚?我过年要双份压岁钱。"

李介气得牙痒痒。苏杉忙给他盛了一碗荞麦冷面,笑他:"跟小孩子计较什么?"

邱天想想,说:"这个荞麦好像是一种中药是吧?我中药学学得不好。尖尖角,你说呢?"

何苏叶想了一会儿,说:"那是金荞麦,清热解毒,清肺化痰,用于肺热咳嗽,咽喉肿痛。荞麦面营养价值很高,防治糖尿病、高血脂、牙周炎和胃病,我家老太爷几十年来用的枕头都是荞麦皮做的,清热明目。"

散席的时候,沈惜凡领着何守峥在酒店外和苏杉说话。何苏叶和邱天走得最迟,邱天一脸狡黠,搂着何苏叶的肩:"我知道你是故意输给我的,最后三结,你顿了一下,当年我跟你一起考试,我估摸得出你的速度。"

何苏叶还想解释,邱天一记拳头轻轻敲在他的脑袋上:"说吧,打啥主意呢?"

他没躲,笑得坦诚,酒店大厅水晶灯细碎的光华全数洒落在他的眼睛里:"不是我不想做伴郎,可是,第一,我不能喝酒,第二,我要是做了伴郎,谁来照顾她?"

邱天大跌眼镜:"士别三日,当刮目相待,你都可以算计我了啊。不过这样也好,你们多点相处的机会。"

"说起来,人和人之间总要互相找到一点话题、一点兴趣、一点好感,才有继续发展下去的可能。我没有追过人,也不太会关注周围的人,也不能懂女孩子,我很志忑,你总要给我点时间适应。"

"何苏叶,我可跟你掏心掏肺地说一句,暗恋久了,感情就会变得脆弱,在感情里,暗恋本身就是成本最低廉的,因为这里面饱含着强烈的自我保护意识,拖到最后你已经不敢去面对这段感情了。我就是这样,所以有时候厚颜无耻一点也没什么大不了的。"

"你——"何苏叶想了想,最终选择不去嘲讽他曾经的室友。

何守峥毕竟是小孩子,夜一深,他便呵欠连天,没一会儿就倒在何苏叶肩头大睡。沈惜凡也没出声,三个人就安静地走在长长的小区主道上。

忽然何苏叶出声:"喜欢吃什么?"

沈惜凡有些惊讶:"问这个做什么?"

他笑笑:"后天晚上他们都来我家吃饭,难道苏杉没告诉你吗?"

沈惜凡恍然大悟:"我忘了。"她仔细想了一会儿,"我讨厌香菜,别的都还好,喜欢吃甜食,一般来说比较好养活。"然后她又加了一句,"今晚的荞麦面挺好吃的,何苏叶,你会做吗?"

没想到何守峥醒了,他揉揉眼睛:"小舅舅,我也要吃,在哪里?"

何苏叶没好气道:"小鬼,就知道吃,想不想吃栗子呀?!"

何守峥扮委屈样,活脱儿的小白兔,手伸向沈惜凡:"姐姐抱!"弄得沈惜凡笑个不停。

"这小子长大肯定是个人才,见你就卖乖扮巧,见邱天就一声不吭,见李介就以小欺大。"

结果沈惜凡却在第二天收到一张请柬,大学时的朋友结婚了。

她感叹自己时运不济,还老公呢,男朋友影子都没冒出一个,唉,是我不想谈恋爱吗?是老天不给我这个机会啊。可是现在她能怎么办呢?相亲也相过了,招桃花的护身符也求过了,上网算算啥时候缘分会砸到头上来,不过是徒然地自我安慰罢了。

早上,沈惜凡去了邻市,婚礼定在市里最大的酒店里。在休息室里,她见到久未谋面的好友,几年不见,彼此都有些生疏,不知道从何说起,只能笑笑。

婚礼排场极大,足见双方的家庭财力,但是唯独主角俩像是被生拉硬凑来演完一出哑剧的。

"羡慕吗?"

她吓了一跳:"师兄?好巧啊,你怎么也来了?"

"我是男方的亲戚,你呢?"

"我是女方的同学。"

"这样啊。"林亿深笑了笑,"刚刚看到你发呆,怎么,羡慕吗?"

"不管怎么样,结婚嘛,总是喜事,作为旁观者自然是祝福咯。"

林亿深开玩笑:"你要是嫁给严恒也是这个排场,甚至比这个盛大一万倍——"

她扑哧笑出声:"救命!打住打住,太怪了这个想法,我啊,现在真的是一点都没办法想象跟他在一起是什么画面,真的是完全不可能!"

"那你是不是能想象你跟某个什么……别人?"

她脸红了,脑子里已经不受控制地幻想了。

"真好啊,真羡慕你们这种人,遭受过爱情带来的痛苦和疮痍,依然愿意相信爱情,走近他。加油啊,小师妹,你不幸福谁幸福。"

在何苏叶家，一群人闹翻了天。邱天不知道从哪儿弄来一只实验用的仓鼠给何守峥当宠物养，一不留神被他放了出来，小孩子兴奋得哇哇大叫，跟在后面逮。方可歆被吓得躲在洗手间里，邱天嘲笑她："不是吧，这是仓鼠，这么可爱，你也怕？你这么怕老鼠，那你那些小鼠实验是怎么做的？"

方可歆气急败坏："我不做小鼠实验，邱天，你快点把老鼠逮住关起来，我害怕！"

"知道了知道了，但是它可是萌萌哒的仓鼠啊。"

何守峥从沙发上扑通一下摔到地上，兴奋地大喊："我抓住了。"

邱天赶紧拿来笼子，还夸他："你这小子，天生是搞科研做动物实验的。"

何苏叶眼睛一直瞟向墙上的钟，有些魂不守舍。他寻思，沈惜凡怎么这么晚还没来，莫不是加班，还是临时有事？连个电话、短信都没有。他便起身拿手机打电话给她，谁知一接通就是她气喘吁吁的声音："我刚回来，小区门口那个街头出了个什么事故，堵在那边，堵了有十几分钟，我实在是忍不了了，正在走回来的路上！"

他不由得笑起来，安慰她："别急，你别跑，慢慢走，注意安全，好吃的又不会长腿跑掉。"

"小舅舅，我饿死了，什么时候开饭啊？"

"等一等。"

"啊，还要等多久啊？我低血糖，快饿晕过去了。"

这小鬼。他剥了块薄荷糖往何守峥嘴里一塞，看着何守峥的脸变得抽象、扭曲，眼泪哗哗的，无声地控诉着他的暴行。这时候沈惜凡敲门进来了，气喘吁吁地说了声"抱歉，堵车，来迟了"。

"那就开饭吧。"

"呵呵。"邱天看破不说破。

何守峥坐在沙发上神秘兮兮地喊："姐姐，给你看个好玩的东西。"然后指着一个笼子，一只仓鼠探出头，冲着沈惜凡吱吱叫。

"仓鼠！好可爱啊。"她忍不住伸出手想要摸摸。

"哎！别摸！"何苏叶情急之下一把抓住她的手腕，"仓鼠会咬人的！"

她吓了一跳，一股热流冲上脸，他迅速放开，也不好意思地转过脸去。只剩下何守峥不明所以地张大嘴巴，仿佛看了一场完全看不懂的成人都市剧。

这时候，何苏叶注意到沈惜凡手上攥着的信，一排英文字母，看不清楚，只有一个红色的圆盾形的标志似曾相识。

没有人注意到只有他一个人急切地想知道那封信的出处。

最后，还是被他看到了，School of Hotel Administration, Cornell University, New York（纽约州康奈尔大学酒店管理学院）。

所有人都争抢着那碗荞麦面，他看见沈惜凡偷偷冲着他笑。

第一次，他对她回应得不那么自然，长久以来的默契仿佛被打乱一样，不安和烦躁涌上心头。眼前这个女孩子笑得依旧那么开心，自己对她知道得太少，了解得不够，他从未真正地走进她的生活。近距离的朋友也许是他们目前的关系，而现在他们之间唯一的关系都要被打乱了。

他搜出美国的地图，寻找费城和纽约的位置，找出那份宾夕法尼亚大学的申请表，暗暗有了决定。一切只等她开口说明。

药方	减脂祛湿茶	症状
	芡实、薏仁米、陈皮、红豆、茯苓、黄苦荞。	
	放入养生壶，加入800～1000毫升水，煮泡15分钟即可。	剂次
	利水渗湿，消水肿，健脾除湿，宁心安神。	

第二十章　三七

三七：化瘀止血，活血定痛，抗氧化，调节免疫，安神。

何苏叶接到学校红十字会的电话时已经很晚了。

他最近发现自己常常会在一些和绳子有关的动作上出错，比如拿开电源线就拽倒了笔筒，被电源线绊到脚而弄乱桌面，等等。他仔细研究了一下，是思维缺陷、逻辑思维混乱导致了对事物因果设想极其贫乏，是一种后天的劣势。都是那份 offer 的错，搞得他心神不宁，六神无主。

这通电话倒是让他纷乱的思绪暂时平静下来，学校红十字会年年组织的医疗队要赴山区义诊，那个地方他四年前去过，很熟悉。

那地方是真的很穷，以前没有修路，也没有车能开进大山，他们就徒步进去，穿过山林，很多人的运动服在山里不到半天就会被剐烂。到了村子里，他们都不敢相信，房屋都是土砖结构，家徒四壁，连床都是将门板拆下来搭的。

他每天去打水、烧火，然后给村民看病，给小孩子授课。那里的人大多很穷，买不起药，甚至一辈子连医院都不知道，村里唯一的医生不过是个赤脚医生，用着祖传方子和山上的草药治病救人。

那里有清新的空气，虽然条件十分艰苦，但是他喜欢看孩子们围着他叫"大哥哥"，问他外面的世界是什么样。小孩子们帮他活捉蜈蚣，加上雄黄，用烧酒泡一周，配制成雄黄蜈蚣酒，山里毒蚊子多，经常会被叮，只要用这酒抹上一点，很快就好了。还有村民带他们去山里采野葛根、水菖蒲、野葡萄藤、寻骨风，那可真是好大好粗壮的野生药材，药效也非常好。

他从山村里回来，整整瘦了十斤，都成纸片人了，风一吹就能被刮走，他脚踝上还贴着膏药，手指上缠着绷带，那可真是一段难忘的经历。

后来他忙得渐渐忘了那个地方，直到这通电话，他才想起来。那群孩子应该已经长大了，不知道给他们送粮送肉的村民是否安好，不知道那些饱受疾病困扰的老人是否还健在。山路应该修了吧，卫生院也应该建了，家家户户也该过上好一点的生活了。

电饭煲里炖着的是鸡汤，加了黄芪、山药。黄芪补气升阳，益卫固表，利水消肿；山药益气养阴，补脾肺肾。

据说婚礼那天伴娘比新娘还累，跑上跑下的，什么都要打理，忙得连饭都吃不上一口。即使沈惜凡信誓旦旦地保证自己经验丰富，他还是不放心。

也许他除了为她和邱天额外准备饭菜，还要准备创可贴之类的，据苏杉说，沈惜凡其中一双高跟鞋是绑带的，走多了容易把脚磨破。

他懊丧地想，这场婚礼真是折腾人，还好自己没结婚。

等等，结婚？自己？和谁？

脑海里面她的身影一闪而过，他呼吸一紧，急忙打开盖子，不小心又把手给烫到了。但是鸡汤醇香浓厚的味道蹿出来，让他不由得笑了起来。他已经有些迫不及待想看她穿礼服的样子了。

邱天，我后悔了，早知道那三结我就不该让你，起码还能赢你三结。

第二天，何苏叶一早就被电话吵醒了。那边邱天喊："快来李介家看看，他穿成这样能娶到苏美眉吗？"

李介无奈地喊道："我风流倜傥赛潘安，一枝梨花压海棠，怎么就穿这件衣服这么难看？！"

邱天对他的冷笑话丝毫不感兴趣，继续损道："你确定要穿着这身龟壳结婚？要不要再戴一顶绿帽子？"

何苏叶听了极度无语，立刻打车去李介家。果然，新郎狼狈不堪的，邱天却金光闪闪的。何苏叶叹气："邱天，你是去砸场子的金龙鱼吗？"

最后，还是在众多礼服中挑了一套中规中矩的，他奇怪："你们之前难道没有试穿过？搞得今天乱七八糟的。"

邱天颇无奈："我是这么叮嘱他的，可是这家伙不肯合作呀！"

李介更无奈："我妈不知道咋的忽然拖来这么多衣服，我也很有压力呀！"

倒是最后三个人出来的时候，李家的男女老少看呆了。李家表姐妹们几乎是眼睛发直："天哪，这三个人可以去演青春偶像剧了。"

那时候天刚亮，晨曦干净、柔和，空气中还有淡淡的水汽和植物的清香。

走到屋外的庭院，邱天便很没形象地挂在何苏叶身上，凑在他耳边咻咻地笑："尖尖角，你猜稀饭美眉看到你会不会看痴？"

他的心猛地跳了几下，反手把邱天扯下来："少胡说，好好做你的伴郎，别没事找事。"

邱天脑袋还不离他的肩膀："尖尖角，你为什么还不跟她告白？告白吧！快！"

何苏叶笑笑，有些无奈："你自己在感情上是有什么建树吗？对别人指指点点的。我信你才怪呢，哎，你能不能别总是跟狗皮膏药一样黏着我？注意点影响。"

"哈？你在想什么？！我是直男啊！"邱天信誓旦旦地说。

"好好好，没问题。"他把邱天的脑袋推到一边去，"准备出发了。"

真正到了苏杉家，何苏叶才觉得看痴的不会是沈惜凡，而是自己。

沈惜凡一身淡粉色的小礼服，一色的水晶头饰和高跟鞋，头发微微卷着，只是化着淡淡的妆，捧着点心和糖果，看见他们立刻笑起来：

"抢亲的来了!"

邱天吹了声口哨,坏笑着说:"我们不抢新娘,抢伴娘!"

她脸上掠过一丝绯红,像四月的桃花,而颈间皮肤白皙如瓷器,明媚的意态流露在她的眼角、眉梢,阳光般耀眼。

何苏叶没办法形容自己的感受,只觉得喉头一紧,不由得别过脸去,余光仍不由自主地瞥了过去。

苏杉在房间喊:"惜凡,我紧张,我害怕,能不能不结婚了?"

邱天哈哈大笑:"迟了,迟了,今天就是五花大绑也得把你弄回去。"

李介在一旁装可怜:"沈姐姐,你就放行吧,俺上有老,下没小,一只黄狗养到老。俺娶了这媳妇,还指望俺给她端茶倒水、捶背捏腿、好吃好喝地伺候她一辈子呢!"

沈惜凡咯咯地笑:"苏杉,你要不要现在就签一份婚后合约书呢?我们都是见证人。"

最后还是苏杉自己走出来,眼圈红红的,扑在苏爸苏妈身上痛哭。沈惜凡咋舌:"刚才怎么闹也不哭,现在倒是像开闸放水似的。"

李介在一旁不知所措,一包面巾纸攥得紧紧的,一张一张殷勤地递过去。

何苏叶接过她手上提着的礼服纸袋:"和父母感情深就这样,我表姐结婚的时候也哭得荡气回肠的,姐夫在一旁都觉得自己是强抢民女的恶霸。"

沈惜凡笑笑:"估计我要是结婚也会哭得不行的,我舍不得我爸妈。"

邱天听见也貌似很感慨的样子:"我要是结婚,我爸妈肯定激动得哭出来,恨不得把我这个祸害丢得越远越好。"

然后就是新郎背着新娘出门,上车,回新郎家,最后驱车去酒店。

下车后沈惜凡和邱天就没闲过,帮着新人整理妆容,收红包,发喜糖,等到婚礼开始的时候,他们嗓子已经火燎似的干哑,还要随新人敬酒,帮他们挡酒。

闹腾到下午两点多才结束,晚上还有一场,两人郁闷得想哭。

邱天哽咽:"鱼翅羹呀,我一口也没吃到。"

沈惜凡痛不欲生:"我觊觎那块烤乳猪好久了,最后喝回来的时候只剩猪皮了。"

邱天瘫软在沙发上,眼巴巴地望着何苏叶:"尖尖角,早知道我就不逞强了,让你做伴郎,我就去大吃大喝了!"

倒是沈惜凡指着他笑:"何苏叶,你长成这样谁敢请你做伴郎?太打击新郎了!"

他只好问:"你们俩不饿吗?我家有吃的!"

结果这两人就擅自把新人撇下,溜去了何苏叶家。

所有的菜只需微波炉加热就可以吃了,何守峥提着两个大饭盒,邀功似的炫耀:"小舅舅,你让我打包的饭。"然后他看看邱天,"叔叔,你少吃点,不许抢姐姐的!"

山药黄芪炖的鸡汤、油焖香菇、红烧茄子、凉拌牛肉,邱天大手一挥:"再来瓶可乐!"

何守峥颠颠地倒了一杯果汁给他,一本正经道:"小舅舅说男人要少喝可乐。"

沈惜凡正埋在鸡汤中吃得不亦乐乎。何苏叶问:"要不要再弄个苹果,还是橙子?"

一口肉含在嘴里咀嚼,她说不出话,只好竖起手,做了一个手势。何苏叶笑:"橙子?我给你打成汁带过来。"

沈惜凡满意地点点头。

邱天惊讶:"这个也能看懂?尖尖角,你可以去做驯兽员了!"

何守峥眨眨眼:"不是说女人是老虎吗?——哎哟!小舅舅,这是我爸爸说的!"

晚上闹腾得更厉害,也更忙,沈惜凡觉得自己腿都要站断了,还要强打精神。散席的时候,她再看看自己的脚,好几处磨破了,疼得她倒抽凉气。

正在她踌躇要不要换下高跟鞋的时候,何苏叶推门进来,手里拿着一个小盒子,轻轻叹气:"邱天说你的脚磨破了,让我来看看。"

他半跪下,小心地把她的鞋子脱下,动作自然,就像处理一个病人一样。沈惜凡也没有觉察到暧昧的气氛,大倒苦水,几处破皮十分明显,冰凉凉的酒精擦上去,她立刻鬼叫起来。

"忍一忍。"然后他掏出一个小瓶子,取出一点褐色的粉末。

沈惜凡好奇:"这是什么东西?"

"我爷爷制的,三七粉。云南白药主要的成分就是三七。"

"那个……专门治刀伤、跌伤、擦伤、外伤的?"

"化瘀止血,活血定痛,不光外伤,内伤也可以。"

他在伤口上敷了一点三七粉,最后用创可贴贴上,又检查了一遍:"没事了,两天就好了,以后少穿这类鞋子,很容易磨破——"

最后一个"脚"字还没有说出,方可歆便推门进来了,看到他们立刻怔住了,然后又迅速把门掩起来。沈惜凡奇怪:"怎么了,有事,方可歆?"

方可歆紧紧咬住嘴唇,拧着门把的手渗出汗来,分不清是天热还是不甘:"闹洞房了,邱天让你们俩快点。"

何苏叶头也不抬:"哦,知道了,我们马上就去。"

沈惜凡痛苦地把脚往鞋子里塞:"我的脚都肿得跟猪蹄子一样了,早知道高跟鞋就不脱了,现在穿上去更困难,救命啊,每一步都像走在刀剑上。"

方可歆默默在门口停了一会儿,直到邱天喊她才回过神来,刚才那画面一直印在脑海里,像一根刺扎在心头,挥之不去。

为什么我默默地在你身边等待这么长时间,等过去的过去,等将来的将来,还是等不到你回头看我一眼?其实只要你对我好一点点就够了,我就能够死心了。

洞房闹得很是欢腾,学医的人结婚普遍较晚,在医院工作也比较压抑,所以每逢喜事便闹得特别厉害。

新房里已经被那些损友布置了重重障碍,一路吊着的苹果、红枣、樱桃,非得让新郎新娘一路吃过去才能算数。李介和苏杉喝了不少酒,禁不住起哄、捉弄,被搞得筋疲力尽。

最后李介终于发飙,浓眉一挑,把苏杉往墙角一推,整个人压上去,回头对着一干闹腾、起哄的人喊:"实相的人就快走。"随后一记热吻让在场所有的人兴奋到了极点。

躲在角落里的邱天感慨:"单身狗被刺激到了,看不得了,看不得了,我要回家睡觉了,明天还有手术,惹毛了老板,我就死定了。"

其他人听到,一一跟新人告别,手下拳头倒也不轻:"李介,好样的!"

沈惜凡准备站起来告别,可是脚下酸痛,就想赖在椅子上石化算了。忽然一只手伸过来,何苏叶道:"我扶你回去,能走吗?"

夜已经很深了,他们从出租车上下来的时候,小区周围除了保安室的灯亮着,只有昏暗的路灯。

看着沈惜凡一瘸一拐的样子,何苏叶实在不忍心:"算了,我背你好了,照你这么走下去,天亮了也走不到家门口。"

沈惜凡不服气,原本想狠狠地瞪他,结果累得缺乏中气,可怜兮兮地望着他。何苏叶叹气:"别逞强了,我背你好了。"

何苏叶背着她,她身上若有若无的酒香和体香一丝一缕融进他的背,他的身体似燃烧的炭,他忽然有一股冲动,想紧紧抱住她问:"你有没有一点喜欢我?"

忽然她开口,如同一盆冷水泼下,让他寒得彻骨:"何苏叶,我要去留学了。"

他的额头因为炎热的夜晚而感觉烧灼的烫,喉管处蹿上阵阵尖锐的刺痛,手指忽然冰凉、僵硬:"恭喜,你去哪个国家?"

沈惜凡没有觉察出他的异样,语气如常地轻松:"美国康奈尔,常春藤联盟之一。"

原来自己的猜测真的没有错，他忽然有种被忽视的感觉，涩涩的心绪涌上："哦，恭喜，我最近也要出去一下。"

"去哪儿？"

"学校组织的医疗小队，去山区义诊。"

"多长时间？"

"不知道，按照惯例到时候会让一小部分人多留一段时间，可能我会被选上。"

"山区会不会生活很辛苦呀？没有吃的，没有穿的。"

"不好说，以前那个村子没有路，我们就徒步进去，门板当床，四处漏风，那儿条件确实不咋地。不过收获也是很多的，那些长在山间的野生草药，村民代代相传的土方子，便宜又好用。"

其实，他并没有答应参加医疗小队，更没有想过要多留一段时间，他只是有些任性，有些脾气。他气恼她擅自做决定，但是又没有权利干涉她，只是为什么她不能早早告诉他呢？让他更早一些知道，让他觉得自己对她来说是有些特殊的存在。

他想任性一下，也想赌一下，没有了他，她会不会很怀念他在身边的日子。

忽然，沈惜凡的手机响了，她徐徐接起来，说话声音很轻，也很谨慎。她拍拍何苏叶的肩，示意自己要下来，然后她站在花坛边长长地叹气："明天要去面对最不想见的人了，好糟糕的运气。"

"前男友？"他揣摩着问。

"猜对了！"沈惜凡的脸上一点都没有丧气的神色，反而多了一份坦然，"我以前打算冷处理这件事，但是我不是那种不负责任的人，平生最烦的是感情上含糊不清，我喜欢把事情摊开了讲，认真地跟他告别，也是跟过去的自己和解。"

何苏叶看着沈惜凡，她自顾自说个不停，嘴角微微上翘，好情绪一点都不受刚才那通电话的影响，跟几个月前那个眼圈红红的垂头丧气地问他该怎么办的人截然不同。

这是他低落的情绪唯一的欣慰,她已经从过去走出来了,虽然她准备离开。

他问自己,能不能原谅他孩子气地任性一下?他想知道自己在她心里分量有多重,至于留学,来日方长。

药方	三七灵芝饮	症状
	三七粉4克,灵芝30克。 灵芝加水熬煮十余分钟,倒出第一次汁液。再加水熬煮二十余分钟,将汁液倒在第一次汁液中混合均匀。取灵芝水稍微加热后,加入三七粉调匀饮用。 功效:散瘀止血,消肿定痛。	剂次

半夏：燥湿化痰，辛散温通，
降逆止呕，抗癌。

第二十一章 半夏

"真的勇士，敢于直面惨淡的人生，敢于正视淋漓的鲜血。"手指滑过那几张照片，沈惜凡笑起来，坐在地板上自言自语，面前放着一个盒子。

都是关于她初恋的回忆——书信、生日礼物、照片、钥匙扣、手机上的情侣吊坠、为他折的星星和千纸鹤。她以前说过"如果有一天他不要我了，我会把这些东西烧掉"，但是终是不忍心，因为她总是期望那个人会回头。

她终于可以释怀了，她默默地想：即使你曾经给过我痛苦，但是那些岁月的快乐和幸福也真实存在过，我从没有后悔爱过你，那是我年少时做过的最好的事。是你教会我如何去爱一个人，再学会如何成长。谢谢你，这样我才会有爱上别人的勇气。

她跟他约在河岸边的咖啡馆，美味的冰激凌球，用巧克力加以点缀，草莓做陪衬，她暗叹，分手这么多年，对面的那个人依然记得她的嗜好。

气氛却有些尴尬，他不停地用勺子搅着咖啡，一点都不像发布会台上那个运筹帷幄的精英："沈惜凡，你真的要去留学？"

她笑着点点头："嗯，我是要去留学了。"

严恒唇角挑起，慢慢地渗出一种浅浅的涩涩的味道："你还恨我吗？还怪我吗？我只想说，你能否给我一个机会，多久我都愿意等。"

"对不起。"她艰涩地开口,"过去就过去了,我跟你已经没有复合的可能。"终于,心中的那句话说出口。

他的脸上忽然出现一种颓废的倦意。

沈惜凡抬起头,认真地重复:"对不起!这句对不起是因为我拒绝你,拒绝了你的好意。你一直欠我一句对不起,但是我现在也不在乎了,感情上的事情,就是过去了放下了就释然了。"

她垂下眼帘,继续解释:"其实我不怪你。因为我们根本不是一个世界的人,你看你现在成了精英,一点风吹草动都能分析出子丑寅卯来,我就不行,一直傻乎乎的。我们俩都不那么大方,爱或不爱,计不计较,担不担心,忠不忠诚,快不快乐,恐怕我们在这些问题中就会吵破脑袋,各持己见,用自己的判断标准束缚对方,谁都会觉得无法向对方妥协,这段关系最终还是会以失败告终。"

"不用说下去了。"他开口打断,带着浓浓的酸涩,"说对不起的应该是我。这一切是我咎由自取,虽然现在我知道我没有资格要求你再回来我身边,但是我知道我自己的感情。六年前,我在美国已经深深后悔了一次,所以,便想和自己赌一次,最终我还是高估了我在你心中的地位。"

沈惜凡苦笑一下:"我跟你谈现实,你跟我提感情,我要是不那么冷静,又要被你绕进去了。过去的就别再提了,现实就是这样,我跟你已经没有复合的可能性。"

他淡淡地笑:"好吧,不提。不过如果你跟你以后的男朋友过得不幸福,欢迎你随时来找我。"

他这个人真的是一点都不想输,也不知道算是年少时对她一往情深,还是现在彻底变成商人后做空赢家的商业思维作祟,她真是哭笑不得。

他起身去付账,转身再回来的时候已经不见沈惜凡的人影,桌上只有一张纸。

"一夜繁花落尽,我将要远走天涯。送君心灯一盏,临别依依,从此相见不如怀念。"

他颤抖的眼角带着一种发自心底的自嘲和痛楚——年少轻狂,他负了她,再回首,她已不在原地,亦无法面对。

这便是最好的结局,只是他希望她幸福。他已经走得太远,而她不可能永远等在原地,这些他早已知道,他后悔的只是自己不会珍惜,让幸福眼睁睁地从指尖流过。那么就做最熟悉的陌生人,从此相见不如怀念。

曾经爱过她,现在爱着她,他从不后悔。那是最好的事,他知道,那样的锦绣年华,身边有过深爱自己的人,把女孩子最宝贵的青春年华奉献给自己,那么从今天开始有一个影子在心中,让他默默地怀念,即使夜再黑,也不会寂寞。

五月的城市,夏天的初始,沈惜凡走在街上,享受着微微灼热的阳光。

她扬起嘴角,默念"再见",迎上微风,觉得阳光甚好,惆怅褪去,最后一点涩意也被蒸发了,只留下一丝影子,那么就让它深埋在心底。

这样的天应该叫作"半夏",半个夏天,有些缠绵的热,却不焦躁,充满温情的名字。

这样的天,应该有一个人在她身边,慢悠悠地走着,平平淡淡地笑着,让平常、无聊而漫长的路途都突然变得有趣而短暂。

沈惜凡暗笑——可是他现在在哪里呢?她已经很久没看见他了。

她想去买几件夏天的衣服,再给父母购置一点衣物。

在男装柜给沈爸爸挑衬衫时,沈妈妈不停地念叨:"你爸爸喜欢穿纯棉的,但是每次都要机洗,没多久就会起球。"她又拿起一件深蓝色的,"你爸不喜欢浅色的,非要穿深色的。"

沈惜凡偷偷笑,打算去运动专柜给爸爸买一件大红色的T恤衫,让他好好享受一下青春。

忽然,她看见一件白衬衫,简单的款式,不菲的价格,她一看见就想到了何苏叶，这件衬衫好适合他，宽肩窄背，英姿挺拔，哎，倒也不用特地这样，他平时穿得普普通通就够帅的了。她觉得好笑又可气的同时，自己心里痒痒的那种感觉应该就是甜蜜吧。

她摸出手机看看，没有任何信息或电话提示。她微微叹气，说不上的失落。

他只是说去山区，没有告诉她确切的时间，她隐隐有些不安，不由得记挂在心上。

回到家，恰好姨妈一家来看他们。独独小侄子缺席，表嫂叹气："今晚吃饭后，说是胃不舒服，想呕吐，我就没让他来，待会儿回去的时候要买点药给他，实在不行还要去看急诊。"

"吃了啥东西？"

"他嘴馋，吃了好多糯米团子。"

"那是，小孩子容易积食，糯米又不容易消化，待会儿你去药店里买点药。"然后沈妈妈又似乎想起什么，"我家有很多这种药方子，我让凡凡拿给你们看看。"

沈惜凡奇怪："我们家有很多药方？不过是一个失眠、一个发烧的药方。"

沈妈妈解释："哎——不就是那本书里夹着一沓药方子，前几天一个人送过来的，说是借你的书，我后来翻了翻，里面夹了不少药方，心想可能是你的，就随便给你丢书架上了。"

沈惜凡瞪大眼睛，难以置信："等等，我去找找！"

那本中药书里夹着厚厚的一沓药方，被她粗心地堆在一摞参考书中，要是没有沈妈妈提醒，她一定会错过。

她一张一张地翻看，上面都仔细地做了标记，"感冒""外感发热""咳嗽""胃痛""呕吐""虚劳""头痛"，左下角是医师的签名：何苏叶。

只有药方，没有别的字条，她翻遍了所有的书页，都没有留下只字片语。她心急火燎地跑到客厅问沈妈妈："这本书是什么时候送来的?"

沈妈妈接过她的药方,头也不抬:"五天前吧,那时候你去你外婆家,我事后忘了告诉你,人老了,这记性也不行了——呀,就是这个。"

沈惜凡凑去看,念出来:"积食不消化,用炒过的牵牛子磨成粉,拌上红糖。"这大概就是他所谓的村里的"土方子"吧。

沈妈妈狡黠地笑:"这个小伙子是医生?你从哪儿认识的那么帅的人,你和他是什么关系?"

她支吾不成句子:"没……没关系,朋友而已。"

沈惜凡说完后心跳得厉害,差一点就把持不住。她不住地问自己,他这样做,这样悉心地关照自己,不动声色,难道——

一个念头电光石火般闪进脑海,这个认知让她不住地颤抖,既害怕又兴奋。

表嫂看了方子:"牵牛子磨成粉,拌上红糖,这能行吗?"

"这肯定行。"沈惜凡打包票,"这个点小区门口那药房应该还开着,就一味药,很快的,红糖咱们家里就有,就这样,我去买吧。"

走过多少遍的路,沈惜凡和何苏叶并肩回家,走到小区湖心,一个向左,一个向右。她从不会回头看何苏叶的背影,或许是她以前真的很迟钝,更确切地说是一叶障目。

不知不觉,何苏叶走进她的生活。对她来说,他是妙手仁心的医生,是无话不谈的朋友,她庆幸一辈子能够遇见这样一个人,却从没考虑过他们之间的关系,或是自己对他的感觉,因为太习惯一个人陪在身边,总觉得一切理所当然。

药房还没关门,年轻的药剂师在配最后一份药,忙了一天了,也有点眼花,他对着柜子上的字看了半天:"法半夏……在这里。"

她看了半夏之后觉得失望,褐色的球状物,一点都不像以往看到的,要不是叶,要不是茎,这个圆圆的是什么?

在她想象中这么可爱的名字,半夏,就应该是这样,吹着电风扇就不觉得热，早晚凉，冰激凌刚上市，水果、蔬菜在悄悄地换季，温情的，脉脉的，就像中医里面这样定义半夏：辛，温。

最后她还是忍不住转到了他家楼下，明明知道他不在，还是一个人站在楼下傻傻地望了好一会儿。

以前他窗台橘色的灯光会穿过浓浓的黑夜，晕染出一片温馨，她每次来都会看见，仿佛心有灵犀一般，她会有种被等待的错觉。原来，他已经等她太久了。

可是现在漆黑一片，她心里陡然被牵出一种情绪，叫思念。她不是没有害过相思，不是没有过睹物思人，只是从来没有一次想念像这样让她措手不及。像一个头等大奖砸在脑袋上，她晕乎乎的，晚上会兴奋得睡不着觉，半夜醒了还得确认那个奖没有被人抢走。

沈惜凡提着中药袋子傻傻地笑着，又不住地想：会不会是我自作多情？何苏叶看起来一直很好很和气的样子，我究竟在他心中有多少分量？

她晚上忍不住发了条信息给他，无非是问他什么时候回来，可是等了很长时间都没有人回。她把手机调成振动，不知不觉迷迷糊糊地睡着了。

早上沈惜凡醒来的时候，手机里空空荡荡，她的心也空空荡荡，瞬间失落。

她无力地把头埋进臂弯，长长地叹气，久违的思念感觉倾泻而出，几乎无法控制。

"你表嫂早上打电话来，说你小侄子吃完过一会儿就开始拉，然后就再也没想吐，一夜睡得都好。她也好奇地尝了一口，说牵牛子拌红糖甜甜的，比起以前那种苦苦的药，小孩子闹着不肯吃，这土方子真的挺好的。"

她美滋滋地想，那必须好用啊，毕竟是无所不能的何医生开的。

她去庙里上香，临走的时候求个平安。

她徜徉在院落中，品味着寺庙美轮美奂的建筑，礼拜铸造工艺精湛的造像，欣赏色彩依旧的壁画，任由历尽沧桑的古乐从心灵拂过。她虔诚得不忍呼吸，连脚步都放轻。

白发苍苍的老人手持长长的香，不过是求个儿女平安；中年妇女磕头，不过是拜一个孩子学业有成，丈夫安康；她不过是求父母平安，一切都好，还有何苏叶，她求他早日回来，平平安安。

最后她还是忍不住打了一个电话给他。

这时候沈惜凡正在寺庙后山的树林里，树倒不多，多的是竹子，茂密苍翠，微风拂过，沙沙作响。不少老人正在冥想，她声音很轻，却有着掩不住的欢喜。

何苏叶那里似乎很热闹，她可以听见呼啸的风声，还有熙攘的人声，她不由得好奇："何苏叶，这么吵，怎么回事？"

那边一个清越的声音传来："我现在夹着手机跟你讲话呢，我现在两手都是针，这个病人患关节炎好几年了，最近这里潮湿，而且风很大，似乎要下大雨了。"

沈惜凡不好意思："那我是不是打扰你了，要不我先挂了？"

"没关系，你现在在哪里？"

"化台寺，后面原来有一大片竹林，空气很好，我妈说临走之前让我来求个平安。对了，你什么时候回来？"

"再过三天吧。你求平安符了没？那里住持开光的平安符很灵验。"

"我还不知道有这个东西呢！没有。"

"不急，等我回去，我们一起去好不？"

她的心怦怦跳得厉害："好呀。对了，昨天我发信息给你，怎么都没回？"

何苏叶很惊讶："什么时候？我没收到呀，这里信号太差了，移动要移着才能动。"

沈惜凡笑起来："你早点回来，我等你。"然后又意识到这句话实在是很暧昧，她急急忙忙地补充了一句，"我是说……我的意思是，我等你回来求平安符。"

何苏叶轻笑一声:"我知道了。"

挂了电话后,她靠着一棵竹子轻轻地笑起来。碎竹叶不时飘落,寺院洪亮的钟声传来,她双手合十,平心静气,诚心祷告。

回到家,沈惜凡接到林亿深的电话,约她见面。

林亿深依旧是那么精神,笑眯眯地告诉她:"我辞职了。"

沈惜凡一口茶呛在喉咙里,引来一阵剧烈的咳嗽。她瞪大眼睛,难以置信:"你……辞职,开玩笑吧?师兄,你保密工作做得也太好了吧,你去哪所学校?"

"我跟你是一所学校,康奈尔大学,工商管理学。"

她笑起来:"太好了,welcome!我们又可以做师兄妹了,不,这次是同学!是吧,康奈尔大学的校草?"

药方	二陈汤	症状
半夏15克,陈皮15克,白茯苓9克,甘草4.5克,乌梅。		
取一小包冲洗之后,加1000毫升水,先浸泡20分钟左右。然后直接大火煮开,小火慢煎30分钟左右。取其汤汁饮用,早中晚饭后半小时饮用。		剂次
祛湿化痰。		

薏苡仁：又名薏米，利水渗湿，健脾止泻，除痹，清热排脓。

第二十二章 薏苡仁

何苏叶挂了电话，不由得笑出来，呆呆地站了好一会儿，直到有个小孩子拉他的袖子："大哥哥，我有事拜托你。"

他一惊，差点把手机摔下来。旁边的老婆婆笑着说："小伙子，是给媳妇打电话吧？"

他刚想解释，另一个中年人插嘴："年轻人，来这里不习惯吧，家里还有老婆、孩子，舍不得吧？！真是委屈你们了！"

立刻就有人喊道："何医生结婚了呀？四年前来的时候还是一个人，怎么来这么几天了都不把消息透露一下？按理说，我们应该请客的。"

周围认识他的人都起哄，几个熟悉的医生偷偷地笑，只剩下他一个人傻傻地站着，开了几次口却硬生生地咽下。

算了吧，误会就误会吧，他倒是乐在其中。

山区很穷，在这里中医很受欢迎，多少年的传统还是根深蒂固，便宜包治百病。

贫穷也带来了很多困难和疾苦。小男孩的妈妈卧病在床几个月了，眩晕久发不止，当着面说不出口，背地里恳请何苏叶："医生，我家没钱，开药能不能用便宜一点的药？我家孩子还要上学。"

虽然他从小就被教育医者治病，不要受病人和钱财的困扰，医生要有自己的主见，不可因为病人心情急切而忘阴阳虚实之本，不要因为病人家贵而妄用补药，更不要因病人家穷而吝啬贵药，唯有自身心静泰然，方可明白做医生的意义和责任。但是每次遇上因为钱的问题而放弃治疗的病人，他才觉得这句话要真正付诸实践很困难。

他听了不是滋味，刚想把"鹿角霜""龟板胶""阿胶"划掉，又停下笔，仔细地打了一个圈，留个记号，准备告诉药剂师这些药的钱他来出。

屋外，小男孩拿着方子仔细地看，不厌其烦地缠着让何苏叶讲每种药的药效，睁着一双懵懂、渴求的眼睛："大哥哥，我将来也要上医学院，学中医，做一个医生。"

他笑笑，继续给小男孩讲："薏苡仁，利水消肿，健脾，清热排毒。因为你妈妈脾虚湿滞，水肿腹胀，所以薏苡仁与白术、黄芪同用，除此之外，因为长期营养不良，你妈妈还有中度的贫血。"

小男孩眼圈一红："因为妈妈她总是把好吃的留给我，鸡蛋和肉，她都只吃一点点。"

何苏叶摸摸他的头："你一定要好好学习，努力考上大学。"

何苏叶回到住处，那边相熟的同事告诉他村民送来几条鱼、一锅鸡汤，还有几罐米酒，说是何医生结婚没什么拿得出的礼，只好请他将就。他哭笑不得，倒是同事也趁机撺掇他，说是医院有几个小护士暗恋他好久了。

他笑笑，不置可否。但是方可歆也在一旁打趣："大师兄以前在学校的时候就特受欢迎，实习的时候几个科室争着要，说是拍了照片好做宣传。"

何苏叶仍是一副事不关己的样子："我去看看那边药有没有包好，回头给他们送去。"

方可歆解释："刚才拿回的药方我都送去了，他们说晚点家里人自己来拿。还有就是明天要给小孩子注射疫苗，所有的针剂都在队长那儿，我刚才清点过了。"

这时候何苏叶注意到方可歆的手上包着一块纱布，隐隐的红色透出,他连忙问:"手上是怎么回事?摔到了?"

方可歆支吾了半天:"去搬药箱的时候不小心蹭到了一颗钉子,划破了。"

"记得要去打破伤风针,不管怎样,得预防感染。"他叹气,仔细看看伤口,"你好好休息一天,明天疫苗接种,我去吧。"

正在记录的同事听到了,也帮着劝她:"方医生,你这几天够累的了,事一点都没比我们男人少做,还管饭,歇歇吧,千万别累垮了。"

"是啊,你先把手上的伤好好处理一下再说吧。"

她轻轻点头,寻思一下,说:"我先去那边催一下药,看看晚饭。"她起身就走,低下头,不让人注意到她有些失常的神态。

一颗钉子,小小的伤口,换来他对待普通病人那样的关心,却不是对沈惜凡那样紧张的呵护,这段暗恋也应该放下了。

那个电话她知道是谁打给他的,果然那句话说得对,有的人不说话,快乐也会从眼睛里露出来。

她转过身又看了他一眼,奇怪,失恋了一点伤感、悲壮的感觉都没有。风吹过土屋子,枯枝歪向一边,山里的天空蓝而寂静,阳光刺眼,她看着这一切,又甜蜜又心酸地笑起来。

山区的信号果然不好,何苏叶发信息给沈惜凡,好久没见她回复,只好悻悻地丢了手机,到院子里坐坐。

屋外有些阴沉、闷热,空气黏稠地附在身上,像融化的糖浆,有些甜腻发腥。忽然一阵大风把木门撞开来,尘土飞扬,随即细碎密集的雨点砸下。立刻有邻居喊道:"医生,要下大雨了,你们院里的那些药材快收回去。"

何苏叶心想不好,这场雨是大雨的征兆,明天还得下个不停,工作势必会辛苦很多。

忽然他想起和沈惜凡的约定——临走前帮她求一个平安符。

他希望能帮她求到一生一世的平安和幸福,看多了医院的天人永隔,品尝过失去至亲的痛苦,这个世界上,没有什么比"平安"两个字更让他有所感触。他可以不在乎、不计较她喜欢谁,只是他真的希望她平平安安。

果然第二天大雨不停,还有愈演愈烈的趋势,原本计划的是让小孩子们到卫生院注射疫苗,现在只能变成医生上门服务。

带队的医生打趣:"我们戴个草帽,背个急救箱,真的很像行军打仗的。"

旁边人接口:"发扬革命不怕苦不怕累的精神,咱们一鼓作气把任务圆满地完成。"

方可歆帮着给他们准备茶水,叮嘱:"雨大路滑,你们要小心点。"

何苏叶悄悄拉过一个实习医生:"我跟你换一下地方,雨天不好走,还要翻一座山,这里的路我比较熟悉,你看行不?"

实习生受宠若惊:"啊——行,行吧。"

这样大的雨,光是雨伞没办法遮,不一会儿他的肩头全都湿了,裤腿上沾满了泥星,整个人像浸在水里一样,出不得一口大气。

山上地基不稳,踩上去没有一点实在感觉,被雨水冲洗过的土面露出很多碎石,泥水顺着地势直直冲下来。他每走一步都万分小心,花了比平时多一半的时间才到达。

等所有家都跑完了,天已经大黑,当地的小伙子提出送他回去,他想推托,但是抵不过小伙子的热情:"俺丈母娘家就在那儿,俺晚上就住那儿。"

他们边走边交谈,何苏叶不断询问当地的卫生状况,小伙子也知无不言。走到半山腰的时候,他们忽然听见一个小孩子的叫喊:"救命!救命!"

声嘶力竭,划破黑夜的长空,他们俩都被吓了一跳,小伙子试探地问:"似乎是在东边,俺们去看看?"

那个声音越来越小,也越来越沙哑,在这个雨天显得更加惊心动魄。但是他们也越来越靠近声源，借着手电筒的亮光，小伙子叫起来："这里，这里！是一个小孩子！"

他两只手狠狠地抓着碎石泥土，血顺着手臂往下流，山腰坡度很陡，一不留神跌下去可不是闹着玩的。小孩子显然是被吓坏了，瞪大眼睛直直地望着他们，一句"救命"都喊不出来了。

何苏叶小心地靠近陡坡，柔声安慰他："没事，哥哥拉你上来。"何苏叶伸出手拉住他，把他拖了上来。小伙子在一旁迅速接过小孩子，贴近了用手电筒查看，不由得松口气："还好只是皮肉伤，没什么大——"

最后一个"事"字还没有说出来，何苏叶便猛然觉得脚下一软，一股不可抗拒的自然力将他浑身的力量卸去，整个人腾空。小伙子回头，大惊："何医生，小心！"小伙子伸手想去拉他，只见他整个人连着倾泻而下的泥浆碎石只一瞬间就消失在茫茫的大雨中。

天已经大黑，雨势渐渐减小，医疗队的医生陆陆续续回来了。每个人都成了水人，从裤管到袖口都流淌着雨水。有医生喊："蒸桑拿都没有这么酣畅淋漓过！爽透了简直！"

方可歆给他们递毛巾端热茶，招呼他们："冲个热水澡，我让阿姨给你们准备一点红枣姜茶，祛祛寒！晚上煮点薏苡仁粥，这里天气太湿，薏苡仁粥利水消肿。"

其他人感叹："有个女医生随行真的不错，细心，对待我们就像对待病人一样。"

方可歆不好意思地笑笑，眼睛一直向外瞟，强风伴着细碎的雨星把她的额发全数打湿，她伸手去摸，手心一片冰凉，原本包扎好的伤口透出殷殷的血迹。

在厨房帮忙，她坐不下来，也站不住，一种不好的预感在心头渐渐浮现。胃里泛酸，她强压下想呕吐的念头，尝了两口粥便丢下勺子，摸出手机，按下那个熟悉的号码。

无人接听的回应更让她害怕，她不断地安慰自己，是自己太敏感了,俗话说关心则乱,何苏叶没事的,可能只是有事耽搁了,也许在下一秒他就会推门而入。

锅里的薏苡仁翻腾着,一分钟、十分钟、二十分钟,她觉得自己再也撑不下去,烦躁、不安、慌乱织成一张密密的网,让她没法呼吸和思考。

忽然,院子外面传来一阵骚动,有人大声呼喊:"医生们,出事了!"

她身子重重地颤了一下,寒意从脚底一直蹿到大脑,她慌忙丢下围裙跑出厨房。院子里两三个当地人拉着医生就往外面跑:"何医生,他人是找到了,可是现在在昏迷中,身上还有几处瘀伤,我们又不敢动,生怕外行坏事,只是找了几个人守在那里。"

一瞬间她痛得无法呼吸,但是身为医生的警觉让她立刻清醒:"我也去!"

从卫生院到村头的几百米路,她从来没有觉得这么漫长。周围的一切都烟雨茫茫,她只得尽力奔跑,再跑,仿佛错过一秒就错过了一世。

她眼前一片迷茫,只有这样一个念头在她脑子里盘旋:何苏叶,只要你没事,我只要你没事,就算上天让我放弃一切,我都愿意。

村头已经有几个人围在一起,看到他们跑来万分欣喜:"医生来了,来了!"

为首的医生冲上前,她也围上去,眼前的情景让她差点把持不住落泪。有经验的医生看了一下:"脑震荡、挫伤,外表看没什么大伤,不知道有没有内出血或是脑部移位。暂时还不能做最好的打算。"

那个人闭着眼睛,像熟睡了一般,却给她一种永远不会醒来的错觉。她恐惧、绝望,冷到极致,无法呼吸,连神志也不是很清晰,模糊的视野中是一片灰暗。

"医生,我们村有个大哥有辆拉货的车,行不行?"

"行,行,快点让大哥把车开来,送我们去镇上医院就行,我现在打电话联系我们医院,让他们调度一辆救护车来。"

不知道过了多久，忽然发动机的轰鸣声让所有人精神为之一振，随即小货车车门打开，那个大哥喊道："来几个人把我后面的座位给拆了，腾点空间。"

几个医生用简单的担架把何苏叶抬上去。方可歆也跟着跳上去："我跟他最熟悉，还是我去吧。"

小货车又破又旧，空间狭窄，山路颠簸，她脑子里全是嗡嗡的杂音，她拼命告诉自己，镇定，镇定，快给邱天打电话。

她摸出手机，费尽全力按下号码。那边邱天很快回道："方可歆，什么事？我在值班。"

像汪洋江流中的浮萍抓住了一地的根，她颤抖得厉害，连牙齿都发出咯咯的声响："邱天，何苏叶出事了，他从山上摔下来，皮外伤不甚明显，暂时昏迷，还需要进一步确诊，我们打算先送到镇上医院，然后再由120救护车转去我们医院。还有，你赶快通知他的家人。"

邱天毕竟老练："我知道了，你稳住，别慌，我马上就去，千万别慌！"

120救护车一路呼啸着驶进医院急诊的绿色通道，CT确诊何苏叶只是轻微脑震荡、骨折后，立刻送往病房。一切只等病人清醒。

这时候，方可歆全部的力气都被抽空，她扶着墙壁缓缓滑下，她告诉自己不能哭，不能哭，但是她已经无力再撑下去。她心里一牵一牵地痛着，周围的人和物都是影影绰绰的，她的眼泪顺着脸直淌下来，这么长时间都忍着的痛在得到他平安的消息后烟消云散。

直到有一个人轻轻喊她："方可歆，方可歆，别哭了，他没事，没事。"

她不肯抬头，声音沙哑："我知道，我只是控制不住。邱天，让我安静一会儿。"

邱天叹气，却什么也没说，静静地站在一边，空荡荡的走廊中只有他们两个人。何苏叶病房的门开了又合，没有人注意他们。

良久，方可歆开口："你打个电话给沈惜凡吧。"

"嗯？"

"打电话给她吧，告诉她师兄出事了，他现在一定最希望看到她。"

"你放心，我已经打过了，她在老家，现在已经在回来的路上了吧。"

方可歆瞪了他一眼："你就没考虑一下我的感受吗？"

"哎，方小姐，讲点道理嘛，你让我打电话，我打了，被你瞪，我不打，你也会瞪我，哇，人生就是这么奇妙。"

"怎么了？我就是不甘心。"

"我懂，我懂，嫉妒让人扭曲，不过像你这么善良的小仙女，洗个脸，依然美艳动人。"邱天揉揉她的脑袋，"饿了吧，走吧，我请你吃点东西。"

就这样吧，她对自己说，再等下去已无意义，女人一生中能有多少年华去等待一个永远不会把视线停留在自己身上的人？年少轻狂已过，她的青春已经被挥霍在刻骨却无回应的爱恋上，所剩无几，她的人生还漫长，会出现一个爱她、疼她、呵护她的男人。

单恋是世界上最痛苦的事，可是也是最幸福的事，毕竟那个时候我们都没有后悔单恋过这样一个人——对自己来说独一无二的人。

最后，我们微笑着祝福他，即使再留恋、心痛，笑容再勉强，也要放手。可是我们都知道，爱他是曾经做过最好的事。

药方	红豆薏苡仁茶	症状
	赤小豆8粒，薏苡仁8粒，茯苓8颗，芡实8粒，枸杞8粒，大枣1枚，红茶0.5克。	
	利水渗湿，健脾止泻，健脾宁心，可以帮助胃肠消化、促进食欲，并强壮心脏功能。	剂次

龙眼：补益心脾，养血守神，
健脾止泻，利尿消肿。

第二十三章 龙眼

  似乎过了很长时间，何苏叶睁开眼，看到雪白的墙面，墙壁上的空调呼呼地吹着，还没等他反应过来，一个圆圆的脑袋便砸在雪白的被褥上，哭得凄凄惨惨："小舅舅，你醒了，我还以为你一睡不起了呢，吓死我了。"

  然后就是邱天的声音，半是宠溺半是无奈："小鬼，你叔叔不过是轻微脑震荡，不过他比较贪睡，现在才醒。"

  何苏叶松了一口气："这么说我现在在医院，哪家？"

  邱天白他一眼："你爸的医院。你出了事，本来应该是由我们医院协调的，结果你爸一个电话打过去就接管了。"

  何守峥眼圈红红的，一脸委屈地看着他。

  何苏叶想伸手摸摸何守峥的脑袋，发现左臂被打了石膏，右臂上纱布缠绕，他自言自语："摔得不轻吗——邱天，我的CT结果给我看看。"

  何守峥递给他，他接过来一看："左侧尺骨骨折。"

  "好几个专家吵成一片，最后没给你做手术打钉子就算中了头奖了，不过该休息还是休息，该康复还得康复，就怕你的手臂以后有抬不到之前角度的概率。"

  难得见邱天这么婆婆妈妈，好似三天没说话一样："你知道你睡了多久吗？整整一个晚上，家里只通知了你爸，还没敢告诉你家其他长辈。小鬼早上来的，看到你就哭得稀里哗啦的，怎么劝也没用，课都没去上。还有方可歆,一路把你送回来都累倒了,现在在值班室躺着。"

他起身给自己倒杯水,继续唠叨:"李介、苏杉还在蜜月中,吓得差点就飞回来了,你老板也来看了你一次。等等!"他竖起一根指头,"这是几?"

何苏叶奇怪:"一!"

他竖两根指头:"这是几?"

"二!"

他再竖三根指头:"一加一等于几?"

何苏叶实在是想爆发,可惜缺乏中气:"我知道,是二!我脑子很清楚,麻烦你把管床医生叫来吧,我想看一下我的病历……"他看邱天充耳不闻,一直在发消息,忍不住说,"那你能帮我倒杯水吗?"

邱天放下手机,心虚地说:"我!我告诉你,你不要打我!事后也不许。我把这事告诉沈惜凡了,我知道你会骂死我的,但是我忍不住。你别急,别坐起来,估计她马上就到了,我先帮你找医生去!啊,你要喝水吗?我去给你买,买最贵的水,最好的水。"说完,他嗖的一下出门了。

只剩下呆滞的何守峥和情绪复杂的何苏叶,小孩子自言自语:"邱天叔叔好坏,我差点就上当了,一加一明明是等于二,为什么我当时想说的是三呢?"

神经内科的主任来查房,询问了一下情况,下了结论:"小何,没事的,皮外伤,核磁共振做过了,没问题,不过住院观察一下也比较好。"然后主任看着他笑笑,"还好这张脸没受伤,不然你们医院的年度宣传片找谁上镜?"惹得一群学生大笑。

邱天回来后,贴心地在瓶子里插了根吸管,递到何苏叶嘴边:"还好没伤到脸,不然那可就麻烦了。对了,你腿上也有些擦伤,最近下地走路可能有些困难,我看你就好好躺着吧,趁这个休息时间,不如多看看论文。"他自顾自地说,忽然发现何苏叶脸上的表情突变,不由得顺着他的目光转过头去。沈惜凡满头大汗地站在门口,进也不是,退也不是。

下面的发展让他瞠目结舌,沈惜凡见何苏叶呆呆地看着自己,犹犹豫豫说出两句:"我是谁?你还认识我吗?"

邱天立刻明白了这位小姐的意思,大叫冤枉:"我可没跟沈惜凡说你失忆了,真的,不是我说的,我只说你轻微脑震荡,我有聊天记录,这锅我不背,我先出去了。"说着,他把何守峥往外拖,"愣在这儿做啥电灯泡,快走吧。"

何苏叶哭笑不得:"你是不是看港台言情剧看多了,你以为轻微脑震荡都得失忆呀?医院每年送来的脑震荡昏迷的病人没几个失忆的,最多不过是选择性失忆。"

沈惜凡走近他身边,声音都颤抖:"你记得我吧,没骗我吧?"她的手指轻轻滑过他打着石膏的左臂,眼泪不受控制地倾泻而下,滴在雪白的石膏上,身体还在不住地颤抖,"吓死我了,吓死我了,我不敢来,我害怕,万一你失忆了记不得我了怎么办,我怎么办——"

她在害怕啊,这么害怕吗?于是,他起身用能活动的手臂圈住她,小心翼翼地,像在拥抱一片易碎的水晶,如丝的细腻,记忆中的温情一点一滴地浮现,他心动了,被她的眼泪又搅碎了。

何苏叶安慰她:"不哭,不哭,我不是好好地在这里嘛,没事了,我答应你要陪你去求平安符,我不会食言的,我这不是回来了嘛,别哭——"

这下更刺到她的伤心处,她一听,眼泪掉得更厉害:"你说话不算数,说话不算数,你说要回来的,我要你平平安安地回来,你想吓死我呀——"

"别哭,别哭……你别哭了,我……"他现在才觉得自己词穷,实在不会安慰别人,只得乖乖闭了嘴,安安静静地搂着她,任她哭。

过了好一会儿,沈惜凡终于把担惊受怕、委屈种种情绪一股脑地哭出来,眼圈红红的,无措地望着何苏叶:"我,我……情绪失控……对不起……"

他宽慰地笑起来,失血让他的脸看起来有些苍白:"我知道,我都明白,别再哭了,对不起,我不应该食言的。"

她的脸迅速升温，不知道如何回应的时候，恰巧护士推门进来喊道："换药了。"

沈惜凡急忙挣开他的怀抱，转身把眼泪擦干，看着护士给他换完药，然后支吾道："何苏叶，你有没有吃饭，饿不饿？要不要我去给你买？病人应该吃粥吧！"

"虽然很想说他在山里应该饿得能生吞一头猪，但是这两天还是吃粥吧。"邱天把头伸进门缝，偷偷笑道，"你也知道医院里的配餐难吃得令人发指，你给他煮点配料丰富的粥吧——"

何苏叶笑笑："我想吃红枣枸杞粥，能不能给我做一份？"

"当然可以啊。"

何守峥仔细想了一会儿，说："那我也可以要吗？我想吃麦当劳的儿童套餐，那个有玩具，姐姐一定记得帮我要。"

"你们怎么都点上了呢？那我也要，一个双吉汉堡、一个麦辣鸡腿堡。"

何苏叶清清嗓子："想吃啥不能自己去买吗？点个外卖很难吗？"

邱天被他的眼刀威慑，缩了缩脖子："不难，我点个外卖，不麻烦沈小姐了。"

"那我回去给你煲个粥，一会儿再来医院看你。"她笑吟吟地看着他，眼神里尽是不舍。

然后就陆续有人来看何苏叶。

他奶奶捏着他的手，惊魂甫定："虽然是轻微脑震荡，但是我们也怕你万一醒不了或是有什么后遗症，幸好现在没事。"

何苏叶心里酸涩："奶奶，我没事了，让你们担心，真是对不起。"

何爷爷仍是板着脸："好好养病。老伴，我们别打扰他休息。"

他有些奇怪："我爸呢？我醒来就没看见他。"

"听说现在还在手术室里面，有个紧急的夹层手术。"何爷爷向他解释，"听说你出事，他是真的慌得不行，我寻思着在手术台上病人大动脉破了喷他一脸血，他都不会那么紧张。"

何奶奶笑了:"是啊,嘴硬心软啊,你爸爸。"

"他就是这个臭脾气,不过人到中年,再强悍的人,也会力不从心,也会格外地害怕失去,你啊,就跟他说两句软话,放不下来的也都该放下了。"

他点点头:"我知道。"

何苏叶家人走了之后好一会儿,沈惜凡拎着两个饭盒出现了。邱天和何守峥都歪在椅子上睡着了。何苏叶面露歉意:"看把他们累的,你吃了没?"

她点点头:"我回家后吃过了,这是我做的红枣枸杞粥,当然没有你做得好。晚上我再给你送点别的,鸡汤还是骨头汤?"

何苏叶笑笑:"皆可,我不挑食。"他接过勺子,眼前的红枣枸杞粥浓稠、香甜,让他食欲大振,他仔细地品尝了一口,忍不住笑起来,"里面还有龙眼和蜂蜜,对不?"

"这个——"沈惜凡紧张地解释道,"我专门查了书,龙眼补益心脾,养血安神。你不是失血了嘛,我就想有没有可以煮粥的东西,没搞错吧?"

"你那么聪明,当然不会弄错,很好吃。"

沈惜凡打开另一个饭盒:"这是我妈做的一点小菜,微微的酸辣口泡菜和黄瓜,还有几片酱牛肉,你尝尝好吃吗。"

"好吃。"

"我做得好吃,还是她做得好吃?"

何苏叶沉默了一下,明智地选择不回答这种死亡问题。

沈惜凡坐在他旁边托着脑袋抿起嘴微笑,正午的阳光穿透树叶,照在她身上,投射出一半的影子,遮住了他的手。他感觉似乎她仍在自己怀里。

下午的时候,他刚睡醒,睁眼便看见一个熟悉的身影站在窗前,出神地注视着窗外的风景。他出声:"方可歆?"

方可歆闻言转身，有些惊讶："师兄，你醒了呀，我没把你吵到吧？"

"没有。"他努力撑起身子，轻轻地笑，"我要谢谢你，那天辛苦你了。"

方可歆不好意思："其实我也没做什么，只要你没事就好了。"

她笑起来很坦然，眼神清亮。何苏叶隐隐觉得今天的她有些不一样，但是具体感觉也说不出来，以往她看他的眼神里面有种复杂的情愫，现在荡然无存。

"师兄——"方可歆眨眨眼，"可以问你一个问题吗？"

"嗯，当然。"

"你喜欢沈惜凡是不是？"

"啊——"何苏叶觉得意外，完全没有想到是这样一个问题，随即他不好意思地笑笑，"怎么你们都看出来了？"

她捂着嘴笑："邱天说得还真没错，你们两个人真的不是一般地迟钝。算了，算了，我也不过就是问问而已。对了，听说你要出国了？"

"是呀。"

"那祝你早日康复，前程似锦，希望我有一天能像你这样优秀，但不要像你这样倒霉。"

何苏叶被她逗笑了："希望你比我优秀，更比我幸运。"

方可歆轻笑一声，转身走到门口，忽然停下脚步，手握在门把上，却没有拧下去："师兄，我走了，你一定要幸福。"低沉的声音，淡淡的口吻，却是千斤重负卸下后的轻快，带着一丝顽皮和不甘，她手上一带，门轻轻合上。

从今以后，我们都会幸福的，我相信，一直相信。

晚上，沈惜凡来看何苏叶。何苏叶正在上网，页面是宾夕法尼亚大学。沈惜凡好奇地凑过去看，又立刻把脑袋缩了回来："天哪，又是英文，再看我就要彻底疯了。"

何苏叶趁机抓住她的手："我有件事要跟你说一下。"

她一愣，然后扭捏半天："那个，何苏叶，你能不能别拉着我的手说？我会有压力的。"

何苏叶轻轻松开，直直看进她的眼睛里："你能不能……认真地考虑一下我？"

一点创意都没有的告白，甚至都没有一句"我喜欢你"，平淡、简单，却实在。可是对沈惜凡来说所有人的告白都没有他的一句请求来得让人动心。他诚恳地问你，带着试探的口吻，尊重你的意愿。这样的尊重带着"得之我幸，不得我命"的意味，无论结果怎么样，这个男人都会默默地接受。

这样的男人应该会给她久违的安全感。

但是忽然沈惜凡有了一种想捉弄他的念头。这样一个男人感情藏得太深、太好，总是那么淡定自若，从不见他慌乱无措，她垂下眼帘，眼神闪躲，犹豫了一会儿，说："考虑什么？根本不需要考虑——"

何苏叶的脸色微微变了，这句话他在心里默念了千百遍，直到说出的时候心里都一直忽上忽下的，他最不喜欢做没有把握的事，但这一回不得不让自己赌上一把。沈惜凡的回答让他原本没底的一颗心开始发凉。

只是没想到，她随后笑起来："考虑什么呀，何医生？今天我大哭一场还没让你发现我喜欢你，那我做人也太失败了吧！你还非得让我说得那么直接吗？"

何苏叶嘴巴微微张着，觉得心中有万千朵花绽放，想开口却不知道从何说起："我——"

沈惜凡别过脸去，觉得自己刚才确实有些大胆，她一辈子都没有说过那么直白的话，今天算是破例了。

气氛忽然变得暧昧，空气中都是香甜的味道。

他的手指轻轻环绕上她的手掌，坚定地，温暖地，仿佛在诉说一个无声的誓言。

"何苏叶，我以为你都明白了呢，害我白白高兴了一场。"

"我不是故意的,中午邱天他们都在,我又没能问出口。再说,你不明说,我怎么能知道?"

"何苏叶——"

"嗯?"

"你刚才很紧张是吧?好差劲的告白!"

"对不起,那句话我也是第一次说,没什么经验——"

他握着她的手,感觉她的手有些冰凉,他知道她一直是这种体质,不管春夏秋冬,总是手脚冰凉。

龙眼、枸杞、红枣都是补血补气的食物,她亲手为他煮过的粥,等他出院之后他也会为她熬上一碗,也许只有寥寥几次机会了,因为即使他们都去了美国,也是相隔遥远。

这样一个喧闹的城市,华灯初上,黑夜的街道像一座巨大的黑白雕塑,很多街灯照耀着,很多高楼映衬着,很多暧昧的人影攒动,成为一条街市流动的风景。而他们却安安静静地牵着手,在城市的一隅互相温暖。

再等一年吧,他想牵着她的手,在烟花烂漫、草长莺飞的季节,对她,对着上天,在所有人面前说出那句"我愿意"。

是的,我愿意陪你历经岁月悠长,陪你看尽浮华变迁,那一定是最好的事。

药方	补气血汤	症状
	桂圆肉、红糖、枸杞、红枣、当归、黄芪、黑芝麻。	
	做法:桂圆肉、枸杞、红枣、当归、黄芪、黑芝麻先放入水中煮15分钟,然后加入红糖,再同煮10分钟。	剂次
	取其甘味归脾,能益人智之义。开胃益脾,补虚长智。	

竹叶：利尿通淋，清心除烦。

第二十四章 竹叶

沈惜凡回到家，沈爸爸正在书房写学习报告，她犹豫了一下，终是推门进去："爸，我想跟你说件事。"

沈爸爸停下笔，摘下眼镜，笑呵呵的："说吧，我听着呢。"

她微微眯起眼睛，上扬的嘴角泄露了她的小幸福："爸，我喜欢上一个人，那个人很好，人好，对我也很好。"她脑海中不由得闪过何苏叶的身影，笑意更浓了。

沈爸爸自然开心："好呀，好呀，爸爸支持你。来，跟我讲讲你的男朋友。"

沈惜凡扑哧笑出来，有些不好意思："哎呀，老爸，你见过的，就是那个很帅的中医。"

"哦？"沈爸爸却一点都不意外，哈哈大笑，"是那个呀！我当时就觉得你们看上去挺配的，没想到……哈哈……不错，不错，那个小伙子我看不错！"

"可是——"她的笑意敛去，认真地说，"可是，我还有几天便要走了，一去就是一年，而且课业也很繁重，实话说，我真的不是很有信心。"

"傻孩子。"沈爸爸笑笑，"你对谁没有信心，是你还是他？是因为以前的事吗？过去的就过去了，还去想做什么？一年时间说短不短，说长也不长。"

沈惜凡咬着嘴唇，一言不发。沈爸爸拍拍她的肩："别想那么多。

既然决定了就要对自己的言行负责,你努力了这么多年,如果轻易放弃,我想你也会后悔的,如果为此丢失一段感情,爸爸认为那个男人也不值得你去喜欢。这是考验你的时候,也是考验他的时候。"

她表情严肃,若有所思:"我也是这么想的。"

沈爸爸语重心长地告诉她:"坦然面对生活,让该发生的发生,不苛求,也不逃避,这样生活也不会为难你的。"

结束了谈话,她一个人回到房间,静静地躺在床上,按住心口,轻轻地叹气。

其实,不是她对他没有信心,而是她对自己没有信心。

一年的时间,天涯相隔,究竟会有多少变数?那样满满的思念如何承载?每夜梦醒,心心念念的那个人却不知在何处。她已经不是那个为爱情奋不顾身的女孩子,一个有责任心的成年人需要考虑的东西太多了。她站在青春的尾巴上,掂量着屈指可数的青春年华。

真的可以再放手爱一次吗?她问自己。那个男子淡定从容、清风明月般,总是让她感到莫名地安心。他眼神纯净、安详,手心温暖,身上有淡淡的中药香,笑起来酒窝深深的,让人迷醉。

她见到他的时候心情总是那么激荡,是真的喜欢他吧,那么就重新尝试去爱一个人吧。

几天后沈惜凡在家收拾行李,沈妈妈对女儿一再叮嘱:"能多带的就多带点,美国那边东西贵呀。都是要用美元兑换人民币,你一下就从中产转到赤贫了。"

沈惜凡忙不迭地应承,小心地把那些处方夹在最重要的一本书里,想起何苏叶约她下午去化台寺求平安符,忍不住又拿出处方仔仔细细地看。

他的字一定是练过的,签名真的很漂亮,刚劲、飘逸,又不失稳重,字如其人。

她倒在地上,枕着行李箱,傻傻地对着那三个字笑:"好不想走呀,我怎么办呀?!"

但是这个梦想不是简单地说放弃就可以放弃的。她心里比谁都清楚，她知道何苏叶也理解，所以他才愿意看着她走。

等沈惜凡赶到化台寺的时候，门口已经站着那个熟悉的身影，虽然左臂打着石膏，样子看上去有些怪异，但是何苏叶旁若无人的样子，似乎一点都不介意。

她忽然想起，每次与何苏叶约定时间、地点，他都比她早到，没有一次例外。那么，他是从什么时候开始习惯了等待？

迎上他含笑的目光，她也不由得微笑。暖暖的温情一直流淌到心底，她主动伸出手："久等了，我们进去吧。"

下午，寺院里烧香拜佛的人少了很多。他们走进大殿，便有小和尚合掌："师父让二位施主去后院，请跟我来。"

沈惜凡显然有些云里雾里，悄悄拉拉何苏叶的手："这是做什么呀？我还没准备好和高僧对话呢，我对佛理是一窍不通呀。"

何苏叶笑笑："没让你去跟他说话，平安符要开光的，我家熟识这里的住持。"

她松了一口气。

何苏叶宠溺地叮嘱："待会儿可别瞎说什么呀。"

整个过程中，她倒是没注意何苏叶和住持说了什么话，也没看明白那个所谓的开光是什么。只是他们喝的茶很特别，和她以前喝过的所有茶都不一样，青色的茶水透着浅浅的黄色，衬着白瓷青花杯子，淡淡的竹叶香清爽宜人。

这样的茶很适合在午后稍显炎热的天气慢慢品评。古刹苍松，翠竹钟鸣，给这道茶平添了一种神秘的气息——虔诚宁静，安神静心。

等他们走出后院的时候，沈惜凡忍不住问："刚才那个茶是什么茶，怎么会有淡淡的竹子香味？"

"好喝吗？"何苏叶轻轻笑，顺手帮她拂落了落在肩头的树叶，"我们去竹林走走。"

整个竹林弥漫着一股淡淡的清香，润润的、甜甜的。地上的箨和竹叶层层铺开，如绿色的地毯，温暖而舒适，脚踩上去，吱吱作声。

沈惜凡深深吸一口气:"这个香味就如刚才的茗香,清香不绝如缕。我好喜欢!"

何苏叶笑起来,把手递到她面前,手心躺着一枚小小的竹叶:"刚才你喝的就是竹叶茶呀。竹叶也是一味中药,不过中药用的是生品,茶我就不清楚了。"

她好奇,接过那枚竹叶看:"这个是中药,治什么的?"

"清热除烦,生津止渴。"何苏叶认真地解释。

"怪不得刚才那个味道那么香,原来还能清火。"一阵风吹过,竹子沙沙作响,把沈惜凡手中的竹叶吹走了,她笑起来,"落叶归根。"

"落叶归根——"何苏叶细细咀嚼着这四个字,轻轻牵起她的手,"话中有话,我可以这么理解吗?"

沈惜凡顽皮地笑起来,一字一顿地说:"是呀,我说的就是指我那个意思。"

他们出寺院的时候,发现寺院后墙边摆着几个摊子,一群人围在那里。沈惜凡好奇,非得拉着何苏叶凑上去看看。

原来是江湖半仙在摆摊算命,她注意到墙角,女孩子都围着一个人叽叽喳喳。一个年轻漂亮的女孩子拿着签,约莫是摊主,看见他们喊道:"月老签,本人每天只有三卦,今天免费的最后一卦就给他们好了。"周围叹息声四起,也纷纷给他们俩让道。

沈惜凡有些犹豫地看着何苏叶,半是调侃半是认真地询问:"医生是不是都是无神论者呢?何苏叶,我要是抽了不好的结果怎么办?"

女孩子笑起来:"兼听则明,偏信则暗。再说,凡事都有两面性,不要太较真。"

沈惜凡犹豫地抽出一根签,拿起来一看,上面刻着"得其所哉"四个字。她一脸茫然地递给女孩子,没想到女孩子瞪大眼睛,赞叹:"上上大吉!"

周围的女孩子都羡慕地望着他们俩。女孩子笑道:"得其所哉。得其所。亦即赞颂君尔之婚姻,得其所在也。逢此非常际遇之时。君汝可毫不犹豫。决定取之可也。蹉跎即失之东隅,但不能收之桑榆者。"

这段话把沈惜凡唬得愣愣的,倒是何苏叶别过脸去偷偷笑。然后女孩子把签丢进背包里,笑着挥挥手:"每天三卦,四点准时营业,欢迎光临。"

沈惜凡径自嘀咕:"准吗这——看起来不是很专业呀!"

旁边就有人接口:"怎么不准?那么大牌,每天才三卦,朋友推荐给我的,我已经来三天了,都没算上。"

她带着求助的目光去看何苏叶。他眼神明亮,微笑着点头:"我觉得算得挺准的。"

好吧,那就很准吧,她在心里偷偷笑。

回到何苏叶的家,沈惜凡忙着做晚饭,何苏叶在书房给何守峥检查作业。

趁着空闲,何守峥偷偷问:"小舅舅,你和沈姐姐今天怎么手拉手啊?对了,难为你了,还有一只手拉不起来,好郁闷!"

何苏叶眼都没抬:"这么简单的单词都拼错了,重写五遍。小鬼,学习要专心。"

何守峥不甘心,拿起铅笔在何苏叶左臂的石膏上涂鸦:"我在幼儿园跟女孩子手拉手就被老师骂,但是你跟沈姐姐拉手就没人骂,这就是大人的特权吗?我现在对成年人的世界充满了好奇和探索的欲望,希望我快点长大!"

何苏叶认真地看着他:"何守峥,我一直觉得你是个羞涩、内向的小孩子,没想到还能说会道的。"

何守峥点点头:"是呀,内向归内向,不过嘴巴一点也不饶人,我妈说的。"

吃完饭,何守峥去客厅看电视,厨房里只剩下他们两个人。

厨房的水声开得很大,沈惜凡在刷碗洗锅,不时地劝何苏叶:"你陪小鬼看电视好了,厨房有我没问题的,你的手现在还不能沾水,一会儿伤口碰着了就不好了。"

何苏叶无奈地笑笑:"哪有那么严重?我一病了你们就不把我当医

生了。"

沈惜凡努努嘴:"何医生,请以科学、严谨的态度看待这场事故。"说完之后,她还转头饶有兴致地瞥了何苏叶一眼。

结果她一不留神,水龙头拧过了,水花溅在盆子上,洒了她一身,连额前的刘海儿都沾满了水珠。她狼狈不堪,但是也忍不住笑起来:"我只是不小心犯了一点小错误!"

何苏叶也笑起来,一脸无奈,取了纸巾。沈惜凡腾不开手,乖巧地任他擦。她眼睛清亮,满满的都是笑意,有些促狭,有些不好意思。何苏叶的手不小心触碰到她的嘴唇,她脸上突然就飞上一抹红晕,好似五月的朝霞,含蓄又热烈。

他手上还残留着细微轻柔的触感,像棉花糖似的,软软的,那——是不是味道也如棉花糖一样甜,一样香?他的心猛然跳了两下,他刚想控制住自己微微向前倾的身体,厨房的门便被撞开,何守峥大喊:"姐姐,我要吃可爱多!"

暧昧的气氛一下子被打破,何苏叶转过头瞪着何守峥。小孩子不知所措,小心翼翼地问:"呃——小舅舅,我可不可以吃可爱多?我保证吃坏了肚子不会叫唤的。"

沈惜凡似乎还未觉察到异样,连忙回答:"拿吧,拿吧,但是只准吃一个。"

何守峥还是犹豫,大眼睛忽闪忽闪的,乞求:"小舅舅——"

何苏叶笑起来:"小鬼今天怎么这么乖?事事都听我的。那……只准吃一个啊。"

厨房又恢复了安静,水静静地流淌。忽然,沈惜凡开口:"那个,我后天的飞机,你……能不能不去送我?"

"为什么?"何苏叶接过筷子,放进消毒柜,定定地望进她的眼睛。

"因为——因为如果看到你我就不想走了。"她连忙解释,"不是不想让你送,是我自己没办法面对离别这种事。"

何苏叶不出声,轻轻地叹气,沈惜凡看得心里一阵酸涩:"我……

我真的是没办法，肯定是舍不得，我怕我到时候一没忍住哭出来，多影响形象。"

过了好一会儿，他转过身，开口："我理解你。那好吧，我就不去了，你一个人要注意安全，记得走之前打个电话给我。"

他背对着沈惜凡，沈惜凡从身后轻轻抱住他，小声说："对不起。"对不起，我不应该如此任性，不愿意让你见我最后一面，可是我又是如此脆弱，不愿意让你看见。

机场国际出发大厅里，沈妈妈、沈爸爸陪着沈惜凡在安检处排队。

沈妈妈眼圈有些红，一遍遍地叮嘱女儿各种注意事项。沈爸爸则是站在一边，只是问女儿饿不饿，要不要喝水。

沈惜凡情绪也有些不稳，她从小到大都没有离过家，第一次和父母分离多少有些难过。但她仍是强作笑颜，试图说些笑话活跃气氛，最后自己都哽咽了，只好静静地排队等着过安检。

忽然，她觉得有人在不远处看着自己，下意识地转过身环顾四周。安检口人群来往，她却一下子就看见了那个人，他明明答应了她不来送机的，为什么会出现在这里？

脑子一片空白，她有种不顾一切的冲动想跑过去抱住他，就在她想迈出步子的时候，手机不合时宜地响起来，信息上显示："对不起，我还是过来了，你别回头，让我看着你走，记得别回头，前面的风景更好。"

她笑起来，眼睛里已经是一片水雾。尽管这样，她还是努力让自己看起来坚强一点，虽然那么微不足道的坚强在他到来后彻底粉碎。

沈惜凡在候机室里看着一架架客机起飞，终于意识到只剩下自己一个人，在以后的一年时间里没有父母的陪伴，没有他的相随，只有自己可以依靠。

她需要成长，一个人成长。

她排在检票口，手还攥着手机，一闪一闪的屏幕提示她有新的信息，她打开一看，原来是邱天发的："沈惜凡，走了还不告诉我们，你真不够意思，亏我还把你当朋友看。祝你一路平安，不要偷偷掉眼泪，没准前方会有奇迹出现呢。"

邱天发的消息真的是太迷惑人了,沈惜凡看了几遍,也猜不透他的意思。

她走在长长的走道上,透过绿色透明的玻璃,看见外面来来往往的工作人员和工程车,不远处一架国航的客机已经开始滑行去往预定的跑道。

每个人都有自己的征途,每个人都有需要完成的事情,因为生命短暂,必须忍痛舍弃一些东西和时间赛跑。

飞机缓缓地在跑道上前行,忽然一阵强大的冲力使得飞机脱离地面,吸引巨大的力量,她的脊背很沉重地压靠在座椅上,再向窗外看去,飞机已经离开了跑道,腾空而起,再看一眼,机场便消失在眼中。

她紧绷的神经终于松懈,心里只有一个念头,离开了,真的离开了,之前只会在梦境中出现的场景如今真的成真了。

往事如电影一样重现,从她第一次遇见他,他为她写第一张药方,到他为她求平安符,愿她平平安安,还有他的送别,一幕一幕地出现,她躲闪不及,情绪无法抑制。

每当她在内心深处轻轻呢喃,胸腔中就仿佛有甜蜜的颗粒在迸裂,她不想流泪,只是有一种透明的液体不听话地从眼睛里滑了下来。

何苏叶,我真的很想你,很想很想。

药方	竹叶石膏汤	症状
	竹叶6克,石膏50克,麦冬20克,人参6克,半夏9克,甘草6克,粳米10克。	
	以水一斗,煮取六升,去渣,内粳米,煮米熟,汤成去米,温服一升,日三服。	剂次
	清热和胃,益气生津。	

陈皮：理气健脾，调中，燥湿，化痰。

第二十五章 陈皮

终于把手上的石膏都拆掉了，左手像不是自己的，何苏叶皱着眉头对邱天说："我这两天用左手都觉得怪怪的，打字都不熟练，大概是不习惯吧。"

邱天丢给他一个大白眼："退化了还是怎的？我记得你以前左手可以写字、拿筷子的！"

何苏叶叹气："可能是缺少了一点感觉。"他左手抓起一支笔，试了两下便丢下，摇摇头，"我是不是老了？"

邱天哈哈大笑，不小心把大沓的病历给掀翻："你老，算了吧，我还比你大一岁呢，说起来你算班级里最小的。"

他点点头，弯腰帮忙捡病历："嗯，七年一晃就过去了，转眼间都工作了，那时候想都想不到自己会选择什么专业，遇见什么人。"

邱天撇撇嘴："又开始抒情了，以前也没见你多矫情，咋沈惜凡走了之后这么有感触呢？没关系，你可以留着当着她的面抒发，别刺激我这种单身狗。"

何苏叶认真想了一会儿，说："见着她我就什么都说不出来了，真是奇怪。"

"酸死我了，希望你们的爱情发光发热，而我一夜暴富。"邱天翻个白眼，"你快去美国找她吧，刚确定关系就异国，墙脚还没夯实，万一被挖了怎么办？你难受不？害怕不？"

他笑笑:"我也没拖啊,只能说好事多磨嘛。"

他打开微信,看到沈惜凡的留言:"两个星期的课程终于结束了,三个学分到手了,喘口气的时间都没有,还要继续上课,写报告,感觉脑细胞死了大半。"

他看了一下时间,不由得有些担心,快速地打下一行字:"这么晚了还不睡,对身体不好,还是早点睡觉。"

结果那边立刻发来一张哭丧的脸:"下一周又要考试,我现在才开始学,真的要破我的极限了,疯狂地把知识硬往脑子里塞,脑袋撑得要爆炸了,希望不要学嘎了。"

何苏叶哭笑不得:"没你这么拼命的,好好休息。伊萨卡才早上五点,你怎么就开始学习了,不会熬通宵了吧?"

那边很长时间没有回话,何苏叶心里明白了八分,她可能趁着这个工夫去泡了一杯咖啡,他只好又道:"你临走前你爸妈不是给你备了点黄芪和党参吗?你煮点水喝,补补气。"

"对哦,我不喝咖啡了,越喝越累。"

"不能熬通宵知道吗?"

"嗯,我错了,以后我绝对不熬通宵了。"

是的,她绝对不在他面前说她自己熬通宵了。何苏叶叹气,顺手拿起一旁的茶杯,看了一眼又放下——何守峥那个小鬼喝的茶还剩了大半。

何守峥吃过饭,一脸扭曲地望着半杯茶,几乎要哭出来:"我不要喝这个茶,又苦又酸!"

何苏叶一点也不妥协:"小鬼,你超重了,天天吃那些垃圾食品,一点营养都没有,肥胖对身体也不好。你看你喜欢的女孩子喊你啥?喊你何猪猪,难受不?扎心不?"

何守峥抽泣:"可是太难喝了,感觉在喝中药。"

何苏叶抽出一本中医书,摊在他面前:"给你喝的是特制的茶,有枳实、橘皮、山楂、茯苓、荷叶、泽泻。"他顺手捏捏何守峥的小脸,

"你这个是单纯性肥胖,所以要消积食,行气化滞,健脾利湿。"

何守峥无奈:"算了,喝就喝。小舅舅,我觉得沈姐姐出国之后你就变着法子整我,你快点追过去算了,我也好落一个清净。"

他伸出一根手指顶回咄咄逼人的小脑袋,笑了笑:"行啊,那不喝茶了,待会儿跟我出去跑一圈,以后我出国了,你每天都要运动打卡,按时发给我看。"

何守峥发出鬼一样的叫声。

趁着何守峥写作业的时候,何苏叶坐在电脑前查收邮件,忽然看见一个陌生的账号,犹豫了一下,终是点了开来,内容却让他大感意外。

  从导师那里听说了你要出国的消息,感到很惊奇,随即想想也就释然了,像你这么优秀的人才,如果待在国内就太可惜了。诚心地恭喜你!

  几天前方可歆告诉我你交了一个新女朋友,这个消息更让我意外,尤其得知是你先追人家的,还追得很辛苦。这几天我一直在想什么样的女孩子会让你这么迟钝的人动心,大概一定是个很善良、温柔的女孩子,想着想着我就不由得笑起来。再次恭喜你!

  我现在在宾夕法尼亚读生物工程,有什么事都可以找我。对了,我打算明年三月和现在的男朋友结婚,如果有幸,我希望你也来参加,当然,带上你的小女朋友我更欢迎。

原来是张宜凌,他不由得笑起来,仔细斟酌后回了一封邮件给她。

点击发送的时候,他觉得积压了很长时间的阴郁一扫而空,整个人说不出地轻松。

分手了还是可以做朋友的,不管当初是谁对不起谁。当心中的伤痛被幸福治愈的时候,我们会宽容地对待过去,最终释怀。当我们再见面的时候会微笑着打招呼,再问一句"你好吗",那就足够了。

两个月之后何苏叶到美国，来接机的是远房亲戚的儿子，他正好在宾大念法律，两人年岁相仿，住在一起，话不多，倒是挺和睦的。

何苏叶原本计划到了美国安顿下来便去伊萨卡，谁知去研究所报到的时候便接了一个课题，同部门的华裔同事无不羡慕，他也只得兢兢业业地工作起来。

何苏叶的导师是德国人，严谨、苛刻是全校有名的，他十分欣赏亚裔学生勤奋的精神与扎实的基础知识，因此在他的实验室所招的学生中，除了有三名来自德国外，其余三个均是亚裔学生。何苏叶第一次去实验室的时候就被吓到了，实验室门上贴着一个醒目的招牌："本室研究人员必须每周工作七天，早上十点至晚上十二点，工作时间必须全力以赴。"

这样也好，那么他就和沈惜凡一起努力。

不知道是他掩饰得太好还是沈惜凡根本无暇注意，即使是他和她作息同步，她也一点没有觉察出每天跟她聊天的男朋友正住在离她不到两个小时车程的费城。

沈惜凡仍是每天在固定的时间给他留言，饶有兴致地跟他讲述学校的事。她特别喜欢说大学的酒店管理专业，一谈及就激动："何苏叶，你知道吗？我今天跟他们去了酒店的操作间，学会了做小甜饼，我回去以后一定要露一手给你看看。

"康奈尔大学真是一所不可思议的大学，为了酒店管理专业居然建立了一家酒店，而且和教学楼相连，我们经常有机会去实习。上次有个小朋友叫客房服务，让我们多拿一床被子，我拿上去之后发现她要给自己的皮卡丘玩偶盖被子，我就用浴巾折了一个睡袋给她的皮卡丘，她很开心，我也觉得很有趣。

"虽然康奈尔的伙食是'藤校'里面最好的，但是有着中国胃的我已经快受不了了，疯狂地想念糖醋排骨、粉蒸肉、小酥肉、京酱肉丝、红烧狮子头、东坡肉、回锅肉、炭烤羊排、香酥鸡、大盘鸡。"

何苏叶哑然失笑，宾大也是常春藤盟校，伙食也不错，但经她这么一说，他也有点想念中餐了。听说康村有几家不错的中餐，于是他打起了小算盘，眼光不由得瞟到日历上了。

看来只有圣诞节的时候导师才会放人，算了，他已经等了这么长时间，不在乎再多等一点时间。

第二天他早早去实验室，刚走到大楼门口的时候便听见后面有人用中文叫他的名字，是低沉的女声，他头脑中直觉的反应就是——张宜凌。

这么多年，她还是有股凌人的气势，一点都没变，他不由得笑出来："早呀！"

张宜凌秀眉一挑，冲着他开玩笑："何苏叶，你还真大牌，来了好几个月怎么都不见你找我？唉，这么多年了，还是那么慢热的性子，真是让人火大不起来。"

他摊摊手，笑笑："研究太忙了，日夜赶工。"

张宜凌好奇："你的导师是谁？不过你这种人工作起来就算没有导师拿着鞭子在后面抽，跑得都很快。"

"Leonard——"

她的脸立刻变得很夸张："啥——那个怪老头，天哪，你怎么能忍受？他实在是太 push（给人压力）了！"

何苏叶笑笑："你冷不冷？不如去餐厅里点些热饮，坐下来聊聊？"

他要了一杯红茶，递给她一杯卡布奇诺。

张宜凌看到后捂着嘴偷偷笑："何苏叶，你以前可是只喝绿茶的，怎么生活习惯都被人家这么轻易地改变了？"

为什么他周围的人都这么精明，一眼就能看出端倪？他只好老老实实地回答："是呀。"

"听说两个人在一起久了，会越长越像。十年二十年，柴米油盐酱醋茶，你争我吵，在岁月的浪潮里面蹚过一遭又一遭，那可不是，吃的喝的都大差不差，从表观遗传学来说，再不相像也不合理了。"

他忽然不知道如何接话，捏着杯子，红茶还是滚烫的，袅袅地冒着香气。

所谓的爱屋及乌应该就是这样吧，先爱上她这个人，然后连同她所有的习惯、小动作、喜好，最后在不知不觉中无法自拔，连呼吸都是想念的滋味。

看到何苏叶若有所思的样子，张宜凌扑哧笑起来："看你现在单纯天真的样子真的蛮好笑的，果然这个世界上没有对的人，只有爱的人。"

"你说得对。"他不好意思地笑笑。

"你看你，比以前成熟很多，也更有魅力了，不会爱甚至没有经历过爱在很大程度上不容易成熟。什么叫成熟，成熟就是经得起变数，人生第一堂让我们对世事无常有切肤体会的课就是在爱里学习的：当你知道一个人也有不如自己意的地方，你仍然不后悔跟他在一起，你就成熟了；当你从问怎么办，到想到总有办法解决的，你就有担当了；当你从不停地期待要求完美，到明白人都有缺点但愿意相互体谅时，你就温柔了。"

张宜凌走后，他才赶去实验室，到那里的时候已经迟到了。奇怪的是德国导师一反常态笑眯眯地跟他打招呼，什么都没说就走了。

同组的人告诉他所有人的报告只有他和其中一个德国人通过了，别人连圣诞节的假期都要加班。

何苏叶只是礼貌地笑笑，然后把电脑打开，继续工作。

其实他心情很好，想起圣诞节可以见到她，就不由得微笑。

他走在回宿舍的路上，每一秒钟都有法国梧桐的叶子飘摇而下，径直贴合在地面上，褚石、浅褐、橙红、暗黄，在生命的末端层次分明、错落有致，组成一幅美丽的画卷。

在康奈尔留学的好朋友不知从哪儿得知他留学的消息，纷纷发出邀请。于是他将圣诞节出行的计划跟室友说了一下，没想到室友非常感兴趣："我有车，不如咱们一起去。"

立刻敲定了计划，他便去问沈惜凡圣诞节有什么计划，谁知道打开微信，就看到沈惜凡给他发了一段话。

"最近好难受，好想家，赶完论文还要考试、实习，学习压力特别大，有时候真的一点都不想做事，但是焦虑只能用行动解决。自己一个人待在公寓里太孤独了，每天都看着日期，安慰自己，算着还要多久才能结束。真的好难熬，情绪很不稳定，我真的好想回家，我也很想你。"

"有空视频吗？"

沈惜凡给他打了微信视频，接通之后，就看到他撑着脸，对着她微笑，念想中的人一出现，就变成一种温柔的语言催化她的泪腺。

"何苏叶——"

"怎么想家了？前段时间还是志气满满，这几天怎么了？"

"马上到圣诞节了，大家都要去过节了，但是我还有很多论文要写，很多课程要学。一直都在学习，但我还是觉得啥都不会，以前我好歹也算是个小学霸，在本科的时候一直是拿奖学金，现在不管是考试还是论文，什么都没底——"

"最近运动吗？"

沈惜凡摇摇头："好久没运动了，每天身体都很疲惫。是，你问到点子上了，我应该恢复运动，这样可以消磨独处的时间，缓解焦虑。"

"有压力和不安都很正常，你已经做得很棒了，现在只是累了，需要放松和倾诉一下，马上好好洗个热水澡，早早上床休息。等你把这个学期过了，要么回国，要么买张机票去加州享受阳光。"

"那我要去加州，去伯克利，各种海滩、画展、洛杉矶，走起。"沈惜凡笑起来。

"你就一点都不想回国吗？"

她狡黠地问："怎么，想我了吗？想我你就买机票来看我啊。"

圣诞节前，宾州的气温竟然出乎意料地高，一反常态地没有下雪。

有经验的室友告诉何苏叶过了圣诞也许会迅速降温，以前还有过四月下暴雪的情况。

这是他第一次离开宾大的校园，置身于另一个完全不同氛围的校园里。

伊萨卡是一个安静的小镇，来来往往根本不见人，室友跟他讲起希腊诗人康斯坦丁·卡瓦菲的长诗《伊萨卡》："当你启程前往伊萨卡，那么就祈祷那道路漫长，充满历险，充满知识。"

他不由得微笑，他前往的伊萨卡有他心爱的人，充满希望和幸福。

去年的圣诞节他们一群人一起度过，最后他送她回家的时候，她笑着跟他说"我发现跟你在一起就特别开心"，他还记得自己当时的心情，惊喜又无措。

他应该是那时候就不自知地喜欢上她了吧。那样一个霓虹闪耀的城市，人头攒动，她的白衣白裙在黑夜中特别灵动，而现在的她又会以什么样的姿态出现在他面前呢？

在这个安静的小镇，在这个遥远的国度，当周围一切都变得陌生，长夜似乎也变得漫长，没有止境，两个人互相依靠互相温暖才能度过。

室友把车停在酒店门口，然后指着不远处一栋大楼："那就是康奈尔图书馆，沿着这条路一直走，然后左转就到了。"

何苏叶看看表，已经快下午五点，连忙回道："谢谢，晚点我去找你们。"

室友打趣："到时候记得把女朋友带来给我们瞧瞧，都是中国留学生，互相认识一下。"

他挥挥手，笑道："好的，那我先走了！"

沈惜凡每天下午五点准时从图书馆回宿舍，这是她每天固定的作息时间。他原本想在图书馆门口等，结果刚走到转角处便看到一个熟悉的身影，手上捧着厚厚一沓参考书，脚步匆匆。

她依然是简单、朴素的装束，藕荷色的棉袄衬得她的脸越发白净，头发已经及腰，原本那种职场中特有的凌人气势被书生气掩盖，更显得恬静、沉稳。

而沈惜凡丝毫没有留意到站在转角处的他,径自走在路上。何苏叶只好追上去,轻轻拍拍她的肩膀,轻轻喊她:"沈惜凡!"

她闻言转身,目瞪口呆地望着他,半晌,终于问出:"你……何苏叶,你怎么会在这里?!"

他笑起来,却发现自己的心跳有些加速:"不是你说的吗?想你就买机票来看你呀。"

他再上前一步,伸手接过她手上的书。

沈惜凡定定地望着他,努力克制住激动的情绪:"说实话,你为什么会在这里?!"她张口想再说些什么,却发现心都在颤抖,兴奋、惊讶、激动无从说起。

而眼前这个男人轻轻拉起她的手,微微笑着:"回去再告诉你。"

药方	菊花陈皮饮	症状
	陈皮10克,菊花3~4朵。 将陈皮和菊花加入适量开水冲泡,根据个人口感加适量冰糖调味。 化痰止咳,清热解毒。	剂次

第二十六章 红豆

红豆：健脾益肾，清热解毒，利尿消肿。

惜凡的公寓不大，但是收拾得十分整洁。

沈惜凡丢下书包解释道："室友跟她的暧昧对象约会去了，电饭煲里有鸡汤，冰箱里面或许还有菜。实在不行，我们就去学生餐厅碰碰运气。"

何苏叶但笑不语，她看得心里发怵，刚想问出来，小脸就被轻轻捏住了，他叹了一口气："太瘦了，一看就知道没好好吃饭。"

她气急败坏地别过脸去，却跌进一个温暖的怀抱。她想挣扎出去，耳边却是男人低沉的声音："乖，不要动，让我抱一会儿。"

他身上有种淡淡的皂角香味，却散发出无可奈何的疲态，她不禁抬起头仔细看他的脸，比半年前更瘦削，眼睛下有淡淡的黑眼圈。她轻轻地叹气，手臂不由得环紧了他的腰，疑问再次问出口："你怎么会在这里？"

何苏叶轻轻笑起来："来看你呀，我现在在宾大做联合培养博士。"

"什么时候过来的，为什么之前不告诉我？"

"八月份就到美国了，那时候就想立刻见你的，结果接了一个课题，累死累活的，抽不出时间，所以才拖到现在。"

她嘀咕："所以你是因为我才来美国的咯。"

何苏叶的手轻轻地抚上她耳畔的长发，他低声笑："是吧，是你让我下定决心的。"

他们一起做晚饭。油锅一起,沈惜凡就开始发愁:"天哪!我忘了围裙借给隔壁宿舍了。算了,我来炒菜好了!"

何苏叶拦住她的手:"没关系,我来吧,好久没下厨了,不知道手艺有没有变差。"说着话,他就把鸡蛋敲进锅里,立刻油烟四起,溅起点点油星,沾在他的白衬衫上。

沈惜凡倒抽一口凉气:"油!油!你的衬衫不要了呀!"

"没关系,不就一点油星嘛,炒菜做饭谁不沾上一点?"端起切好的西红柿,他笑起来,"快去看看电饭煲里的汤好了没。"

沈惜凡依言去舀了半碗鸡汤,撒了一点盐,端给他:"你先尝尝咸淡。"

何苏叶左手拿着锅铲,右手还在加酱油。她便踮起脚,小心翼翼地递到他嘴边,他顺势就着勺子尝了一口:"嗯,差不多,可以盛了。"

她忽然笑起来,急急地抿了嘴,转过脸去。何苏叶还未觉察,好奇地问:"怎么了?"

她摇摇头,没有回答,只是心里暖暖的,眼眶也有些湿润。她细细尝了一口鸡汤,咸淡正好,鲜味在舌尖跳跃,让人意犹未尽,回味无穷。

"好喝,都感动哭了。"她夸张地抽抽鼻子,"你做的菜也好香,我好了,我一点都不想回家了,就现在这样跟你待在一起也很好。"

"是吗?你不想念糖醋排骨、粉蒸肉、小酥肉、京酱肉丝、红烧狮子头、东坡肉、回锅肉、炭烤羊排、香酥鸡、大盘鸡了吗?"他故意逗她。

"何苏叶!"

他做了三个菜,西红柿炒鸡蛋、蚝油生菜、青椒牛柳。

沈惜凡一边夹菜一边感慨:"这怕是我到美国后第一顿最正宗的中餐,像我这样懒的人不愿意自己开伙,每次都去学生餐厅,刚开始还觉得挺新鲜挺好吃的,吃了一个月之后就自闭了,再这样下去我就要厌食了。"

何苏叶夹了一块牛柳给她:"多吃一点,你想吃什么我们待会儿去超市买,满足你的中国胃。"

她转身盛了一碗鸡汤给他:"那就先谢谢何医生了。"

他舀了一勺鸡汤,随即笑起来:"我说味道怎么那么熟悉,原来是加了黄芪。"

"那还是你给我的启发,要不是你提醒我,我都忘了我妈给我带了好些煲汤的料。"

"在这里辛不辛苦?"

"当然辛苦了,导师虽然人很好,但是很严厉,我要一边读书一边考试一边实习,到底是用第二外语学别人的母语的课程,真的很难。你呢?"

"我还好,不辛苦,课题进行得也很顺利。"

"我才不信呢,生物这类学科不管在哪个国家都一直是卷王之王,投入时间多,结果还是玄学,发一篇高分论文就更难了。"

"看不出来,你还挺懂的。"

"那是啊……那不是为了更好地了解你吗?"

吃完之后,沈惜凡的馋瘾又上来了,她笑嘻嘻地说:"还是在你家吃饭好,吃完之后还有甜点,那该多完美!"

何苏叶仔细看了一下橱柜,笑道:"不是还有些红豆吗?我做个冰糖红豆汤。"

她高兴地跳起来:"我来帮你,冰糖在边角的小盒子里,我来找。"

他们煮上红豆汤,洗完锅碗之后,沈惜凡给家人打电话,何苏叶随意地翻着朋友圈,几分钟后,沈惜凡发了一条朋友圈,配图是简单的三菜一汤和两套碗筷。配文是"有人问你粥可温,有人为你立黄昏,有他在,才有家"。

一群熟人在这条朋友圈下面团聚。

他想了想,也发了沈惜凡拍的照片,然后配上文字:"世界上有两种可以称为浪漫的情感:一种叫相濡以沫,另一种叫相忘于江湖。我们要做的是和最爱的人相濡以沫,和不爱的人相忘于江湖。相濡以沫是多么美好的字眼。无尽的包容和忍耐,无限的关怀和呵护,无边的宽容和宠爱,还有长长的岁月相互扶持,才能写好方方正正的相濡以沫。"

相濡以沫,真是很幸福、美好的字眼,何苏叶在心里默念,盯着屏幕发起呆,直到后面有声响才匆匆忙忙放下手机,发现沈惜凡站在窗边笑眯眯地看着他。

"他们又在你朋友圈下面团聚了。"沈惜凡笑道,"怎么感觉他们比我们还开心呢?"

"因为他们不懂两个人在一起的开心,都在嘴上硬撑着罢了。"何苏叶站起来走去她身边,认真地询问,"愿不愿意去见见我的朋友?我想把你介绍给他们认识。"

沈惜凡笑起来:"怎么这所学校也有你同学?何苏叶,你认识的人还真多啊!"

"有一个高中同学在农学院,有两个大学同学在威尔医学院,自从你来留学之后,我还厚着脸皮找人家拉家常,当时没说明白原委,估计把人都搞蒙了,不会觉得我在追求他们吧?"

沈惜凡扑哧一下就笑了。

"其实刚来的时候我就跟他们联系过了,他们一定要让我带你去见个面,以后有什么事情,你尽管招呼他们。"

临走的时候,他们去见了朋友们一面,夜晚的伊萨卡更加安静,偌大的校园里面没有几个人,学院之间都是孤立开的,只有路灯和树荫平添了一些生气。沈惜凡走在他前面,蹦蹦跳跳,一路哼着歌。

何苏叶看在眼里,甜在心头,她的长发在风中飞扬,发香仿佛萦绕在四方,有种虚幻的美,可以让任何人迷失方向,这么美好,值得他妥善收藏。

他轻轻唤她的名字。

沈惜凡回首,放慢脚步,只见何苏叶在灯光的阴影里挺拔、强劲,还是那张温文含笑的脸,却让她觉得不真实,好像在做梦,眼前全是飞舞的流光。

这一场相遇简直就是一场梦,完美得让她想落泪。

她绽放出一抹璀璨的笑容,光芒直射到他心里去。两个人都看着对方的眼睛,气氛已经隐隐不一样。

忽然一个亮晶晶的东西从她眼前滑落,原来是丝巾扣,她弯腰去捡,谁知一阵大风刮过,丝巾从颈间飘起,她刚想伸手抓,丝巾便迅速飘到何苏叶的脸上,她立刻大笑起来。

她跑去何苏叶面前要回丝巾,他却紧紧攥着不松手。她忽然觉得何苏叶身上熟悉的清雅气息在她额前萦绕,羽毛般的轻触落在眼角。

下一秒他温热的手指滑过她的嘴唇,眼睛里闪着灼灼的情意。突如其来的亲吻像暴风雨般让人措手不及,香津浓滑,在缠绕的舌间摩挲,她脑中一片空白,只是顺从地闭上眼睛,仿佛一切理所当然。

她忘了思考,也不想思考,只是本能地想抱住他,紧些,再紧些。

当她真正见到他的那群朋友时却吓了一跳,一群人四副牌,正斗得热火朝天,更奇怪的是还有外国人在场,时不时来几句:"连庄!清一色!全和!"

一个男人正在甩牌,样子十分像鲁迅小说里描写的"排出九文大钱"。他看到何苏叶特别兴奋:"小何,快来,快来,我今儿个手气特别不好,快帮我扳回来!"

其他人哄笑:"别!你自己的牌自己玩,不许找帮手!"

何苏叶悄悄跟她说:"这就是我室友,很好的一个人。"

他室友一下子就看到沈惜凡,立刻站起来,牌也不打了:"你好你好,你就是他女朋友吧,嘿嘿,我是他室友,加个微信吧,以后我就是你的线人,随时随地帮你监督你男朋友。"

她被逗笑了,拿出手机:"那谢谢你了,麻烦监督让他早睡早起,不要熬夜。"

其他单身狗一副被暴击的样子,有人就喊起来了:"原来你们是一起出来留学的啊,怎么没申请一所学校呢?劝你们一句,赶紧结婚。"

"就是，留学生圈子那么小，感情再好也禁不住挖墙脚，能结婚就早结婚吧。"

何苏叶被堵得一句话也说不出来，只好回道："我也想呀，可是不知道她答不答应。"

一群人起哄："美女，小何这个可算是变相地求婚，你要不要考虑一下？！"

沈惜凡不好意思，别过脸去。马上有人接口："沉默就表示默认，我们这么多人都是见证人，到时候我们还要讨一杯喜酒呢！"

她求助的目光投向何苏叶，谁知道他也不辩解，只是牵着她的手微笑，一个个跟她介绍朋友："这两个就是威尔医学院的，我的大学同学，阿 Ben 和 Chris。"一圈介绍下来，他想了想，又对着大家补充一句，"忘了说了，我女朋友，沈惜凡，现在读 MMH（服务管理），还希望大家多多关照！"

有人立刻打包票："大家都是老乡，有啥事就直接说，平时买个东西，扛个冰箱、沙发的，绝对是一呼百应，千万别不好意思！"

一直待到很晚他们才准备走，一群人浩浩荡荡地送了很远的路。他们俩肩并肩走在最后，沈惜凡好奇："何苏叶，我发现你几乎什么都会，打牌也那么厉害。"

他笑笑："最好的赌徒都是数学家，我的数学还不错，所以跟他们打还是绰绰有余的，但要是跟专业人士玩，那就不行了。"

沈惜凡撇嘴："我不会，估计也学不会了，小时候还学过美术、书法，现在差不多都忘了。"

"我爷爷很喜欢书法，自己经常在家舞文弄墨，下次带你去见见？"

"我看你话中有话。"

"其实，我是那个意思……"何苏叶犹豫了一下，"今晚他们说的那个事——"

沈惜凡愣了一下，随即反应过来，仍是装作茫然的样子，咻咻地笑："什么事呀，说清楚点，你不说我怎么知道呢？"

他一下子被问得没了主意，不知道怎么表达出来，一向淡定的他居然有些无措，心一横就说了出来："我是说结婚的事，你想过没？"

没想到何苏叶回答得这么直接，沈惜凡的脸腾地就红了，她只好把头一低，什么话也说不出来。他握住她的手心有些薄汗，仍是淡淡地笑："我知道有些突然，不过我自己想过了，所以今天才借机问你的。"

沈惜凡心跳得厉害，支吾了一会儿："那个……我考虑一下好吗？"

话音未落，走在前面的室友便喊何苏叶："小何，要走了，长话短说吧，要不回去打电话再聊！"

大家哄笑起来，纷纷撺掇他："有空就过来玩，想老婆了就说，要吻别的话，请无视我们！"一群人嘴上这么说，但还是识趣地散开了。

沈惜凡不好意思，脸更红了。何苏叶轻轻把她的碎发拨开，还没说什么就自己无奈地笑起来。

"笑什么啊你？"沈惜凡不解。

"笑我自己蠢啊，一直想着结婚这种事情，却什么也没准备，对不起。"

她瞬间脸红透了。

"我想想，戒指、鲜花、仪式，还有什么？还要有什么？你喜欢什么？"

她又羞又恼地把他往前轻轻一推："你快走吧。"

他还牢牢地攥着她的手，她屏住呼吸，对牢他的眼睛，就看见周围的世界退后到消失不见，他们的眼睛里只有彼此。

沈惜凡松开紧握的手，微笑着看着他上了车，然后车子驶出校园，一转眼就不见了，她还是站在原地，微微笑着。她想，自己和他分别时的笑容一定很洒脱、很幸福。说不出口的"再见"，那么就不要说了吧。

她又顺便去图书馆查找了一些资料，等到回神的时候已经过了一个多小时，想起和他的电话约定，急急忙忙往回赶。

她沿着小路往回走的时候，心里满是甜甜的滋味，脚步也越发轻盈。

忽然，身后有一个清脆响亮的声音响起，在宁静的校园里越发吓人，她急忙转头，却看见不远处一对男女，男的捂着脸木然地站在原地，女的转身就跑远了。

她本是想一笑而过的，谁知看到男人靠近的脸就再也笑不出来了，红通通的五指印醒目得令人惊心，她连忙问道："林亿深，怎么回事？哇，你这脸肿的，这个姑娘是练拳击的吧，来我宿舍吧，我给你找点冰块敷一下。"

到了宿舍，林亿深苦笑："小事故，小事故，其实很简单，我家人擅自给我找了门亲事。"他顺手接过沈惜凡递上的冷毛巾，敷上脸，嘶嘶地抽着凉气，"然后我没答应，就挨了某位大小姐一巴掌。"

沈惜凡笑起来："谁知道是你家搞的还是你自己招惹的，男人说话都不能信的！"

林亿深瞪她："我的人品你还信不过？我说话句句属实，如有半句假话，天诛地灭。"

沈惜凡摇头："世界上还有半句假话？明摆着就是忽悠人的！"

忽然电话铃响了，她一下子跳起来，嚷嚷道："我去接，我的电话。"

林亿深打趣："慢点走，电话又不会跑走，知道是你男朋友打过来的，这么积极！"

沈惜凡闻言笑笑，接起电话。那边传来熟悉的声音："我回到宿舍了，没有吵醒你吧？"

"没有，我在等你电话呢。"

"那你早些睡觉，晚安了。"

她含混地说了一声"晚安"，便放下电话，忽然有些懊恼，很想和他再说几句话，可是又不知道从何说起。一分别她就想念，还得装出一副淡然自若的样子，唉，恋爱真难啊。

林亿深站起来："这么晚了，我就不打扰你了，不过师妹，你啥时候结婚通知一声,我能不能去都会给你包个大红包的。"

"谢谢师兄了,你啥时候结婚也通知我一下,能不能去我都会把当年的'校草'视频当红包发给你老婆的。"

"天哪!放过我吧!"他鼻子嗅了嗅,"对了,你厨房煮什么呢?这么香。"

她一下子反应过来了:"哦,是红豆汤,你要不要来一碗?"

香喷喷的红豆汤盛了上来,林亿深深吸一口气,赞叹道:"在异国他乡能喝到这么正宗的汤也算一种福气。"

"那是,这是我男朋友做的,你何德何能能喝上这一碗?"

"是是是,是我上辈子修来的福气。"

她也盛了一碗红豆汤,轻轻地吹了口气,一勺送进嘴里,又沙又糯,恰到好处的甜味,满足又治愈。

她觉得结婚是个美好的愿望,不强求,也不将就,但是缘分水到渠成,是时候,该来就应该来了,她拒绝不了。

是他让她有想要永远在一起的想法,跟他在一起总是温暖向上的。

关于那个答复,她心里暗暗有了想法。

药方	扁鹊三豆饮	症状
	黑豆15克,绿豆15克,赤小豆15克。 豆子洗干净,养生壶加1升清水,水沸后煮15分钟。 用于口渴咽干,皮肤干痒,清热解毒。	剂次

当归：补血，活血，调经止痛，润燥滑肠。

第二十七章 当归

接下来的日子一如既往地累，数不尽的课程、报告、论文、考试一度让沈惜凡的情绪崩溃到极点。她早就被告知康奈尔是"剥夺睡眠时间的大学"，但是真正体验那种痛苦的滋味只有自己知道。

一月，天气忽然变冷，阴风飕飕的，刮得猛烈，原本人来人往热闹喧嚣的学校忽然变得异常安静，仿佛和这样的天气相互映衬似的，她整个人也变得阴郁、忧愁。

还有两天就是中国的农历新年，在大洋彼岸的伊萨卡小镇却没有任何过节的气氛，没有红灯笼，没有鞭炮，没有来来往往采购年货的人群。她没有家人陪伴，也拒绝了何苏叶要陪她过节的提议，只能刷着朋友圈看着朋友们欢天喜地地过年，羡慕嫉妒恨。

她只能盼着春假的时候，跟他去个有阳光、有沙滩、有大海的地方，看着海浪懒懒地涌动，她靠在他身边，静静地享受着一切。

伊萨卡的天空泛着青灰色，涩涩的，有下雪的预兆，却没有出现一片雪花，沉沉地挤压在她的心头。这样的天真的让人觉得很孤单。

这样的天只适合沉沉地睡去，而不是在教室里讨论枯燥的策划方案。她不由得皱起眉头，忽然一个声音传了过来："Serena，对这个策划，你有什么看法？"

她脑袋中有一瞬间的空白，思绪被拉回面前的资料上，她整理了一下思路，缓缓开口，从国际连锁酒店文化谈到管理，最后又补充了一些中国酒店管理的理念。

团队负责人想了一会儿，点点头："说得不错，不过一般很少看到你发言。刚才你提到的酒店文化，有几个点很不错，这样吧，下次的 discussion（讨论）你做 group leader（组长），可以不？"

她望着组员们期待的目光，尴尬地笑笑，应承下来。

星期五还有一门考试，下周要开始新的课程准备，她的论文还没有完成，现在又添了一个 lead discussion（主导讨论），简直是雪上加霜。

结束了小组会议，劳累的身体和浮躁的情绪让她有些崩溃。

回到宿舍后，她给自己泡了一杯茶，呆呆地坐在窗口。桌上摊着大堆的参考资料，她却不知道从何下手，微信、QQ 上祝福不断，以前的同事、好友纷纷发着漂亮的图片，温馨或搞笑的新年祝福语布满屏幕。

原来今天是除夕。

可是她没有收到何苏叶的祝福，也许他现在还在研究所，也许晚上也不会回去。他早就告诉她课题进入关键期，也许没有那么多时间陪她，请她谅解。"只要一出实验室，我肯定会给你打电话的。"他这么保证。

她打电话回家，耳边是惊雷般的鞭炮声，沈妈妈扯着嗓子喊："凡凡，妈妈爸爸好想你，你爸这几天一直念叨你，你外公他们问你什么时候回来。"

她听了鼻子一酸，连忙应道："还有半年就回去了，很快的。"

沈妈妈叹气："算了，不说了，大过年的。凡凡，今天晚上记得要吃饺子，你们那儿不会连这个都没有吧？汤圆呢？对了，你们那儿能收到春晚吗？"

当然不能说这里什么都没有，沈惜凡连忙点头："好，好，都有，妈，你放心吧，我会吃得好好的！春晚也有，网上在线直播。帮我跟外公他们拜年，嗯，就这样，挂了呀！"

她放下手机，脑海中尽是过年的画面，她记得去年除夕夜喝多了，莫名其妙地跟何苏叶说了自己都无法考证的话，那时候一家人团团圆圆、热热闹闹，多幸福。

忽然室友喊她："Serena，有你的快递，刚才我忘了告诉你，在厨房的桌上。"

她好奇极了，急忙站起来去取，仔细看了一下地址和姓名，却惊奇地发现发件人那里写的是何苏叶的英文名字。

她小心翼翼地拆开那个不大的盒子，映入眼帘的是一个小巧的饰品，黑色的大颗水晶旁镶着密密麻麻的白色小水晶，在昏暗的灯光照射下，散发出夺目耀眼的光芒。

她取出来才发现原来是一枚丝巾扣，和自己之前摔坏的那枚惊人地相似。她想起那天晚上何苏叶安慰失落的她说："以后再买一个好了。"

她那时候的回答是："这是奶奶送给我的，几十年前从法国带的，现在跑遍美国都不知道会不会有，算了吧。"

他却为自己找来了如此相似的。

盒底还有他的留言："我亲爱的女朋友，祝你新的一年心想事成，万事顺意！"

她嘴角不禁扬起一丝弧度，甜蜜、窃喜。她小心地把丝巾扣装回礼盒中，然后拿起那张快递单，看着上面熟悉的字迹，轻轻地触摸，似乎还有他的余温。

她连忙跑到电脑前给他留言，打了几个字又删了，总是找不到合适的词语形容自己的心情，最后只好写道："新年快乐，丝巾扣很漂亮，谢谢你，我很喜欢。还有，注意休息，不要太劳累。"她叹了一口气，眼光不由得瞟回包装精美的小盒子上。

她抿起嘴，轻轻笑起来——这样一个小东西，究竟花了他多少时间去寻找？

窗外依然是青灰色的沉沉暮色，可是那盏盏亮起的明灯让她感到温暖，橘色的灯光穿透黑夜，和桌前那盏灯交相辉映，仿佛彼岸遥望的恋人。

忽然她手机语音提示响起来,他的声音传出来:"收到了?"

"嗯,收到了,谢谢你,好漂亮。"她趴在桌子上,看着那枚丝巾扣,怏怏地说,"我好想你,我后悔了,都怪我说什么专心科研,哎,偶尔软弱一下,撒娇一下,你也不会讨厌吧。"

"是啊,你都恋爱了,还顾虑重重的,可怎么办呢?对我都不施加点无理取闹地索取的话,我只会怀疑你根本不在意我。"

"我错了……"

星期五的考试颇不顺利,沈惜凡总是觉得耳畔有人在唱歌,搅得她心神不宁,一连几个专业单词都拼不出来,最后匆匆忙忙交了试卷,能否通过只能听天由命。

星期六的小组 discussion 虽然比较顺利,但是答辩期间她被组员刁钻、尖刻的问题问得几近崩溃,最后只能草草收场。

她的论文也出了问题,尽管之前已经挑灯夜战了数个晚上,把所有能查找的资料都用上了,咬着牙把论文改了再改,但是交上去的时候,导师还是摇摇头:"不够专业!再多看点文献吧。"

是关于行政管理的理论,她立刻感到无语,管理专业的理论知识太抽象,她自己有时候都读不懂,毕竟不是管理专业科班出身,浅易一点的又被说成不够专业。

沈惜凡彻底没了脾气,乖乖地回到图书馆继续找资料,看着看着就觉得眼前的字母都在跳动,一行看下去都不知所云,困意涌上,身体也不受控制地向前倾。

她正在困倦和迷糊的边缘徘徊,一不留神,脑袋磕到厚实的书边缘处,疼得她倒抽冷气,人倒是彻底清醒了。

她摸摸被磕到的地方,打算继续看书,只听见背后传来窃笑声,她转头一看,原来是林亿深。他背着包捧着几本书站在她身后,眼睛却一直盯着她的论文。

沈惜凡连眼皮都不想抬,沉重地叹气:"返工中,请勿打扰。"

林亿深也不离开,粗粗地翻了一遍论文,然后问道:"哪里出问题了？"

"Operations Management（行政管理）的理论部分！"她无力地撑着脑袋，手上的笔漫不经心地转着，"导师说不专业，不专业！我要是专业的话，我就不念MMH，改念MBA了。"

林亿深笑起来："就这么一点小事，你怎么不早说呢？或许你就没把我这个科班出身的师兄放在眼里。这些理论知识对你们是要求太高了，对我们来说是小菜一碟。这样，你把论文拷给我一份，我来看看。"

沈惜凡一想也是，凭她一己之力想要论文理论部分尽善尽美几乎是不可能完成的任务，她点点头，当下就把所有的资料通通传给了他。

林亿深看着她呆滞的眼神，叹气："究竟熬了几天的夜，你们导师也忒不近人情了。算了，我马上看，你先回去睡觉，改好了我去找你。"

她只觉得很累，浑身提不起一丝力气，但仍是强打精神，自娱自乐："这几天接连考试、改论文，我都觉得我像老了十岁似的。"

林亿深没好气："像刚从地下挖出来的。好了，快回去吧，晚点我去找你。"

她点点头，背起包，挥挥手，走出图书馆。一路上，彻骨的寒冷像一张大网将她严严实实地裹住，冷到极致，她抬头看天，伊萨卡青灰的天光越来越暗，似乎要下雪了。

一觉不知道睡了多久，她只觉得周身滚烫，但是下意识地又觉得冷得发抖。深深浅浅的梦境，一片空白，却仍保留着一点清醒的意识在现实之中。

她只知道室友来开门了，又走了，然后耳边听见细碎的簌簌的声音，轻柔的，似乎是落雪的旋律。

许久之后，门铃急促地响起，沈惜凡一下子清醒了，睁开眼。屋子里黑暗不见光，她摸索了半天才穿好鞋子，脚刚着地，只觉得头嗡嗡的，震得发痛。门外有人喊："沈惜凡，在不在？！"

是林亿深。她应了一声，跌跌撞撞地去开门，只见林亿深站在门外,头发上滴着水,微微喘着气:"怎么现在才开门?宿舍又没有开灯,我以为你出什么事了。"

她迷迷糊糊地"嗯"了一声:"怎么,下雨了?"

"是下雪了!"林亿深进了门,顺手按下开关。屋子里一片明亮,沈惜凡眯起眼睛望向窗外:"真的下雪了呀!"

他笑笑,举起手里的资料:"整理好了,你看一下,不懂的我跟你解释,省得导师问起来你答不出来,那就惨了。"

沈惜凡呼出一口气,如释重负:"师兄,我保证以后逢年过节给你烧三炷香!顺便再来点腊肉、香肠、水果之类的。"

"谢谢哦,麻烦先把你珍藏的小视频删了吧。"林亿深伸手戳她的脑袋,谁知手指触碰处的温度竟然超出正常地高,他缩回手,连忙问,"沈惜凡,你是不是发烧了?"

她摸摸脑袋,点点头:"怪不得我觉得冷呢,原来真的有一点发热。"

"躺床上去!"林亿深眉头皱起来,"这么大人了,一点自觉性都没有,都不知道好好照顾自己,你的导师到底是怎么折腾你的,熬了几天夜?"

"我没事,不过是有一点发热,干吗那么大惊小怪?!"沈惜凡倔脾气又上来了,"你快给我看看论文,我晚上还要改,明天交呢!"

话音未落,她便觉得一阵眩晕,心跳快得承受不住,只觉得血管急速膨胀,她只好按住心口,缓一口气才好一些。

林亿深吓坏了:"沈惜凡,你怎么了,没事吧?要不要去医院?先躺下再说!"

她点点头:"我去躺一下,缓缓气,心脏不舒服。"

宾夕法尼亚大学研究所。

实验室、资料室一片通明,数据在电脑屏幕上一排排滚动,模拟图像一页页飞速而过,时不时有各种语言的抱怨声传出:"错了,又错了！该死的数据！"

何苏叶全神贯注地看着电脑，忽然右眼一阵狂跳。

也许是太累了，半个多月他差不多只睡了三天，连躺在床上都是奢侈，更不要说睡觉了。为了出课题的研究结果，所有人都拼了命地干，他能抽出的时间就是每天从宿舍到实验室的路上跟她打个电话，聊几句。

猛然，电话铃远远地在响，寂静中，就像在他耳边，一遍又一遍，不知怎么老是没人接，就像有千言万语要说却说不出地焦急。

隔壁有人喊他："何，你的电话！"

他心里一惊，连忙站起来，接起来后听到一个熟悉的声音，隐忍中有些怒气："何苏叶，你到底在忙些什么？"

他有些惊讶，更多的是担忧："林亿深！怎么了，出什么事了？"

"沈惜凡发烧，心脏不舒服，要不要送医院去？"

职业的本能让他一下子想起那些糟糕的疾病，脑海中霎时一片空白，凉意划过身体。此刻，就像有一块巨大的石头在心头狠狠地砸过，他摇晃了一下，觉得那样惶恐，声音一下子变得干哑："她现在在宿舍吗？除了这些，有没有呕吐、呼吸困难这类的症状？"

"暂时没有别的症状，她现在躺在床上，已经睡着了。我今天看到她脸色特别差，像是熬了好几天的夜，你知道的，她就是喜欢逞强。"

他长长地松了一口气，但那根紧绷的弦还是不肯放松："我知道了，我马上就过去！"

林亿深愣了一下："我们这里下大雪呢，再说，这么晚了——"

话音还没落，就被何苏叶斩钉截铁的声音打断："没事，帮我看着她，一旦有情况，就立刻送医院，我马上就过去！"

挂了电话，他发现自己的手心出了一层薄汗，手脚像冻僵了一样，活动了好几下才有知觉。他匆匆交代了一下自己的工作进度，拿起大衣就出了研究所。

沈惜凡感受着无边无际的黑暗和孤独，耳边是呼呼的阴风和落雪的声音。时间在她昏睡的意识中变得遥遥无期，梦境中那个人走在漫天大雪中，依然是那样好看的眉目，可是周身散发出拒人千里之外的冰冷气息，毫无生气。

她拼命跑向他，一种冷彻心扉的惶恐紧紧抓住她的思绪。她觉得他们之间的距离很近，近到触手可及，可是她怎么也触不到他，眼睁睁地看着他整个人慢慢消失，连脚印都消失不见，仿佛不曾来过。

她呼喊他的名字，乞求他不要丢下她，空间中弥漫着绝望的思念。

天地茫茫，没有任何回应，眼前只有深白色的雪依然飘落，只剩下她自己一个人站在雪地中，不知归处，连眼泪都不知道如何流出，似乎已经麻木。

突然，她听见那焦急、低沉的嗓音，缓缓地，一字一顿地说："快醒醒，你怎么了？"

带着些许温热的液体从她眼角滑落，跌入发鬓，迷蒙的视线中，男人蹙着眉头，眼睛里写满了担忧和焦虑。

她什么都说不出来，只是眼泪不受控制地就流了下来，不仅仅是因为刚才那个噩梦，这么多天的抑郁和思念全数发泄。他的怀抱一如既往地温暖，她当时只有一个念头，为什么在他面前总是这么脆弱、这么爱哭？

算了，爱哭就爱哭吧，反正她也不需要逞强。

等她平静下来，何苏叶才问道："究竟几天没睡觉了？你这是虚劳发热，刚才林亿深在电话里描述你的情况时真把我吓了一跳。"

"林亿深？"沈惜凡瞪大眼睛，"是他打电话给你的，他怎么认识你？"

"因为我是他表舅的三姑的儿子的堂哥的表弟——"林亿深推门进来，笑嘻嘻地接口，"没想到吧？我俩还有点亲戚关系。"

沈惜凡求助地看着何苏叶，他点点头："其实我也不清楚我们俩是什么辈分，但是基本上就是那个情况。"

难怪她以前在酒店看到他们俩亲密交谈，而林亿深和她说起"你男朋友"的时候总是带着狡黠的笑意，原来是这样。她仔仔细细打量眼前两个人："还真有些神似！"

林亿深笑笑："正牌男友来了，我这个师兄也要走了，省得做电灯泡。"

何苏叶按住沈惜凡："你躺着，我去送他。"

走到楼梯口，林亿深挥挥手："不用送了，好好照顾她吧，不用太感谢我！"

何苏叶笑起来，有些歉意，有些宽慰，真诚地说："谢谢你。"

林亿深抿起嘴，欲言又止，最后轻轻叹了一口气："算了，算了，该说的出国之前我们俩都说清楚了，希望你别忘了！"

他眼睛清亮，声音虽轻，但是掷地有声："下不为例。"

林亿深眯起眼睛看着窗外的大雪，慢慢地说："你们俩还是应该磨合磨合，她那么要强，作为朋友觉得她很可靠，但是作为恋人就会很辛苦。"

何苏叶回去后，沈惜凡垂下头，道："对不起，何苏叶，我总是很怕麻烦别人，更不想麻烦你，我自以为很了不起，自以为能搞定一切，结果为难别人，也为难了自己，真对不起。"

猝不及防，一个轻柔的吻落在她的额角，温情无限。他轻轻撩起她的额发，直直看进她的眼里："这怎么能叫麻烦呢？应该是我说对不起。"

本是宁静、温馨的一刻，却偏偏她的肚子唱起了空城计，她尴尬得不行。何苏叶笑着揉揉她的乱发，嘱咐道："把衣服穿好，吃饭了。"

也许是刚发过烧，白粥入口，一点味道也没有，她只是吃了半碗就再也咽不下了。何苏叶不让："再吃一点，一会儿还要吃药，胃里空空的，对药的吸收不好。"

她顿时好奇："吃什么药，我这样需要吃药吗？不是热度已经退了？"

"你这是虚劳发热，我不是告诉你不要那么拼命了吗？原来身体就不好，现在一折腾更差！"何苏叶叹气，"先去睡一会儿，好了我叫你起来喝药。"

她看着一堆中药好奇："可是，这些药是从哪里来的？美国也有中药吗？"

"唐人街就有中国药店，中医在那里很受华人欢迎。对了，今天是中国的大年初三，我去唐人街那里的时候还很热闹。"

她轻轻笑起来，有些孩子气："那里有没有糖葫芦、热气腾腾的饺子和汤圆，会不会有舞龙舞狮表演？还有对联、福字！"

"想家了，是不是？"何苏叶拉过她的手，"如果想去的话，我带你去看，但还是国内的新年更有气氛。"

沈惜凡觉得心中一动，话到嘴边，却不知道如何表达，只是轻轻捏起那一味叫当归的药，放在手心，轻轻说："再等半年，我就和它一样。那你呢？"

何苏叶宽慰地笑起来："你说呢？"

当归，当归，"游子疲惫当归乡，最念老屋居高堂"，她不禁爱上了这个名字。

那么究竟是哪位古人为这味中药起了这样的名字，是日夜盼儿归的慈母，还是念夫当归的思妇？不管是谁，那样一份心意、一种思念直达心底。

也许她是真的累坏了，也许是中药的作用，困意很快涌上，蒙眬中感觉有人在她唇边轻轻落吻，她轻笑一声，又睡过去，一夜无梦。

第二天，她是被晨光唤起的。

漫天的白色，阳光照在积雪上，发出一圈淡淡的光晕，那么洁雅，那么无瑕。沈惜凡轻轻舒了一口气，浑身说不出地轻松。

可是，这么大的雪，何苏叶昨晚是怎么赶来的？

厨房传来阵阵香味，是醇厚的米香，一下子打断了她的思绪。她连忙趿着鞋子跑去厨房，发现何苏叶正拿着碗筷，看到她便问："起来了呀，现在感觉怎么样？"

她摸摸前额，松了一口气："没事了，现在精神也好多了。你做的什么呀？好香！"

"是蔬菜粥。"何苏叶顺手揭开锅盖，引得沈惜凡满足地深吸了好几口气，他不由得笑起来，"快去洗漱一下吧。"

蔬菜粥入口清爽、香醇，一碗不够，她又添了一碗。而何苏叶只是含笑看着她："不用吃那么急，小心胃不舒服。"

因为是他亲手做的，所以她吃起来格外香。

他为自己做了那么多事，却觉得不够，觉得对她不够好，而自己总是心存芥蒂，对两个人的未来时时害怕、担忧、焦虑，而这次的病也是因为心魔丛生。

那些繁重的课业真的不算什么，苦行僧似的自虐式生活只是可耻的孤独感作祟，两个人在一起，就不如试着让对方帮你分担，会让对方感受到你的需要和信任，这本身就是一种爱。

她放下筷子，望着他的眼神执拗、坦率、轻轻地告诉他，一字一顿："何苏叶，我想……想跟你永远在一起。"

他拿着筷子的手微微颤了一下，然后就是碗筷相碰的清脆声音，他的眼睛里浮现出一种复杂的情绪，欣喜、感动，或是别的什么。沈惜凡看不出是什么，只任由他站起来走到自己面前，然后轻轻搂住她。

何苏叶在她耳畔只说了一个字，她却觉得比任何山盟海誓更动人，更真诚。他说："好！"承诺一生。

这个冬天，在异国他乡，她终于懂得，爱的世界里终会有幸福相随，爱的世界里终会有天长地久、相濡以沫。

她在如斯的锦绣年华遇见他，爱上他，然后决定与他相守。年华至此，圆满已无叹息。

药方	当归党参汤	症状
	当归、黄芪、党参、玉竹、桂圆干、红枣、枸杞。	
	肉类焯水后，放入锅中，其他食材除了枸杞都放入锅中，加清水没过食材，大火煮开，转小火煮45分钟。出锅前10分钟放入枸杞，加入适量盐调味即可。	剂次
	气血双补，美容养颜。适用于面色萎黄、月经不调、虚寒腹痛的人群。	

百合：滋补，抗肿瘤，润肺，清火，安神。

第二十八章 百合

沈惜凡从未觉得未来是这样近，近在咫尺之间，因为有了承诺，所以更加坚定。所以她和何苏叶约好，要好好照顾自己，然后一起回国。

他们走在小路上，积雪厚厚的，许多景致已然埋没于皑皑白雪间，高挺的树枝上也处处堆雪，连天空也浮着灰蒙的白光。

他轻轻地拉起她的手，然后牢牢地握在掌心："我想起你以前有大大小小的不舒服都巴不得让我马上知道，各种生活琐事、感情烦恼都急于向我倾诉，为什么现在遇到麻烦只想自己扛过去呢？"

她抿抿嘴，露出一丝苦笑："因为我现在知道你很忙啊。"

"记得我以前跟你说过吗？有事随时找我，任何时候，这不是嘴上说说而已。"

她眼眶湿了，这句话仿佛一句许诺，若不是这百分百兑现的许诺在过去为她解决了太多的麻烦，她的依赖感也不会这么重。

"我知道了，以后我会不停地麻烦你。"

"对了，最近有时间吗？有一场婚礼能陪我去吗？"何苏叶斟酌了一下开口，"是我前女友的婚礼。"

虽然是意料之中的事，但是她的心仍像被撞了一下，怦怦的，有些加速。她表情有些僵硬，只得"嗯"了一声算是表示。

他听出了其中的意味，可是不知道怎么解释："如果你不想去就算了，无所谓的。"

"为什么不去呢？"她笑起来，"我刚才是有一点小心眼，不过想想，又觉得很高兴。"

"高兴，为什么？"

"之前每个人都告诉我，分手的男女只能做最熟悉的陌生人，可是你和她现在仍是朋友，说明两个人都能宽容地看待过去，这样才是真正的放下。"

"那你呢？和他之间——"

沈惜凡一下子笑出声："我们俩怎么可能还做朋友呢？你看他离开我之后，就创业成功了，说明我克他财运，他离开我之后，我出国留学了，说明他克我学业，我俩这还不躲对方远远的。"

何苏叶忍俊不禁，他心中的那些介怀顿时烟消云散。

她得意地看他一眼："所以你想想，我是不是特别旺你？"

何苏叶含笑把她搂进怀里："是，是我三生有幸。"

沈惜凡从来没有亲眼见过西式的婚礼，如今终于如愿。

教堂全部是素色装扮，大门用白色鲜花装扮，连教堂的大钟也用白色鲜花全部包上，车子也用白花点缀，甚至把手上都系满纯白蕾丝布条。

教堂里宾客满堂，十分隆重，还有唱诗班随着风琴演唱着赞美诗，唯美、圣洁、庄严、宁静。

何苏叶细心地给沈惜凡戴上了早先准备好的白色珠花。沈惜凡感叹："好不真实啊，感觉自己变成了某个大导演大片的群演。"

他笑起来，温柔地看着她："你喜欢中式的还是西式的？"

她微微脸红，扭过头去，小声地"嘘"了一声。

何苏叶顺着她的目光看过去，后门打开，身穿白色婚纱的新娘光彩夺目。

"何医生，你前女友真的好漂亮啊——"她酸酸地说。

他诚心诚意地说："你比她更漂亮。"

"假,但是我爱听,多说点。"

四个天使一样的小朋友穿着白纱裙,手里挽着小篮子,里面是结婚戒指。随后是身着白纱的两位伴娘,手捧白色花束,之后是众星捧月的新娘,面纱半隐半现,由父亲挽着走进教堂,长长的婚纱尾拖在地上。新郎和伴郎在主礼台等候,新娘父亲将女儿的手交到新郎手里,叮嘱几句,一番祝福。

一袭黑衣的法籍大主教主持婚礼,神情肃穆、安详。每个人都专心致志地听着长长的祝词,直到最后那句再熟悉不过的誓言响起:"……无论贫穷还是富有,疾病还是健康,相爱相敬,不离不弃,直到死亡把我们分离。"

忽然,沈惜凡指尖传来轻触的温热,一股令人安心的力量将她的手紧紧抓住。她迎上何苏叶含笑的目光,轻轻地把头靠在他的肩膀上。

"好幸福呀!"她忍不住小声感叹。

何苏叶轻轻地笑:"羡慕了?"

沈惜凡不作声,点点头,脸颊蹭着他的大衣,上面有属于他的独特的气息,总是有淡淡的香味,让她没来由地安心。

"不用羡慕别人……"他按捺住,终于把下半句生生咽了下去。

——我们回国就结婚。

他还是先询问一下她的意见吧,还要拜访一下未来的岳父岳母,不知道自己能不能过关。

他把她搂在怀里,轻轻询问:"等我们回国,第一件事情就带你去见我妈妈,好不好?"

郊区的墓园宁静、肃穆,唯一葳蕤的就是草木,仿佛时间凝滞,风都在轻吟,逝者如斯,在这里没有什么可以永垂不朽。

汉白玉墓碑上面的照片旁放着一束郁金香。

"以前来的时候,总是习惯和妈妈说上两句话,可是今天只想安安静静地站在一旁,什么都不说,她也一定知道。"

"嗯，也许妈妈已经看到了。"

何苏叶抬头看天，湛蓝的晴空，几乎不见云，透亮的阳光穿过他的眼眸。他和沈惜凡十指相扣，坚定、温暖："她会看到的，从一开始一直到现在。"

沈惜凡望着他的侧脸，再看看墓碑上微笑的女子，轻轻地说："谢谢你，妈妈。"

风把她这句话吹散，送上了天，阳光透过她发梢照在她脸上，不一会儿，她的脸微微发热。她舒了一口气，迎上他微笑的脸，两人心照不宣。

等他们工作稳定后，两家就商量着结婚的事情。沈惜凡跟何苏叶看了好几套房子，终于定下来，装修她自然是"麻烦"了"随时可以麻烦"的何医生，等装修结束的时候，他带她去看，她一眼就认定这是他们未来的家。

她最喜欢的是小院子一角，几把随意组合的藤制座椅，中间是相同材质的圆形茶几。座椅后面是用栅栏围砌起来的绿地，最显眼的几株桂花树花苞都没有结起，绿油油的枝叶仿佛在积蓄着，等待着深秋绽放。

何苏叶解释道："当时选了很多树，最后还是觉得桂花树最合适，这样秋天到了，我们可以把桂花摘下，做成桂花蜜，你肯定喜欢。这里的空间腾出来，可以养很多花花草草。"

她莞尔一笑："是呀，比如苏叶。"

他在她唇上留下一吻："这苏叶，早就在心里被你种下了。"

早晨起来，沈惜凡顺手拉开窗帘，打开窗户，清新、湿润的空气扑面而来，城市上空有大片的浮云迅疾流动。厨房传来阵阵水声，然后就是那阵熟悉的味道飘来，是家的气息。

两个人的家，逆光处，疏影如一帧精美的明信片，将流年静静浸染。

就这样徐徐地生活下去,徐徐地老去,平淡也很幸福。

厨房里弥漫着香甜的味道,是一个美好、温馨的早晨的序幕。

何苏叶的侧影夹杂在光影中,融入生活,真实得触手可及。沈惜凡从背后轻轻环住他,问:"煮的什么?这么香。"

"冰糖百合,妈妈打电话说一定要煮,说是图个吉利。"

"那就听你的。"她抬起头,迎向他的目光,清澈、温柔而又坚定、明朗。

此时此刻,真的不需要任何语言,她只需伸出双手,默默地拥抱着他就好。

有位诗人说过,当华美的叶片落尽,生命的脉络才历历可见。是不是我们的爱情要到霜染青丝时光逝去时,才能像北方冬天的枝干一般,清晰、勇敢、坚强?

不是怀疑这份爱情,而是因为我们还年轻,爱的道路还很漫长,所以还有很多的不确定。

但是我们都相信爱情,相信对方,相信爱走得够远就一定会和幸福相见。因为爱你是我做过最好的事。

药方	百合阿胶茶	症状
	准备百合、阿胶各19克,桔梗、生麦冬、干桑叶各7.5克。 准备一个茶包,将所有的材料放入茶包中,用开水冲泡,过滤一遍。随后将茶包放入杯中,用开水冲泡,静等20分钟左右即可,去渣饮用。 这道饮品有滋补的作用,对于气血双虚的人群,以及肺部咳嗽咳痰的情况有改善的作用,但是有慢性支气管炎的人群需要禁忌。	剂次

第二十九章 桂花

桂花：提神醒脑，清除口臭，止咳化痰。

何苏叶查完房，下完医嘱，跟规培生讲一讲文献，终于到午休时间，他舒了一口气，顺手推开办公室的窗户。

微风拂面，不远处传来阵阵花香，他仔细辨认，原来是桂花。沈惜凡一直都喜欢桂花，清晨、午夜，在微凉的雨后，鹅黄色，一簇一簇，并没有什么重量地铺在枝头，淡香抑或浓郁，即使无风，也能深深地沁人心脾。

新摘的桂花，用蜂蜜酿制，放到冬天，可以用来做桂花汤圆，甜蜜醉人。

这时候护士来敲门："何医生，请你准备一下，马上去照相。"

他微微一愣，看护士指指胸牌，立刻就明白了，已经换了一家医院，这是必然的程序。

他脱下白大褂，对着镜子理了一下头发，忽然想起一件事。

他们结婚前去科室发喜糖，等他出来的时候发现沈惜凡怔怔地站在科室门口，他好奇，顺着她的目光看过去，原来是宣传栏上自己的照片。

她看看照片，再看看他，下结论："还好你不太上镜，不然患者多半都是冲着你来的。"

他觉得奇怪："很难看吗，怎么那么多人说我不上镜？"

"不是！"她笃定道，"还是真人更帅一点，别不知足了，何医生,你已经很帅了。"

他扑哧笑出来:"是吗?没觉得呀!"

沈惜凡抿抿嘴,微微笑着:"我第一次见到你的时候感觉就是惊艳,医院里怎么会有这么帅的医生?连我都不敢相信自己的眼睛。"

"呵,你一提起,我就想起来了,那次我写处方的时候你一直盯着我看,我感觉你不是看我写什么药,你说,你那时候干什么呢?"

"呃——看你名字呀,不过那时候没看见,只看到一个'主治医师'。"

"处方上不是有吗?"

"我当时没事干,你又不跟我说话,只能东张西望了,你们门诊不是还有个横幅,上面写着'感谢何医生,救我狗命'吗?我还想半天到底你救的是人还是狗。"

他瞬间无语。沈惜凡笑眯眯地握住他的手:"我当时就想这么年轻的医生独当一面,那肯定很厉害,这种要么就是有过人的天赋,要么就是从小就学中医,阅病无数,事实上,我还是挺有眼光的。"

看到何苏叶脸庞酒窝的痕迹,她又补充道:"不过那时候你老是板着脸,很严肃的样子,我以为你是走冷酷路线的,没想到原来你一笑就会岔气,看上去好小的样子。"

何苏叶也忍不住笑起来:"我实习的时候导师老是说我看上去太小了,难免会对我怀疑这质疑那,然后就把邱天跟我分在一起,说是用邱天衬托我的稳重。没想到邱天那家伙突然洗心革面,一整天严肃得不行,甚至还穿了皮鞋、白衬衫,打了领带,我想笑又不敢笑,憋了好久。最后两人回到宿舍,打了一架,他发誓再也不装了。"

沈惜凡眨眨眼睛:"看不出来啊,原来你也是会用武力解决问题的人。"

"这是对付邱天那种人最简单粗暴的办法。"

忽然电话铃响起来,是何爷爷催他们回去吃饭。临走的时候,沈惜凡还不忘多看了照片几眼,然后悄悄地跟他说:"何苏叶,下次照相的时候照丑一点！"

他那时候毫不犹豫地答应她："我尽量吧！"

照完相之后，几个医生、护士围在电脑前面看效果。摄影师拿起资料夹，确认了一下，然后跟他说："何医生，你是有军籍的吧？这里规定要穿军装的照片。"

何苏叶面露难色："军装放在家里，一般上班的时候不穿的。"

摄影师笑笑："没事，明天还有一批，到时候你再来照吧。"

他点点头："麻烦你了，谢谢。"

他回到办公室收拾东西准备回家的时候，接到沈惜凡的电话："何苏叶，今天晚上我们同学聚会，我不回去吃饭了。"

"好的，那我就去爷爷家了，散了之后打电话给我，我去接你？"

"不用了，我们说好都不许带家属的，没关系，我又不是小孩子了。"

他只好嘱咐："少喝一点酒，早点回来。如果打不到车就打电话给我，知道不？"

那边沈惜凡大笑："知道了，随时麻烦您，何医生！"

他还没停车就闻到淡淡的花香，原来是爷爷家的桂花开了。雨水冲刷过的翠绿枝叶格外精神，那点点鹅黄还不具规模，有的还似小米粒，或者细小的花苞，他心里倏地就欣欣然起来。

他刚下车就看到何守峥在院子里面，几天不见，何守峥竟似长高了很多，看到他还是那么黏糊："小舅舅，快来，快来，那个大一点的花苞，帮我摘下来，我够不着。"

他好奇："摘这个做什么呀？"

"用蜂蜜酿起来，妈妈教的。"

他不由得笑起来："我帮你摘，你再帮我拿一个篮子。"

"难道小舅舅也要做？外公家还有上次酿好的，在厨房的小橱柜里放着。"

"是呀，你小婶婶喜欢吃桂花酿汤圆。"

何守峥撇撇嘴:"是沈姐姐,喊小婶婶让我总感觉她很老似的。"

何苏叶打趣:"你不是一直叫我小舅舅,怎么不感觉我很老呢?"

何守峥郑重地点点头:"你本来就不年轻嘛,大家只是被你的脸骗了。"

一大瓶的蜂蜜桂花,连缝隙中都能闻到清雅的馨香。

一家人在一起吃饭,不知怎么的话题就扯到了孩子上,原本何苏叶只是专心地吃饭,冷不防被长辈们问道:"苏叶,你和惜凡啥时候准备要孩子?两个人都不小了。"

他一口饭噎在嘴里,勉强吞下去,尴尬地笑笑:"我们俩都很忙的,暂时还没考虑。"

何爷爷笑起来:"话是这么说,可是有个孩子才算完整的家。你看你堂姐一家多好,何守峥那么聪明,多讨喜。"

何守峥一脸欣喜:"小舅舅的孩子,那我不是比他大了?太好了,我终于可以翻身了。"

他不是没有考虑过孩子的问题,而是沈惜凡一直不想这么早要,而自己虽然很看重家庭,但是工作实在是很忙,除了平常的门诊病房外,他还承接了一系列国家重大研究课题,组建了自己的实验室,出于这个原因,他也不是很想要孩子。

既然结婚了,有了家庭,就得负起责任,他一直是这么想的。

不过现在既然两个人都安定下来了,这件事也应该提上日程了。改天他找个机会跟她说说,如果不愿意就算了,这种事还是顺其自然。

回家的路上,下起了小雨,因为路上堵车,他足足花了比平时多一倍的时间才到家。

从楼下看去,家里的灯已经亮了,明黄的光线透出来,让他心里暖暖的,和以往一样,他知道家里有她在等。

他打开门,迎面而来的是淡淡的酒香味,他微微皱眉,看来沈惜凡又喝了不少酒。

客厅的灯亮着,却不见人影,他喊了几声也没有人应。拧开关紧的卧室门,他发现沈惜凡呆呆地坐在床上,托着脑袋,对着衣柜微微笑着。

也许是酒精的缘故,她的脸透出撩人的绯红,明媚的意态流露在她的眼角、眉梢。看到他进来,她努努嘴,声音甜腻、撒娇:"老公,把这件衣服穿上去给我看看。"

他定睛一看,大感意外:"军装?现在穿做什么?"

"让你穿就穿嘛——"沈惜凡眯起眼睛,"我还没见你穿过呢,你们医院现在怎么不规定让穿军装了呀?"

他顺手接过她递来的衣服,解释:"只有那些主任才穿,要不就是实习医生,现在军区总医院外聘的人员很多,不是专业的分不出。"

他换好制服,顺手拿起领带,却被沈惜凡按住了:"这条配军装不好看,下次我给你买一条深蓝色的。"

何苏叶笑笑:"看完了吧,我可以换下来了吗?不过我可不可以好奇地问一句,为什么突然要我穿军装?"

"今天听她们说男人穿制服最帅,然后我就想起咱爸,穿起军装真是帅,足见当年的英俊、潇洒。"她站在床上,低下头靠近何苏叶的脸,呼出撩人的淡淡酒气,"没想到你穿起来比他还帅,本来就生得那么撩人,没想到,呵呵——"

他笑起来,对上她灼灼的目光:"老婆,你过奖了,现在可以——"

话音未落,猝不及防地,温柔的略带占有欲的唇堵住了他的话,她的嘴里有葡萄酒的香味,让人迷醉。两个人毫无缝隙,急促的喘息和身体的起伏,肌肤相亲,就像暴风卷起的惊涛骇浪,唇齿之间的互相进犯,像一场火爆又艳丽的战争。

可是他突然想起一件重要的事,气息不稳地询问:"今天——"

灯光下沈惜凡横波流转的眼眸对他做着无声的诱惑,她笑起来,甜美中带着一丝狡黠:"算了,不管了,顺其自然就好了——"

好吧,他理智的最后一根弦应声而断,那就顺其自然。

似乎眼前有明黄的阳光跳跃,何苏叶不由得睁开眼睛,撑起手臂去

看手表。身边的人不自在地动了两下,然后眯起眼睛,懒懒地问:"几点了?"

"还早呢,你今天不是不用上班吗?再睡一会儿吧。"

沈惜凡蹭了蹭枕头,拉紧被子,梦呓似的吐出一个字:"累——"然后又沉沉地睡过去。

他爱怜地凝视了她好一会儿,忍不住在她唇角印上一吻,穿好衣服去做早饭。

桂花酿汤圆,虽然不是这个季节的甜品,但是早上伴着桂花香来上一碗,实在是一件很奢侈的事,可惜这样的美食只能他自己独享。

他留了一碗在微波炉里,贴了张字条告诉她,然后折回卧室去取军装。

昨晚也许是酒精的作用,她出乎意料地主动,不过庆幸的是最后关头两人还有些残存的理智,没有亵渎这身军装。

他取了军装,叠好,装进袋子里,忽然想起前几天堂姐让沈惜凡代买东西的发票,只好返回卧室,轻轻地唤醒她:"那张发票呢?堂姐催了好几次。"

沈惜凡迷迷糊糊地答道:"我的钱包里面,自己去拿。"

她钱包里面塞满各种卡,他找了好半天才看见那张发票,卡在两张信用卡之间,抽不出来,他小心地把它取出来,却发现连带着一张照片掉了出来。

他拾起一看,哑然失笑,原来是自己以前医院胸牌上的工作照——被她戏谑地说"不太上镜"的那张照片。

她口是心非,既然不好看,干吗要随身带着?还不告诉他,偷偷地藏起来。如果她早说,自己可要挑一张最好看的让她随身带着,比如自己钱包里夹的一定是她最漂亮的那一张照片。算了,这张暂时没收好了。

第二批照相的都是军医,清一色墨绿色的军装。好几个实习护士赞叹:"帅死了,男人还是穿制服好看!"

他最后照,照完后,摄影师指着电脑上的照片问他:"何医生,用这张吧?"

他笑笑:"还是那张吧,这张能不能私下拷给我?"

摄影师觉得奇怪,自己的审美眼光受到了怀疑,忙道:"我觉得这张效果比那张好。"

何苏叶礼貌地笑笑:"是呀,所以才用那张。"

口袋里的手机微微振动,何苏叶打开一看,是沈惜凡的信息:"何苏叶,你今天拿发票的时候有没有看到一张一寸照片?"

他存心想逗逗她:"什么照片?没看到呀。"

一会儿信息又来了,他都可以想象到她的着急:"完了,不会是弄丢了吧,啊啊啊,那可是世界上绝版的照片,你确认没看到吗?"

"什么照片,很重要吗?"

"怎么不重要?是你的照片呀,完了——"

他心里暗笑,安慰她:"我回去再给你一张好了,我们医院正在拍新的工作照。"

"记得把那张最帅的留给我,工作照还是用比较不帅的。"

他笑起来,顺手穿起白大褂,刚拿起手机回信息,她的信息又发来了——"今天晚上早点回来呀,我会做桂花百合莲子汤,记得要早点回来呀!"

"知道了,一定。"

他从门诊绕去住院部,穿过一片绿地,馥郁的桂花香味飘过来,他抬头一看,只见前面有细小的花瓣细雨般纷纷扬扬地轻轻落下,那是成片的桂花树,商量好了般同时盛开,香气充盈在周身的空气中。

他伸手去接住这些细碎的花瓣,憧憬着下一个花季的到来,也许那时候会有属于他的完整的三口之家。

药方	桂花茶	症状
	女性常见寒性体质，因此经常出现痛经等症状，桂花可温补阳气，是一种对女性非常友好的养生类花朵，常感体寒的女性不妨在平时用桂花泡点桂花茶饮用。桂花茶可温补阳气、美白肌肤、排解体内毒素、止咳化痰、养生润肺，对于口臭、视觉不明、荨麻疹、十二指肠溃疡、胃寒胃疼有预防和治疗作用。夏天很多人觉得皮肤干燥，或由于上火而导致声音沙哑，在绿茶或乌龙茶中加点桂花，可起到缓解作用。	剂次

出版番外一

  何苏叶从火车站出来的时候，料峭的春寒中突降大雾。也许是在江浙待得太久了，他早就忘了太阳突然从天际跳出来，阳光瞬间洒满目光可及之处的那种惊喜，只觉得怎么南方处处都是荒寂的白，空气湿冷，呼出一口白气都能看到上面萦绕的水汽。

  说好的簇簇萌动的春呢？说好的温暖的南风呢？

  他出差几乎都是参加会议，很少是因为私事。他坐了一宿火车，整个人脸色黯淡，走下台阶，心想要去吃早餐，看着街边五花八门的早餐店跃跃欲试。他思忖之余看到麦当劳，对自己撒娇，又被自己拒绝，于是他保守地买了个麦当劳早餐。

  他给沈惜凡发微信说"到了"，沈惜凡问他吃了没，他把麦当劳早餐发出去，收获她几个嫌弃的表情。

  沈惜凡："酱香饼、腊肉、小土豆，您是一个都没兴趣吗？"

  何苏叶："谁曾经说火车站的美食街只有兰州拉面、沙县小吃、天猫超市和世纪华联？"

  沈惜凡："嗯哼，我已经收藏了好多美食店，要不要发给你？你今天有什么安排？"

  何苏叶："处理一下家事之后想去逛逛药材市场。"

  沈惜凡："提到逛街我就精神了！你帮我看看，我妈最近沉迷滋补品，让我买点上等的陈皮、花胶、海参、西洋参，要货靓价美的。"

他很想说家里的供货商那里什么都有，打个电话叫个闪送分分钟的事情，但是他也明白，这是沈惜凡她妈妈找的借口，要买，买完了要女儿送上门，送到至少都要留一顿饭的。

他一边跟她聊着微信，一边拖着行李箱走，冲锋衣口袋里沉甸甸的，一摸里面装着口香糖、山楂条、巧克力、薄荷糖，另一个口袋里面装着纸巾、免洗手液，简直像个杂货铺。怪不得当时他把这件衣服收进旅行箱的时候，沈惜凡微妙地露出似笑非笑的表情。

老房子走进去应该是有些感慨的——就像白居易曾经写过的"省躬念前哲，醉饱多惭忸"一样。

笨重的铝合金玻璃推拉门上贴着分别写着"药材""医馆"的两张红色贴纸，砖砌刷白漆的墙壁癌发作得厉害，已经铺满青苔。地上汪着水汽，隔壁店铺的卷帘门落着重重的锁，锁上都生了锈。这片街区的老房子都这样直白地破败着。

的确，这片街区早就不适宜生活了，中药店和医馆辉煌已过，古早的牌匾、三寸六分的门槛已经被拆除了，既散发不出让人着迷的岁月感，现实中也毫无留存的价值。

何苏叶还记得这家药铺的繁华，那时候他初次到这里，被琳琅满目的珍贵药材所震慑，珍珠、红花、参茸、燕窝、穿山甲、羚羊角、麝香、犀牛角应有尽有。再往里面走，就是一间大厨房和餐厅，当时很多工人和学徒在这里做工，吃饭的人也很多。过了厨房就是加工药材的地方，那时候的药材都是用牛皮纸包着，那些年轻的学徒用毛笔在不平整的包装纸上写着药材的名称，一丝不苟，工整、漂亮极了，他总觉得他们很厉害。

曾几何时，他慢慢长大，远亲的药铺也渐渐衰落，这条原本满是药材营生和中医馆的老街也在时代的洪流中没落，传承延续中医的香火变得无比困难。

他远亲叔叔前几天打电话给他，说打算关了这家老店，只留着药材市场的批发生意，他叔叔叹着气惋惜道："俗话说，穷不离当铺，富不离药铺,现在人是越来越有钱了,却未曾想过有朝一日我们这些中药铺会跟不上时代的脚步。"

他想着想着,无奈和心酸涌上心头,他少时学医,一心苦学,行医之后也是顺风顺水,每每会议上都能听到同行的激励发言,却从未真正了解过市场对传统的中药商铺小贩的冲击。

他在这里看到了暮年的自己,他恍恍惚惚地看到,现在年轻气盛、踌躇满志的自己朝着垂垂老矣的自己坠落过去。

忽然,他感觉到神经末梢微微颤动,抬头摸一摸脸颊,原来是太阳的热辐射令人颤动。是啊,人生中总是会有那么几个瞬间,站在这样的风景中,隐隐地在贫乏、绝望中看到希望。

他敲了敲门推门进去,一股熟悉的浓重的中药味扑鼻而来。这几天他叔叔已经把药材搬得七七八八了,但是木柜桌椅甚至墙壁历经几十年的熏陶、浸润,药香味不减。

"这里不卖药了,店家已经搬到了药材城二楼b座103。"坐在前厅挑染着几根黄毛的年轻人抬起眼皮怠懒地看了他一眼,复读机式地重复了一遍,然后继续沉迷在手机的花花世界里。

"我是来找何叔的。"

"哦,找我爸啊,他还没来,等会儿吧。"

何苏叶应了一声,然后环顾四周,铜制的秤、捣药钵、小酒精灯、药柜里的瓶瓶罐罐还保持着老样子,而手动的制药机、研磨机、切片机这种应该在后屋药材加工的地方,此刻堆在角落,一副亟待被淘汰的样子。

他记忆中后屋有个天井,里面有个水池,养着全身绯红的锦鲤,现在大概已经没有了。他踌躇地抬起脚准备去看一看,忽然门口传来一阵嘈杂的声音,玻璃推拉门被蛮力哐的一声推得撞上墙,声裂欲碎,就听一个中气十足的声音吼道:"臭小子!滚过来帮忙抬人!"

那年轻人立马放下手机跑过去,何苏叶也匆匆走过去:"怎么了?"

"哦,你啊。这姑娘是咱们邻居,刚刚我路过,看她倒在路边,问她,说是腹痛……哎!快把人抬床上!"

女孩子大概二十岁,唇色发白,浑身大汗淋漓,疼痛让她像一个球一样蜷缩在床上,根本无法伸直腰杆:"……叔,我没事,就是老毛病犯了,你家有没有止痛药——"

"止痛药?止痛药,我去找找。"

虽说医不叩门,但是也没有见死不救的道理,何苏叶试探地问:"是痛经吗?"

女孩子难以置信地瞪着眼睛看了他一眼,然后点头如捣蒜,"嗯嗯"了好几声。他轻轻地把她的手臂放平,号了脉之后问:"请问你家有针灸针吗?"

那"小黄毛"迟疑地抓抓脑袋:"我也不知道,我问问我爸啊。"

"你这臭小子……我真的气死了,家里有什么没什么你是完全不关心。"他叔叔怒气冲冲地走过来,递给他一盒针,"三十二号的针,你看看能用吗?"

"可以。"何苏叶在她两腿的三阴交与足三里扎了四针,先在左脚施展烧山火的手法,也就是补气,将热气从穴位灌进去,接着在右脚用了透天凉的手法,也就是泄气,每隔五分钟他就用相同的手法捻针,一共做了三次,最后在公孙穴上封针。就看到女孩子从脸色苍白变得红润如常,然后她若无其事地从床上爬起来,惊异地看着他。

"太神奇了吧——"她仿佛还不能接受这件事,狐疑地在肚子上按了又按,确定不是自己的幻觉才慢慢说,"我完全不痛了,刚才好像做梦一样,我每次来'姨妈'都会痛得在地上打滚,不得不吃很多止痛药止痛,我也吃过中药调理,但是从来没有这么立竿见影过……您一针下去,我第一感觉不是痛,而是一种涨麻的酸楚,就像腿上被灌了什么东西一样,慢慢地,一股暖流向四周浸润,渐渐地,小肚子就热热的,然后就完全不痛了,这也太神奇了吧。"

"好厉害!"他叔叔拍着他的肩膀赞不绝口,"厉害厉害!"

他不好意思地笑笑。

"这有什么？足三里、三阴交、公孙，谁不会啊？""小黄毛"翻了个白眼，很不屑地说，被他爹一巴掌拍到脑袋上，耳朵都震了两下。

"你懂个头，你除了识得几个穴位，认得几种草药，还懂什么？你能治病救人？眼高手低，书也读不好，让你跟我学点做生意的本事也看不上，你能干啥？"

"喊——"他嘀咕道，"那些东西……一点用都没有，都是骗人的。"

何苏叶此行只是来处理老一辈的分家问题，并不想卷入这场父子争斗。他此刻尴尬地坐在椅子上，听着他叔叔不停地跟他道歉，末了，他叔叔惆怅地说："以前让他读书，他读不下去，没办法，只能送他去我们这里著名的老先生那边当学生，学了半个月回来，他说那人是个骗子，啥也不懂，只会照抄以前祖上的方子。后来他妈，就是我老婆，生了一场大病，不得不进行肝移植，术后又中风了，回家看了好几个中医，效果都不理想，最后患了肺炎走了，从那以后……算了，我已经不抱什么希望了，叶天士大师曾说'医可为而不可为'，一个人能不能成为称职的医生，过程有许多的必然和偶然，万万勉强不得。"

他叔叔长长地叹了一口气，那声叹息似乎包含着一些惆怅、一些遗憾。一些纸页唰唰响，似乎有什么掉在幽暗中。

这时候忽然有人喊门，人未至，焦急的声音已经到了："老何，听说你家来了个神医，我赶紧带我家孙子来瞧瞧。医生，你看看，我家孙子中耳积水，已经跑了几家医院，用抗生素已经治疗了好久，都没有效果，医生都说建议开刀，我实在是不忍心让他遭这个罪，如果实在没有办法——"

何苏叶刚想开口问问孩子的情况，来人盯着他看了一会儿就说："这么年轻？"

"年轻怎么了？中医就是要有悟性懂不懂？有人学一辈子都没学明白啥呢。"他叔叔说。

"我看你家孩子也挺有悟性的，咋也没学出来啥？"

"信不信我现在让你滚!"

坦白地说,何苏叶没遇到过中耳积水,但是他想了想,道理应该跟鼻窦炎类似,于是他在纸上写道:辛夷10克,白茯苓15克,细生地10克,白芷10克,黄芩10克,泽泻15克,川芎10克,石菖蒲15克,钩藤15克(后下),广陈皮10克,粉丹皮10克,苍耳子10克,六一散15克,薤白4克。

"吃三天看看情况吧。"

老头瞧着方子:"这倒是有些靠谱了,活血、通窍、消炎的都有,但怎么瞧着有点像治鼻窦炎的方子?瞧瞧,这辛夷温肺通窍,可我家孙子没有鼻窦炎啊。"

"从西医角度来说,耳朵分为外耳、中耳和内耳,中耳腔通过耳咽管与鼻咽相通,小朋友的耳咽管比成人的短,一旦小朋友感冒或是长期过敏,在鼻子里的病原体及黏液,如鼻窦炎,更容易经由耳咽管进入中耳腔,导致中耳腔发炎,当中耳腔充满液体之后,就造成了积水。

"针对感染性发炎,中医和西医都是给消炎药,但是它们有个不一样的地方,就是中医有引经通窍的理论——"何苏叶认真地解释完,补充道,"这药方虽然开了三天,但我估摸着一天就能看到效果。"

"……神医,神医!您说的我完全明白了,谢谢您跟我解释这么清楚。果然中医啊,不光得看悟性——"老头眼神有意无意地扫过旁边的年轻人,"还得看德行,德才兼备,才是好医生!"

这一天他根本抽不出一点时间去逛逛,上门来看病的当地人快把门槛给踏平了,有长期失眠的年轻人,有中风的中年患者,有不孕不育好几年的夫妻、被头疼困扰的产妇、常年手脚麻的老人、肾癌晚期的病人。最离谱的是有人拎着一水箱锦鲤来,说:"锦鲤得了皮肤溃烂的毛病,需要吃草药。"

"小朋友不愿意再吃药了,可以试试让他泡脚,皮肤可以吸收一部分药物,不增加肠胃负担,又能起到治病作用。"

"药方是新鲜七叶一枝花配松香泡酒,专门治牙痛。"

"晚期肿瘤患者,其病已成,五脏已衰,此时更应该做的是培养正气,让老人生存质量提高,延长寿命,大可不必与肿瘤生死相搏,徒耗正气,加速死亡。"

何苏叶感觉这辈子都没说过这么多话,写这么多字。他在医院或者自家诊所坐诊,如果一个病人看诊超过六分钟就有排队的患者不停地敲门,所以他只能速战速决。而医院和诊所里的电脑敲出一张方子又更是省时省力,几个复方加减单味药君臣佐使一目了然。

不知道什么时候手边的茶水被换成了参茶,"小黄毛"收敛了一身的躁脾气埋头帮着抄方,一方自留,一方交给病人留存,直到快下午两点才吃上一口热饭。

家里没开伙,几道硬菜都是邻里送的,腊肉、蒸排骨、咸鱼味道极美。何苏叶说他看病不收钱,都是乡里乡亲的,药也是自己的,也不花什么本钱。

他叔叔跟他讲很多药材的事情,说现在药材生意乌烟瘴气,做真的东西很难,熏硫的成本低,好看又好保存,他们加工厂有冷库,有烘干机,成本必然高出一截。

他听着,学着,想着。忽然那个"小黄毛"放下筷子,问道:"上大学……有趣吗?能学到很多东西吗?"

"上大学嘛,其实没有那么有趣。中医那些东西,比如理论上的,基础中医学、方剂这类对我来说驾轻就熟,学习西医对我来说也不困难,但是我很多同学往往大学第一年就被阴阳五行搞得一头雾水,失去了对中医的兴趣,接下来就只能按部就班地往脑子里塞东西,到大学毕业才慢慢理清思路,可惜已经晚了,很多人已经转行去做别的了。"

"你赚得多吗?"

何苏叶笑了:"我在医院拿的是工资加奖金,收入是固定的,在我家的诊所基本上是免费打工,你也知道我看诊的节奏偏慢,满打满算也看不了多少病人。其实说句实话,开诊所一个月做不到固定业绩,赔三个月就撑不住了,我应该庆幸我只是个打工人。"

"你就没想过做其他的工作吗?"

他继续说:"其实我也没有什么别的兴趣或者爱好。只是我从学医伊始就被教育'学医不可以半途而废,要迎难而上',既然我踏入中医这个大门了,就没有半路放弃的理由,但哪怕是我,也有力不从心、螳臂当车的时候。"

这时候他叔叔的电话响起来,过了一会儿脸色一变,抓起车钥匙就喊他出门,把他塞进小面包车里,然后一脚油门踩得飞起:"我这个老乡本来就有肺心病,昨天晚上忽然晕倒,大小便失禁,被送进医院,刚才县医院已经让他家准备后事,他家也不想折腾了,我们里的传统就是落叶归根,只能把人拉回家。他弟弟给我打电话就是看看能不能再拖拖,他家大儿子在外地读书,还没赶回来——"

病人躺在床上一动不动,面如死灰,四肢厥冷,呼吸慢到几乎为无,切脉的时候脉细欲绝。家人围在一旁,一位老人满脸悲怆,不停地说着他听不懂的方言,然后她抬起头,看到他的瞬间眼睛突然一亮,就像在黑夜里找到了一盏明灯。

他虽然听不懂她的意思,但还是点头。

附子虽有大毒,但为补益先天命门真火的第一药,干姜温中焦之阳,助附子升发阳气,破阴回阳,炙甘草、高丽参、山萸肉、龙骨补益肝肾,最后用麝香通十二经脉。

这一剂猛药下去,病人六脉虽然迟细,但已经无雀啄、屋漏之象。家人唤了名字,病人竟然也能微微睁眼回应,全场的人喜极而泣。

何苏叶也长长地松了一口气,他明明已经亲历过把病人从濒死绝境拉回来的情境,也知道这药方下去更多的是救逆,而病人久病沉疴,阳气并不能久存,但是好像在此时此刻,他不能放弃,也不能失败。

"大侄子,你这一剂药下去,他会不会——"

何苏叶笑了笑:"叔叔,我没有那么神,医道不是神道,药医不死病,得看医缘。"

"你说得对,绝命的人华佗再世也治不好,不该死的,绝症也拉得回来。"他叔叔叹了一口气,"可惜了,现在好的中医太少了。基本上真正的温病大家一定都是伤寒大家,新中国成立之前老一辈温病大家的手段现在都已经失落了,治疗一些重症,前期都是用温补之药拱着,到关键时刻直接一两砒霜强攻。用药就如打仗,如当年武安君引十万匈奴入腹地,到关键时刻直接一举围歼,令人叹为观止。"

他叔叔似乎话头上来了,继续说道:"中医其实和现代医学结合也是很好的思路,但现在的问题是传承都做不到,对于根本都理解不到位,教材都有失偏颇,用医用药都有限制,怎么谈发展,最终依附于西医罢了。"

"你说我家孩子有没有资质给你当徒弟?"

何苏叶哑然失笑,他转头看了看旁边的"小黄毛",那双傲慢又稚嫩的眼睛微微上挑,注视着他。

他们默默对视了一会儿,在他坚定不移的目光下,"小黄毛"没了势头。

"我没有收过徒弟,也不知道自己会不会教别人,我也不知道你对什么感兴趣,或者等你再长大一点会不会看重头衔师承,你还打算继续读书吗?"

"——可能会吧。"

"那一定要念书的,《黄帝内经》《本草经》《黄帝外经》《伤寒杂病论》《金匮要略》《难经》《外台秘要》《医宗金鉴》《千金方》《太平惠民和剂局方》都要会背,再加上徐灵胎、傅青主、唐容川、陈士铎、黄元御的书。"

"小黄毛"呆呆地张着嘴。

"如果不考执照,就不能执业,没有经过执业积累经验,念再多,学再久都是纸上谈兵。

"学医一直是个很枯燥的过程,可是一旦沉浸进去,就会有遨游浩瀚天地的震撼之乐。当你学会一种病的治疗方法时,会如同看到蓝天白云一般心旷神怡,看到自己的病人痊愈时,也会比中了彩票还高兴。"

他微微翘起嘴角,"我就是这样。"

这一天下来他累极了,从未感觉这样困过,仿佛沉积于体内多年的劳顿在这个晚上爆发出来,他强撑着眼皮跟沈惜凡聊天。

何苏叶:"说起来你可能不信,我好像收了个徒弟。"

沈惜凡:"是我想的那样吗?你是准备开山立派收徒弟修仙了吗?还是大男主自带系统,终于到了触发收徒这个任务点了?"

何苏叶:"你是不是昨天又熬夜看小说了?"

沈惜凡:"没错,此刻一个还有很多工作任务的社畜带着明天还要上班的惆怅和看完很爽的小说的开心即将进入梦乡。"

何苏叶不知道回了什么就睡着了,也不知道什么时候睁眼就看到屋子里透着光,他呼出一大口浊气,顿觉全身一轻,眼目也清明起来。

他推开门,风依然是凉飕飕的,但是一想到"春风"这个词,心情也变得轻松、愉悦起来。

在他的视线内,那青叶中藏着一两朵绽开的粉色的花,好萌啊,一只蝴蝶似乎得意于春的到来,正在院子里翩翩起舞。他的目光紧随着它,忽然之间,它却消失得无影无踪。直到他走近的时候,才见它翅膀微微张开,停在枝头,几乎与枯叶融为一体。

何苏叶屏住呼吸拍下了照片,再定睛一看,眼前的蝴蝶已消失得无影无踪。

他不禁笑出了声。春天,真好啊,春天总算来了。

出版番外二

1

何苏叶从地铁站出来的时候,刚准备去网红烤鸭店排队买一份烤鸭,就接到邱天的电话:"你快来吧,就等你开席了,啥也不用带,这次我们都准备好了,你人来就行!"他惊喜,又有点意外,他这帮损友居然也会做出一桌好菜招待他了。

等他推开门一看,所有食材整齐地堆在厨房里,连蒜都没有剥。

邱天理直气壮地狡辩:"那我们也不是什么也没有搞啊,你看菜都洗好了,牛肉、羊肉、毛肚、鸭肠都摆好了,虾和牛蛙也都穿上了,鱼也被我们齐心协力敲死了,就差你这个大厨出手片个鱼片了——"

何苏叶环顾厨房,问出了一个关键性问题:"锅底呢?"

"呃,都准备好了,现做不行吗?"

他将小米辣、灯笼椒、朝天椒沥干水分,葱、姜、蒜切好,起一锅醇厚浓郁的牛油,瞬间那股香味就蹿了出来,把辣椒放进去,煸出辣椒的香味,再加上花椒、豆瓣酱,小火炒香,丢上肉桂、桂枝、八角、草果、白豆蔻、当归、丁香、甘草、甘松香满满的香料。

李介还没进厨房,就被呛得连打几个喷嚏:"要死了,大师兄,你这个锅底就不给不能吃辣的人留下一丝生机。"

他还想继续吐槽,又打了无数喷嚏,最后含着泪说:"能不能搞个鸳鸯锅？大师兄，实在不行，这边建议微辣或者微微辣就差不多了，不然找好救护车，吃完我们直接被拉走。"

邱天嘴硬："巴适（很好）！必须要牛油！必须要香料多！"

沈惜凡和方可歆把冰豆奶、冰粉和冰绿豆沙放在桌子上。何苏叶揭开锅那一瞬间，红汤里翻滚的黄色泡泡、香浓呛人的味道都昭示着在场所有人即将面对的麻辣地狱。

一筷子牛肉下去，李介瞳孔几乎震裂，舌头、大脑麻成一片："好辣啊，辣得我脑袋发晕，但是停不下来，怎么回事，以前也没这么辣吧？"

"好香啊，还是自制的锅底香，这满满的实在的香料。"方可歆流着眼泪，根本停不下来，一副想求饶又忍不住要接着吃的样子。

"又辣又香，这味道太正了，比火锅店香多了，这蘸料就是涮拖鞋也好吃！"沈惜凡赞道，"这几天又冷又湿，应该多吃点辣椒祛祛湿。"

邱天舌头都辣麻了，说话哆哆嗦嗦，但依然嘴硬："这辣度，就还……还好吧。"

"真不觉得辣吗？"沈惜凡吃了一口冰绿豆沙，"我都觉得嘴麻了，何医生这次下手好重，但是有一说一，好上头，根本停不下来。"

"牛油就是越煮越辣，清油就还好。"何苏叶解释道，"至于为什么这么辣，问问是谁给我准备的一锅牛油。"

邱天还在狡辩："清油就是没有味道！"

"笑话，你就是天塌下来了，还有你的嘴顶着呢。"方可歆提议道，"要不咱们组织一下特种兵游川渝吧，看谁才是真的小丑。"

2

狭窄的参观道路上，人群挤了五六层，整条队伍乌泱泱的，看不到头。"长枪短炮"被举得老高，所有人都想要占到第一排的位置，近距离看到大熊猫。

沈惜凡和方可歆早就排了第二轮,她们俩深谙迪士尼排队之道,早上五点半天还乌漆墨黑的时候,就打车到郊区的熊猫基地,等七点半一开门,拿出百米冲刺跑的速度就往里狂奔。

等到排第二轮,她们才碰到姗姗来迟的三人。

"疯了吧,就为了看一只黑白灰的大熊猫挂在树上,你们得排队两个多小时?"邱天无语。

李介疯狂点头:"这些熊猫不都是一个样吗?非得看那一只吗?"

何苏叶把熊猫冰粉递给两个姑娘,熊猫棉花糖飘在微甜微凉的茶冻上,配上小芋圆和西米露,一口下去,整个人回血,只要花花还在那里,她俩能排到天荒地老。

"看到女顶流了吗?"何苏叶问。

沈惜凡赶紧把手机举到他眼前,得意地说:"看看这是谁的小脑袋!是谁哼唧哼唧爬不动树,但是好乖呀。"

"拍得真好。"

她有些不好意思:"是花花太乖了啊!"

吃竹子的熊猫、打架的熊猫、爬树的熊猫、挂在树上睡觉的熊猫,憨态可掬,尤其是像棉花糖一样的花花,软糯糯、圆滚滚的,她好想狠狠地"吸一口"。

暮春时节,万物都疯长起来,阳光软软的,风软软的,熊猫也是软软的,这一刻,尘世的喧嚣烟消云散,她满心满眼都是柔软。

邱天当场表演一个"路转粉":"这才是猛男该看的,我要是见不到花花,我死不瞑目!"

李介跟着一群小姑娘狂叫起来了,手机疯狂地拍,全是花花的照片。方可歆阴阳怪气地说:"你这要是跟苏珊一起来的,一张都没给她拍,你俩铁定分手。"

"太可爱了,太可爱了。"都走出几里地了,李介还意犹未尽地回味着,"真的不能想象,哪个正常人会认不清花花?明明长得跟其他熊猫都不一样，真是眼睛有问题吧。"

"我花宝真的是宇宙第一可爱，可爱无敌。"邱天感叹道，"今天好值啊，排队两个小时算什么？体验感一百分。"

两个妹子深深地鄙视。方可歆看着何苏叶感叹："还好这里还有一个没有被花花蛊惑的男人。"

"他刚下单买了花花的玩偶。"沈惜凡忍不住出卖他。

一行人饿得饥肠辘辘的，去吃自贡菜，鲜椒葱香鱼蛋、火爆腰花、牛蛙、小煎鸡，下饭是真的下饭，辣也是够足的。第二天中午他们又去吃了火锅，逛了博物馆，晚上去吃了钵钵鸡。逛着夜市，沈惜凡说想要去嗦一碗酸辣面。

李介早就败下阵来。邱天终于扛不住了，说："无助的胃，虚弱的身体，好想吃一碗滚烫的白粥，真是无比想念养生的白粥。"

何苏叶去超市给他们买了两罐八宝粥。邱天喝了一口，说："感觉世界又恢复了色彩。"

方可歆叹气："唉，交友不慎啊，为什么要跟他们来旅游？太扫兴了。"

何苏叶也叹气："唉，难为邱天撑了一天呢。对了，明天中午我们去吃冒烤鸭吧。"

沈惜凡开心："那我们晚上去吃麻辣兔兔火锅吧。"

李介和邱天随即告辞。

方可歆忍不住吐槽："你们两个平时看着挺正常的人，怎么一遇到辣的就跟疯了似的？怪不得说不是一家人不进一家门呢。"

3

第三天，他们去了都江堰，本来以为跟往常一样，吃吃喝喝逛逛，结果一点心理准备都没有，空气卷着溢满森林和江潮的气息，寒冷、清爽，迎面扑来。

"这才是自由的味道啊！"邱天大喊。

"我以后要当山民！"李介也放声大喊道。

初春下午的天空呈现着奇异的色彩，倾泻下来的金黄色的光时而变得阴郁，时而变得光彩夺目，树林在坡下一片片颤动，一切像个梦似的。

邱天憋着一股劲，走在最前头，他刚才被都江堰南桥的水汽震撼了，现在秉着一腔热血虔诚地往前走。方可歆不停地拍照，偶尔逗弄一下探头探脑的小野猫。李介走在最后。

忽然有一只圆滚滚的大橘猫像小豹子那样敏捷、机灵地从草丛里跳了出来，然后径直走到沈惜凡面前，直直望着她。

她蹲下来，也直直望着它。

"小猫咪，"她说，"喵喵喵喵喵喵，喵喵喵喵喵喵喵喵喵。"

何苏叶忍俊不禁，停下脚步，站在她旁边。

猫猫歪着头，也"喵喵"了几声。

"喵喵喵喵喵喵喵？"

大橘猫又"喵嗷"了两声，转身扭着肥美的身体走开了。沈惜凡撒娇，朝何苏叶伸出手，他握住。背后的江风吹拂，阳光细腻，她抑制不住似的冲着他笑。

"你跟猫猫说了什么？"

"你猜啊？"

他摇摇头。

"我说啊，我也想跟它一样，希望能早点退休，然后跟你跑去山里，买个小屋子，有山有水，鸡毛蒜皮的小事不闻不问，每天就像它这样，到处闲逛，乘凉、喝茶、打牌，找陌生人聊聊天。"

他看着她笑，像要把她看化了，揉碎了，再揉到身体里去，揉到心里去。

"怎么了？笑得那么开心。"

此刻他的心情就像夏天的冰激凌，拿在手里，刹那间就融化一截，甜滋滋的味道溢了出来。

　　此刻他在想什么呢？他没有说。大概就是在那个小屋前种棵树，不用修剪，不用喷药，任由它长，阴凉越大越好。晚上品着她煮的白粥的味道，盛夏白瓷梅子汤，最冷的天吃馄饨和饺子。还有，也许他们老了一起等孩子回家的时候微笑的样子。她喜欢玫瑰，也喜欢冬天的太阳，和暖暖鹅卵石一样的栗子在手里翻滚。

图书在版编目（CIP）数据

爱你，是我做过最好的事 / 笙离著 . -- 北京：北京联合出版公司，2024.11. -- ISBN 978-7-5596-7934-5

Ⅰ. I247.5

中国国家版本馆 CIP 数据核字第 2024JZ9430 号

爱你，是我做过最好的事

作　者：笙离	出版监制：辛海峰　陈　江
出 品 人：赵红仕	产品经理：谢佳卿
特约监制：殷　希　穆　晨	特约编辑：王苏苏　丛龙艳
责任编辑：李艳芬	责任印制：赵　明　赵　聪
营销支持：肖　瑶　祁　悦　陈淑霞	插画授权：carrrrrie 加里
版式设计：载酒以渡　芳华思源	
封面设计：@Recns	

北京联合出版公司出版
（北京市西城区德外大街 83 号楼 9 层　100088）
北京联合天畅文化传播公司发行
万卷书坊印刷（天津）有限公司印刷　新华书店经销
字数 254 千字　880 毫米 ×1230 毫米　1/32　9 印张
2024 年 11 月第 1 版　　2024 年 11 月第 1 次印刷
ISBN 978-7-5596-7934-5
定价：49.80 元

版权所有，侵权必究
未经书面许可，不得以任何方式转载、复制、翻印本书部分或全部内容。
如发现图书质量问题，可联系调换。
质量投诉电话：010-88843286/64258472-800